黄静逸◎著

存够了勇气就一个人看世界

『校花女神』独闯印度记

长江出版传媒

长江文艺出版社

图书在版编目（ＣＩＰ）数据

　　存够了勇气，就一个人看世界/ 黄静逸著.--武汉：
长江文艺出版社，2017.12
　　ISBN 978-7-5354-9829-8

　　Ⅰ.①存… Ⅱ.①黄… Ⅲ.①游记－作品集－中国－
当代 Ⅳ.①I267.4

　　中国版本图书馆 CIP 数据核字(2017)第 164924 号

责任编辑：何性松　　　　　　　　　责任校对：陈　琪
封面设计：吕　琴　　　　　　　　　责任印制：邱　莉　　王光兴

出版：　长江出版传媒　　　长江文艺出版社

地址：武汉市雄楚大街 268 号　　　　邮编：430070
发行：长江文艺出版社
电话：027—87679360
http://www.cjlap.com
印刷：武汉远浩彩色包装印务有限公司

开本：720 毫米×1020 毫米　　　1/16　　印张：21.5　　插页：2 页
版次：2017 年 12 月第 1 版　　　2017 年 12 月第 1 次印刷
字数：312 千字

定价：58.00 元

创业集结号

我在这里等你
WAIT YOU HERE.

90后创业女神 黄静逸

我没有什么特别的信仰

如果非要说相信

那我相信简单的默契

相信莫名其妙的信任

相信携手奔跑的力量

也相信一个拥抱就能传递的温暖

不管怎样

你总是要将你拥有的最好的东西献给世界

这也是我试图理解什么是爱的开始

我要的是
I'm Huang Jingyi.
:[我是 黄静逸]
没有上限的人生

90后创业女神 黄静逸

我突然明白
一个人真正的勇敢
不取决于外界看到他多少表象上的热情
而来源于他内心最深处的强大

如果某一天我遇到了困难
希望你们能够安慰我
然后看着我 用自己的力量站起来

我相信吸引力法则
人总是会被相似的人吸引
这是一件很奇妙的事情
也是一件很让人幸福的事情

我坚信
世界上有多少丑恶 也会对应多少美好
不要忽略微弱的善意
不要躲避好奇的目光
也许某一天它们遇到风开始燃烧
就会照亮更多人的世界
所以亲爱的 要面对 不要逃避

我知道
小女孩离开了加尔各答
德古拉离开了加尔各答
我也即将离开加尔各答
可加尔各答还在继续
继续发生着各种有趣的故事
直到世界尽头

不管是一个人的朝圣 还是一群人的征途
都要认清自己 忘记自己 然后超越自己

那样的日子让我开始思考
人生究竟该是一生如一秒　还是一秒如一生

和他告别的时候　我才感觉到
也许每一次遇见　都是极为奢侈的缘分

这座曾被神光照耀着的城市
让人不禁想要闭上眼去触摸
即使事实上　那里什么也没有

那是他们的看法
这是我们的**态度**

90后创业女神 黄静逸

这里的滴水片瓦都透露着生的神秘和死的冥想

甚至不需要看 只要站在这 就能感受到

很小的时候我就对自己承诺

二十岁拼搏 看看自己能站到什么位置

三十岁以后 浪迹天涯 四海为家

她们为了捍卫自己的原则

为之付出了常人无法想象的代价

而造成这些伤害的原因

可能仅仅只是因为她们的不软弱和不妥协

很多人说我对这个世界不设防

这不是勇敢而是鲁莽

而我认为我在拥抱这个世界的时候

清晰地感受到它传递过来的温度

这就足以支持我不断前行

霍尔顿为他心目中的麦田活着

而我想守护的也不过是

最初那个心怀梦想的自己

我来到印度之后才渐渐明白

他们之所以能够与这个世界平和相处

只是因为他们把生命的来去

看成了一件非常自然的事情

当你成为那个人
奇迹就会在你身上发生

张冰

从开始做股权教育到现在学生遍布全球,我几乎每天都在接触中国的优秀企业家们,帮助他们学习股权的同时自己也常常被触动,静逸也是其中一个非常触动我的学生,在她的身上我看到了这帮年轻人为了中国未来所做的努力,所以我想送她一句话,也是我的亲身感受:"本想渡众人,反被众人渡。"

成功者一定是不断在付出的,并且一直处于学习状态中。在静逸的新书出版之际,结合投资静逸团队的感触,总结了几点,分享给大家,希望大家能够有所启发。

1. 激情

2012 年,静逸报名"向张冰学股权",成为我的弟子班学员。

当时的报名费用是 9.8 万元,对于一个大二学生来说是一笔不低的开销,在静逸第一个冲上台报名的时候我还很惊讶,这个女孩,是我收过年龄最小的学员。

在她交费之前我拦住她,问:"你确定要报名我的课程吗?股权不是一个简单的东西,它的学习需要很多实战和积累。"当时我内心的潜台词是:这个小姑娘,会不会只是一时兴起。

结果她回答我:"张老师,股权不是玩会的么?我相信这一定是让我终身受用的一种思维方式。"说着她又拿出了报名其他几位老师课程的单据给我看,说道:"我是一定要创业成功的,所以我觉得学习是最基础的投资,希望未来有机会张老师也能投资我!"

在这个小女孩身上,我不仅看到了青春和激情,还有罕见的智慧和果敢。可不得不承认,正是她身上那股和我曾经一样的激情,让我没有拒绝她的理由。

2. 承诺

2013 年,3800 股权投资集团决定投资"漫时代"五百万,帮助"漫时代"完成动漫到影视的转型。

静逸毕业后来找过一次我,我并没有太放在心上。因为那段时间"向张冰学股权"的课程非常热门,每天上完课咨询的同学都能在走廊里排满,那天她一直等到很晚我咨询完,然后拷给我一个商业计划书,希望我能帮助"漫时代"从传统动漫工作室的形式,做跨界转型。

因为忙,我很快把这件事情忘了,但是有一天上课提问,她接过话筒回答完问题以后又当着所有学员的面问我:"张老师,你能投资我五百万吗?"

同学齐刷刷看着她,我思考了三秒反问她:"如果我投资你,亏了怎么办?"

静逸拿着话筒认真地回答:"有两种方案:一是亏了我就嫁给你;二是亏了我帮你的企业做终身形象代言人还给你。这两种老师都不亏,但是基于希望你家庭和谐,所以我认为第二种方案比较合适。"

台下掌声雷动,结果你们也都知道了,她成为了3800股权投资的形象代言人,现在的代言业务也非常广泛,仅代言一项业务个人年产值超过3000万。并且,我当时就决定投资她,因为仔细想想,静逸说的也很有道理,两种我都不太亏,并且我太太也建议我选择第二种方案。

3. 负责任

2014年,投资款全部到位后,静逸说:"终身锁定创业者,只要我还活着,您的投资一定十倍给您赚回来。"

静逸在"漫时代"之后,又迅速以精准的商业眼光看准了几个项目进入,其中Joy共享按摩椅,项目估值达到了1.5个亿。

共享项目是当前的一个风口,我非常看好,所以常常去静逸这家公司想看看她团队的工作状态,但是基本都是没有人。我就问静逸:"怎么不论白天晚上到你那里,永远都只有几个人在上班和加班,其他人呢?"静逸给我开了一个团队会议视频,接通以后,看到采购组,市场部,维护组都在各个工作岗位上推进,工厂里、机场里、高铁站里,每个人都没有一丝懈怠。

所以我们说每一个企业领导者都是企业的品牌,也是员工对标的榜样,静逸做事情的态度已经影响到她的整个团队,且不论静逸是否实现了给投资人的十倍回报,而这样踏实负责的团队,才是能够让人放心的根源。

4. 欣赏

2016年,由3800股权投资集团投资的《股权风云》拍摄完成,静逸作为制片人的同时,也担任了这部电影的女一号。

说实话,当静逸向股东大会报告制片工作顺利完成的时候,我还是有点不可思议的。因为剧组内部的关系错综复杂,如果要处理好,没有一定的情商和经验是做不到的。

《股权风云》是以万科宝能大战为原型的一部商战电影,我也在电影里友情出演了一个角色,一共五分钟的镜头反反复复拍了大半天,这个时候我才知道,原来电影也不像我们想得那么简单。

后来听导演说,静逸在这几个月的拍摄里,又要背台词演戏,又要负责剧组日常事务,每天平均只能睡三四个小时。在这样的工作强度和压力下,她还是圆满完成了任务。我认为这样的精神在现在娇生惯养的"90后"女孩子里,还是不多见的,虽然看上去柔柔弱弱,骨子里却有股狠劲。

后来我开玩笑问她:"静逸,你是怎么搞定剧组里这些妖魔鬼怪的?"她回答:"因为我欣赏每一个人。"

5. 付出

2015 年,她一个人完成了为期一个月的印度之行;2016 年,她带领一群优秀的创业者穿越了罗布泊无人区;2017 年她带领创二代俱乐部的成员们徒步穿越了敦煌戈壁。

我是个很喜欢冒险的人,我相信很多人也都有着冒险精神,但是静逸让我佩服的是:她不仅有冒险精神,还做到了;不仅做到了,还带了一帮人一起去做;不仅带领了一批人去冒险,还在这样的过程里给了他们很多正向的影响。

我记得看过静逸的一篇随笔,她在里面写道:"对于当下,我愿意做出百分之百的努力。如果我现在能影响 100 个人,那么影响 10000 个人就是我当下的目标。"也许正是这样的付出,让她成为了坐拥百万粉丝的"创业女神"。

6. 信任

2016 年,在"向张冰学股权"迪拜游学的帆船酒店的演讲上,静逸问了我一个问题:"张老师,你为什么投资我?"

"你为什么投资你?""你为什么选择我投资你?""好的,那我知道了,因为信任。"

因为简单,所以信任;因为信任,所以简单。虽然也许会为了这样的简单交很多学费,会为了这样的信任受到伤害,但是世界上大部分的可能性,都是从这样简单的信任开始的,这也是我从静逸身上学到的东西。

7. 共赢

创业期间,静逸和她的团队一直有一个明确的股权激励机制,团队第一批核心成员,到现在无一离职。

"股权就是身份证。"这是我一直跟静逸强调的。你的体系里,每个人都有了身份,才会有归属感,才会尽力经营好你们共同的事业,带团队,最重要的是让每一个人都有存在感,然后拿到结果。

静逸一直坚持在股权学习的道路上,踏实造梦,坦诚分饼,共享共赢,这也是她能够走到现在的一个原因,在这一点上,我还是很欣慰的。不论在内部奖励还是股东分红上,只有分得清楚,才能合得愉快,这个就是人性。

8. 感召

2016年,静逸作为中国创二代俱乐部的发起人,提出创二代商学院的理念,以最先进的教育理念,最优质的全球化教育资源,坚持团队合作+商业实战的训练体系,致力于打造中国创二代教育第一品牌。

"让世界听到中国二代的声音!""创二代,创未来!"这群以静逸为首的创二代喊出的口号,让我们近乎冷却的血液都再次沸腾起来!当我看到他们咬牙携手穿越沙漠,年轻的脸上沾满沙子,看到他们通宵出的方案在市场上得到肯定,看到他们的项目融资成功走向市场,看到他们的天赋在属于他们的平台上得到绽放,我也感到非常骄傲,因为这就是中国的未来。

我也有孩子,他在听完静逸的一场演讲后,就加入了创二代俱乐部,在静逸老师的带领下,也见证了他们一年比一年更优秀,也更坚定自己的梦想和信念。

9. 可能性

2017年初,静逸作为中国创业代表被邀请参加特朗普就职大典,回来以后她跟我说了一句话："余生还长，何必慌张。"

特朗普是一个很成功的商人，他的积累和机遇，在他70岁高龄的时候，把他推向了美国总统的舞台上。而神奇的是，静逸受邀见证了这一刻，我认为这对她的成长是很有利的，创业者还是需要有小碎步慢慢跑的心态。

一个创业者身上能够看到无限的可能性非常重要，就像我刚认识静逸的时候，就感觉在她身上发生任何故事都自然，她是一个很快能让人产生信任感的创业者，有着自己独特的人格魅力。

之后看到她一路成长，脚踏实地打下一仗又一仗，有更多的人认可她，也站上了更大的舞台，我们都很欣慰，也祝愿她在未来，能够不忘初心，越走越好。

肯定有人很好奇，为什么静逸这么年轻，能做到这么好的结果？这九点，不说做到满分，至少在静逸的身上或多或少都有体现，所以我们一致认为她是个很特别的女孩，因为没有人在这个年纪能做到比她的身份跨度更大，并且保持谦卑的姿态。她的五年，经历了大多数人三十年都没有经历过的人生。

我记得在静逸的演讲视频里看到一句话："你们是希望18岁成功？还是希望80岁成功？"

答案在每一个人的心里，但是我相信这段18岁成功的经历，对于她来说，一定是一笔宝贵的财富。读书就是和作者交谈，我也希望看完这本书的朋友，就像

《青春合伙人》海报

《股权风云》海报

我一样，都能把她当作是自己人生最好的朋友。

最后，分享一段和静逸在迪拜最高塔哈利法塔的对话：

在全世界最高的迪拜哈利法塔，我问这个充满传奇色彩的"创业女神"："你的下一个目标是什么？"

静逸笑着回答我："两个目标：一是进入福布斯三十岁精英排行榜；二是找个懂我的人嫁了。"

我笑着调侃她："福布斯排行榜的很多企业，后面都失败了。"

静逸想了想，认真地回答我："虽然失败了，但不影响流星划过夜空时给这个世界带来的美丽，还有那颗勇敢的心。"

不知道为什么，我的眼里泛起了泪花。17年投资生涯阅人无数，已经很难有人让我轻易感动了，但我知道，这两个目标，她一定能做到，只是第二个目标，对她而言，挑战可能会更高。

在世界最高塔，静逸也问过我，她说："张老师，你的下一个目标是什么？"

我回答："我也有两个目标：一是有空多陪陪家人，因为对于我来说陪伴家人就是最重要的应酬；二是做创业者人生中的摆渡人。"

她接着问："张老师，如果你退出江湖以后，留给我的锦囊妙计是什么？"

我没有回答她，但是今天，这三个锦囊一定要送给你们，希望对你们未来的人生有所帮助：

1. 这个世界上没有谈判，只有强者对弱者的通知；

2. 记住别人对你的训斥，你才会改变命运；

3. 我们都不是最厉害的人，但我们是最好的学生，所以有一天我们会成为最厉害的人。

（作者张冰，系中国股权激励专家，3800管理顾问集团创始人，3800投资集团董事局主席，青年创业导师、著名投资人，数十家上市企业股权顾问，上百家企业投资股、成长型股权激励终身推动者）

存够了勇气，就一个人看世界

——静逸西游记

我站在印度的火车站里，拖着我大大的行李箱，旁边光着脚的小孩夸张地笑着四处乱窜，偶尔撞到我还会尖叫，却不觉得讨厌。

火车站的楼梯下面等着很多穿着红马甲的搬运工，看到我，他们热心地迎上来，跑在最前面的人快速地接过了我的行李，然后身子一沉一使劲，就把行李顶到了头上，顶起来的那一瞬间微微晃了几晃，步伐又趋于平稳。

我努力想跟上红马甲，也没来得及问价。我知道印度人的地盘意识很强，反正是他的客人了，别的人也不会再接，所以也没有太多别的想法。

但还是很好奇为什么他们爱用脑袋顶东西，难道不会秃头吗？

我兴奋地小跑着追上去问他："为什么你们用头顶着行李？"他听我重复了几遍以后还是很疑惑，似乎也不知道怎么回答，只是一个劲跟我重复说"没关系"，这个没意思的回答让我兴趣索然，于是只是跟着他走。

走出火车站，他把我的行李放下来，问我要 50 卢比。就在我掏钱的时候，旁边坐着的一个流浪汉一把扯过我的包开始往马路上跑，我的手被拽得生疼，反应过来是什么情况的时候，他已经跑出了十几米。

那一瞬间我脑袋一片空白，心想完了，护照身份证银行卡手机现金都在包里，但是也还是清楚地知道：如果不追回来，可能只能走去领事馆了。

我开始指着他大喊，边跑边求救，这时候红马甲也迅速反应过来，一边吼着一边追过去，门口一排的三轮车司机也看向这边，有几个胆子大一些的，下车追了过去。

流浪汉可能饿了很久，比较虚弱，步伐渐渐慢了下来，又或者红马甲因为被挑战而感觉到愤怒，爆发出了惊人的速度，反正流浪汉一会就被他使劲按在了地上。人群围了过去，我使劲挤进去的时候，流浪汉正呼哧呼哧喘着粗气，喘气的声音像破旧的风箱。

红马甲拽过包递给我，然后举起拳头恐吓着他，我总算看清了他的样子，是一个很瘦弱的男孩，大概十几岁的样子，黑亮的眼睛很灵活，不停地瞟着周围的人。衣服很不合体，应该不是自己的，裤子太长，挨着地的那一面被磨出了一根根的须须，粘着泥巴。衣服裤子都是灰灰的，看不出颜色，脸上很脏，手却出奇地干净，没有指甲，没有污垢，正按在地上，手指微微抓地，露出清晰的骨节。

他也许很怕，也许这就是他常遇到的工作情况之一，我不知道他是怎么想的，但是我很清楚我不能把他怎么样，就算我把他送到警察局，警察也不一定会收，这样的事情太多了，以至于根本都不算事，这是一个社会的问题，而大部分人都选择了麻木。

在印度坐火车很方便，进车站没有繁琐的安检，车门口也没有列车员检票，甚至火车在开的时候也不会关门，进出火车站和火车都非常自由。正是由于这样的自由和随意，印度的火车站除了旅客还聚集着无数无家可归的穷人和乞丐，晚上他们会在火车站各个角落席地而卧，就像在家一样。

我不知道怎么描述当时的心情，神经的高度紧张和快速的奔跑让我的体力有点透支，我已经听不清楚红马甲试图在跟我表达什么，我很认真地道了谢，然后又给了他100卢比小费，他笑得很开心，然后放开了那个流浪汉伸手接过小费，流浪汉乘机飞蹿出去。

红马甲还想追，我摆了摆手，回头去找我的行李。特别希望他在遇到下一个被这样对待的异国乘客，也能够挺身而出，这也许是我唯一能做的。

我又回到了火车站，那种无力感却深深地笼罩着我，这一瞬间我觉得这个待了几天的环境太陌生，陌生得让我忍不住怀疑：我逃离到这里，是想看到什么，真实的世界吗？还是真实的人性？抑或是脆弱的、无力的、不堪一击的自己？

而这一切，现在都赤裸裸地摊在我面前，毫无逃避的余地。

大家好，我叫黄静逸，这是我的创业故事

我毕业以后就开始创业了，完全没有缓冲期，几乎是同时拿到本科毕业证书和公司营业执照的。和很多创业者比起来，我缺少了一大段累积经验的过程，也没有空出一段时间对公司"究竟要做什么"进行深入的思考。

这样的莽撞让我的初始阶段变得十分艰难，这些迷茫在深夜折磨着我，然后在太阳升起的时候重新被藏起来。

我选择了一个我热爱并且有前景的行业，然后迈出了在别人看来勇敢而不可思议的第一步。这让我觉得自己很勇敢，有了勇气，我就会离淡定更近一步。

某代言签约仪式现场图片

　　现在想想我的勇敢大概是来源于无知吧，反正我是不知道怎样具体去操作一个公司的，我不会看报表，不懂客户，对于市场几乎是个婴儿，也很难找到"我"的位置。可怕的是，创业之前这些所有的问题我都没想过，似乎是一种使命感，驱使着我总想着做点什么，让我不会因为活着而慌张。

　　我很感谢这个时代给我的勇气，像很多创业者一样，我们试图证明着"90后"的不平凡。因为梦想是不会等人的，它是我坚信某一阶段一定要实现的现实。那么从哪里开始，又有什么重要呢？创业总该是一场以梦为马惊心动魄的征途。

　　我是一个有点内向的女孩，在和人的交往里总是很被动，害怕面对大量的人群。大学的时候我们就在一起做工作室，大家都很棒也很有默契，因为梦想聚在一起的人，总不应该因为现实而分开吧，这就需要大家有一个坚定的心态。公司要活下来，每个人都应该谨慎又勇敢，乐观又客观。

　　那我就应该第一个战胜自己。于是我试着去参加各种路演，去争取机会，去和客户深入交流，去学着理解客户的需求。其实也有一定的效果，至少我们有了更多业务。

　　我的小伙伴们也没什么经验，都是"90后"，基本就是我能接到单子，然后我们一起挤在小房间里完成设计，然后盈利比公司成本略微多一点点，战战兢兢地活下来。有时候还偶尔聚在一起自我安慰，总算毕业没失业，没坑蒙拐骗，也没啃老,还不用看人脸色,好像也挺不错的。

但是那个时候团队已经基本没有创作时间了,甚至连私人时间也不太有。总是在做一些零散的活,大家都租了房子,毕业后办的健身卡却一直闲置着,每个人都在努力适应所谓的生活。

我永远记得那个没有窗户的小房间,墙上贴着一张张漫画原稿,打印纸放在竖立着的打印机上摇摇欲坠。空调时好时坏,武汉的夏天又很热,赶上空调坏了,就要在画稿旁边垫上几张卫生纸,因为如果汗水掉下来,画稿花了,就要重新画一张。

完全没有任何起色的创业,似乎只是为了坚持而坚持。激情被磨灭得差不多以后,看到都是死不了的现实。而往往人在迷茫的时候,恐惧总是会被无限放大。

对,我已经很努力了,但是我不能让大家为了我的"努力却做不到"买单。我开始看一些成功的人,成功的案例,发现了一些规律。很多时候结果不好,那一定是因为我做错了什么,而别人之所以成功,一定是因为他做对了什么,就是那么一个点,一切都是有原因的。

我开始更加焦躁,虽然公司已经开始慢慢盈利,也有了一些客户转介绍,可是我却越来越没有方向。于是我开始减少路演的次数,更频繁地待在公司里,从早到晚,找到我所有听过课的老师的电话,开始一个个联系,希望他们帮我找找问题。当然,不是每一个老师都有空接电话,打过之后我还会再发一个长段的信息,我自己觉得还是很坦诚和煽情的。当时也特别希望能够得到一些回复和鼓励,然而现实并没有那么励志,要么老师很忙,要么回复过来的都是简短的客套。

有个大二时候听过的股权班课程的张冰老师,他在按掉我的电话之后,还特别礼貌地给我发了一个信息:"你要是还不明白,可以再来上上课。"

我当时想着这个张老师是不是有时间看完我的信息,他愿不愿意知道我到底出现了什么问题。事实在之后和张老师聊天的时候谈到,他确实没有看,他说:"我这么忙,哪有时间看你那些伤春悲秋的东西?什么叫作效率?就是做有结果的事情。你那个叫什么?自娱自乐。"

最终我又回到了课堂上,那个时候我想着,只要走出去,就会有无限的可能,我得跟着自己的心走。不过我也很开心,因为这次似乎是做对了什么。

有一次课前终于逮着了老师,我一个箭步冲上去,就开始直入主题。好在张老师也不爱唠家常,在我不屈不挠、反复的表达和沟通中,他总算大概明白了我的意思，他一拍大腿："说了好半天，你不就是想做个漫画师平台吗？"

我纠正他："我一直特别喜欢动画，也很想做出属于我们自己的动画IP。但是好的漫画不是一个人的事情，只有团队才能做到，我想做动画片，可是漫画师太贵了，我养不起，没法把那么多人聚在一起。于是我的想法就是保留漫画师自由的个性，和他们签约，做一个属于漫画师自己的平台，用大家的力量，打造中国制造的动漫IP。"

他问我："这不还是漫画师平台吗？"

我回答："我特别想改变动漫产业的现状，虽然我也不知道我能做多少，但是特别希望能得到一个能够去努力的机会。"

他也许被我的坚持感动了，或者是被打败了，总算不试图纠正我的这个说法。他夹着文件头也不回地对我说："你把你的漫画师平台的商业计划书拷到我电脑里，等我下课再跟你谈，你现在的思路太幼稚了。"

我把我的商业计划书拷到了张老师的电脑里，虽然不抱什么希望，但还是很开心。我想着，也许他并不是十分在意这件事，但是至少给了我一个机会，而这个机会是我争取来的，无论如何，我也需要尽力一试。

下课以后我果然没有等到张老师，他被学员们簇拥着挤到了门口，小小的个子淹没在人群里，我在思考我要不要再去堵住他的时候，他给我发来了一条信息："静逸，你们公司估值是多少？"这一瞬间，百花齐放。

大家都知道，当投资人从你的项目关心到你的估值的时候，也许他就即将成为你的股东了。而刚刚我所讲的，也就是我争取到我第一个股东的故事。最后张老师告诉我，投资人看小公司，看的并不是项目，而是创始人和团队，有一个说法，叫作终身锁定创业者。

这是一个过程很坎坷、结局却相对欢乐的故事，对不对？但是这并不意味着就是成功的开始，也许通向的是无底深渊，谁也说不准。

人生不一定有一场说走就走的旅行，但是总有一场忍无可忍的逃离

我拿到了人生的第一笔投资，特别开心，整个人都是一个大写的Happy。和小伙伴们出去玩了一圈，把公司的股权架构做了一版方案，又熬夜连做了几版公

司未来规划,感觉整个世界都变得可爱了起来。

我们的客户也明显感觉到了我的变化,那段时间他们常问的一个问题是:"小黄,你是不是谈恋爱了?"然而并不是,我只是重新获得了谈恋爱的机会,因为我失恋了。

像所有失恋的人一样,我也不知道是不是我的原因,一夜之前,我坚信的东西,就全都不一样了,我不知道为什么,也不敢问为什么。酸一点的话怎么说来着,就是,人生若只如初见。

初见,再见,三见,直到见了厌倦然后分开,我开始怀疑是不是所有的感情都是这样。而只要开始用到"我以为"这个词的时候,基本就是悲剧的开场白。

"我以为你会一直陪着我。"

"我以为你会理解我。"

"我以为你爱我。"

统统都是"我以为",我不知道我做错了什么,或者说我怎么样才是对的时候,我就会告诉自己:也许没有对和错吧,只有适不适合,这个理论可以用于风格对于客户,也可以用于我对于男朋友。

但是涉及情感的那一刻,这套理论通通不管用,我窝在家里的沙发上,一刻也不想面对阳光。我闺密试图安慰我:"你怕什么,你这么美,追你的人多了去了,还差他一个?"我想说,追我的人多了去了,我只想跟他在一起,但是我忍住了,我怕闺密想抽死我。

我想去求他不要离开,但是我的骄傲不允许,我的理智也不允许,我甚至去满网络地搜索如何挽留一个人,疯狂地研究星座,看两性关系的书籍,试图找到这个结果的转机。我还做了一些乱七八糟的梦,我梦到我质问他:"两个人说好的一件事情,凭什么你说反悔就反悔了?你必须给我一个交代!"然后他走近我,伸手递给了我一个胶带。

可是最终我还是什么都没有做。

我想他喜欢我是有原因的,他不喜欢我应该也是有原因的,而我喜欢他其实是一个很主观的事情,我并不是因为他跟我在一起才喜欢他的不是么?

我还庆幸,周末失恋也挺好的,因为周一又可以投入工作,任何不好的感觉都可以被压在理性下面,让人不至于窒息。

我想说,人总是会有一个迷茫期的,没关系,走过来,每个人都是自己的神。

静逸在恒河上

　　没关系，我还是相信这个世界上有着我的爱人，无论我此时正被光芒环绕掌声淹没，还是孤独地走在寒冷的街道被大雨淋湿；不论是飘着小雨的清晨还是被热浪炙烤的黄昏,他一定会穿越过汹涌的人群,走向我。

内心的伤口可能还在滴血,但是我已经感觉不到疼了。因为又到发工资和年终奖的时候了,投资人和客户可不会管你是否失恋,他需要看到的是你眼睛里带着光的状态。到了年底,团队也都是需要打打鸡血的,这些都是需要立刻去做的事情,我已经没有时间伤心了。

所以这个经历告诉我,失恋了,就别问为什么了,与其待在家里感受痛苦,还不如看看银行卡上的存款,收拾收拾好好上班。总没有人是难过死的,既然死不了,那就好好活着。

公司的状况不是很好,拿到一笔钱以后也不是很好。前段时间又扩张得厉害,运营成本增加了一倍。整体经济形势也不太好,感觉公司楼下店里卖鞋的阿姨都多了几根白发。

我的第一版方案不出意外被否了,第二版方案,第三版方案,也不例外都被毙掉了。我把自己关在家里使劲想,到底是哪里出了问题?投资人给出的意见是:"你的方案好看,但是实际操作性欠缺考虑,你看那种蜡像,它再好看,也不是个活的。你们需要有一个可持续的盈利模式。"

我哪懂死的活的?我只知道这些方案都是我死了多少脑细胞想出来的。一遍一遍地被否定让我对自己产生了怀疑,我又开始失眠。

失眠厉害的时候,褪黑素已经不管用了,医生也不给开安眠药。那段时间的晚上我只能闭着眼睛,躺在床上,等待新一天的闹钟响起来。

黑夜里跳出来的自己,就像另外一个自己,所有负面的情绪涌上来,又要在清晨起床的时候压回去,因为要面对眼睛发光的团队,要面对好奇地看着你的客户,要面对逻辑严谨的投资人。我觉得整个人都在一种绷紧的状态,我特别想放声大哭,但是即便是一个人的时候,也找不到泪点。

然后我看大量的书,乱七八糟,管理学、人物自传、科幻小说、世界历史、人类起源等。在这些文字里,似乎逐渐找到了一些安全感。

最后终于出了一版方案,也就是创业集结号的前身,概念就是让线上再回归到线下。投资人看到这个想法以后松口了,我终于等到了那句:"你这版可以再深化一下。"

如果是之前,也许我会长舒一口气,也许我会欢呼雀跃。而这一次,我的内心却更加地不安,我不断问自己:"你确定所有的点你都想到了吗?"我没办法给自己一个肯定的回答,在这些天的思考里我明白了,我看到的都是表面现象,我看到的还是"我以为",实际情况会怎么样,我根本就没概念。这样怎么可能是一个可操作的方案呢?

我不明白,我的用户需要什么,我没办法在我的脑海里看到他们,我不知道这个方案落地以后,应该怎么和用户发生关系,用户又会怎么样想,有什么样的反应。我完全不懂我要怎么去向他们表达,不管是通过虚拟的线上,还是实体的线下。但是我始终明白,要想长期做好一件事情,一定要让终端群体,感觉到我们的爱。

我不再烦躁了,我开始更多地去思考,如何变成一个懂爱的人。在之前的人生里似乎我总在体会被爱,可却从来没想过要用什么方式恰到好处地去爱,爱我的家人,爱我的团队,爱我的投资人,爱我的客户。

我试着推开窗户,林立的高楼间出现了鲜少见到的月亮,突然脑子里划过一个项目的所在地——印度(在印度语里,印度意为"月亮"),我发现从某种程度上我和15世纪后的印度惊人地相似——被殖民者统治、抗争、独立、发展、分治,最后渴望成为一个全新的自己。我是赤裸的,是混乱的,是无力的,更应该是包容的。

人生中总有一场旅行是你忍无可忍的逃离,也许这样的逃离,恰恰是面对。而我正好给自己找了这么一个借口。我强烈地渴望蜕变,这样的渴望让我一刻不得安眠,我需要看到更大的世界,我需要找到更真实的自己。

在很久很久以前,有一种生物,学会了用两足站立,尝试着迈开双腿,自此,他们就踏上了旅途,那是被时间驱赶着的永无止境的征程。

于 2015 年 4 月 15 日 遇见印度

余秋雨在《千年一叹》里对印度的印象有这样的描述:街边密密麻麻的人群三成摆摊,一成乞讨,六成闲站着;印度人多,以至于这些来自北京、香港、上海、台北等等也算拥挤的城市的中国人也会被压得透不过气来。

当飞机从云层中缓缓落下,降落在加尔各答机场的时候,我在航班号是MU555/6 的飞机上跨越了 1524 公里空中距离,此时印度还在行将结束的雨季中挣扎着。我看到绵绵春雨打在宽阔的机翼上,溅起点滴的水花,旋又破碎,像极了曾经逝去的一个个瞬间。

脑海里闪现七八年前,第一次在地理课本的插图上看到印度的情景,那时的我惊讶于绵延排布的贫民窟、泛着奇怪颜色的咖喱饭、光着全身静沐在河里的孩子和穿着花花绿绿衣服的印度女人。我第一个感觉是庆幸,庆幸我所拥有的,却又对我不曾拥有的那个世界有着强烈的好奇。

我和朋友开玩笑,我说:"这个神奇的国家我大概一辈子都不会去,因为我怕被这些野蛮的印度人吃掉。"对,当时印度给我的印象就是原始的、野蛮的、奇特到莫名其妙的一个国家。

而现在,经历两个半小时的飞行之后,印度如此真切地铺开在我的面前,就像已经在这里等待了我很久。而我的耳朵里充斥着印度口音的英语,鼻子前萦绕着陌生的印度味道,我的周围都是印度人,有着白白的牙齿和黑白分明的眼珠,打量我的眼神也带着些许好奇。

我想起了玄奘的"西游记",他不远万里长途跋涉,带着信仰来到这里,取走了他的"佛法"。而我穿越云层到达这个地方,内心却依旧茫然。都说独立旅行能够让一个人迅速地成长,而我隐隐预感到,这次不按常理出牌的逃离,也许能赠予我一个不一样的视角。

我的内心激荡着逃离的兴奋以及对即将向我打开的新生活的期待,对着舷

静逸制片电影《股权风云》新闻发布会

窗挥了挥手，轻轻地说了一声："亲爱的，再见！"侧转过头，身边的大叔用掺杂着疑惑与恐惧的眼神打量着我，似乎我是在跟什么他看不见的东西说话。我对他笑了笑，大叔转过身，三步并作两步跳下了飞机。而我的印度之行，就在这样诡异的氛围中开始了。

存够了勇气，就一个人看世界
——静逸西游记

1 恒河的沙与沫

江水是流动的此刻

人渺如沙，事幻如沫

加尔各答

逆流而上来到瓦拉纳西

阿格拉的见闻

德里 德里

2 印度的四季

生活的答案

常在远方盛开

我的所爱

是万里之外静默的花海

粉城斋普尔

金城贾沙梅尔

蓝城焦特普尔

白城乌代布尔

3 到南方去，到南方去

南方，是海浪的故乡
海岸的每一个贝壳里
都住着诗人的忧伤

孟买

金奈

1
One
—

恒河的沙与沫

江水是流动的此刻

人渺如沙,事幻如沫

——《恒河的沙与沫》

　　行脚旅人下过这样的批注："那是一个你在那里时猛想离开,离开了又想回去的国度。"

　　多年以前,当我第一次读到纪伯伦的《沙与沫》时,就被其"沙与沫"的比喻所吸引住了。在纪伯伦的眼中,人如沙粒一样渺小,世事如泡沫一样虚幻。脆弱的人与虚幻的世界,仿佛打消了我们每一个人继续在这个世界上活下去的必要。

　　不过,在印度人的眼里,世界似乎还没有这么糟糕。佛教和印度教都把世界的虚幻说得如此透脱,以至于大多数印度人对命运是如此坚信,对于来生又如此虔诚。旅途中遇到的小伙伴告诉我,印度留给她最深的印象既不是高大雄伟的宫殿与陵墓,也不是破败贫穷的城市与乡村,而是贫穷、乐观却又安稳于世的印度人。

　　印度人的性格敏感又热情,真诚又固执。恒河给印度人的性格色彩打上了深深的烙印,以至于我认为,要想了解印度人的思维模式,我们可以尝试先去爱上恒河。

恒河是印度的血脉，它飘荡着印度人的肉体，寄托着印度人的灵魂。

BBC 曾经拍摄过一部有关恒河的纪录片，其中说到"世界上没有一个地方像印度一样，自然世界与精神世界如此纠缠，在这里，火和风，动物和树木，山脉和河流，全部都被敬为神祇，其中最具力量的女神就是恒河"。

恒河从喜马拉雅山麓流下，浇灌出一片郁郁葱葱的平原，这里是世界上人口密度最高的地区。一直到今天，恒河仍然是印度教的圣河。

其实，河流本身就代表着一种哲学。当我们穿过黄沙站在沉满黄沙的河岸，面对无时无刻不在东流的河水，看着淹没在泥沙里的动物残骸，这一切都在诠释着永恒与瞬间的关联。

孔子说"智者乐水"，无疑，没有什么比河流更能激发人对时间的思考。从小我就很疑惑，是我活在万物的领域里，还是万物活在我的思想中，这个思考至今没有答案，可却让思考的领域变得柔软宽阔。

我并不了解"恒河"这一名字是如何翻译过来的，但单从这个名字中，就能感受到对于时间与生命的思考。实际上，印度人对于数字与时间的观念，远远超越于其他国家。在大多数人认为几万年、几亿年就已经是永恒的时候，印度人便用其独特的思维方式，制造出更多的有关时间的论题。

我曾看到过一篇介绍佛教的文章里提到过两个概念："磐石劫"和"芥子劫"。《智度论》五曰："佛以譬喻说劫义：四十里石山，有长寿人，每百岁一来，以细软衣拂拭，此大石尽，而劫未尽。又四十里大城满芥子，有长寿人，百岁一来取一芥子，芥子尽而劫尚不尽。"所谓的磐石劫是指有一块方圆四十里的磐石，每百年来天上就会有人下来用衣袖拂一下磐石，当磐石被衣袖拂尽即为一劫；而芥子劫，则是说在一座方圆四十里的城市内放满芥子，天上的人每过一百年会来拿走一粒芥子，当所有的芥子被取走，即为一劫。这样的时间有多久？恐怕多少个沧海桑田都难及其万一。

据说到过印度的人，都会被印度人的时间观念折磨疯——很多印度人跟你说"等一会儿就到"，但这"一会儿"很可能是三五个小时。他们不急不躁地守护着自己的节奏感，丝毫不在意他世界之外的人已经急得快要狂躁。

当我开始回忆那些关于印度的轮廓时，才发现其实我对于印度的印象大部分都是沿着这条河流生长的。无论是加尔各答的仁爱之家还是瓦拉纳西的烧尸祭典，不管是阿格拉的泰姬陵抑或是德里的甘地墓，这些回忆都诞生于恒河两岸，那种触动在我内心疯狂地生根、发芽、结果，然后归于平静。

加尔各答、瓦拉纳西、阿格拉、德里，这些曾在印度数千年历史中闪耀的城市，都静静沿着恒河，排布在恒河的冲积平原之上，被圣河滋养着。如今，这里有历史的回响，也有机器的轰鸣；这里有传统宗教的存留，也有外来文化的冲击；这里是最真实的印度，也是最复杂的印度。

这里，是印度映照着生死循环的开始。

加尔各答

建筑老了
电车老了
街道老了
但一切都还在
一切还在继续着
　　——《于 5 月 15 日遇见加尔各答》

　　加尔各答位于印度东部的恒河三角洲，海拔高度介于 1.5 米到 9 米之间。它沿着胡格利河河岸，呈南北向伸展。这里的许多地方原来是大片的湿地，花费了数十年时间才被改造成适合市民居住的地方。根据印度标准局文件，加尔各答在四个地震等级分区中被划为三级地震区。而根据联合国开发计划署报告，加尔各答在风暴和旋风分区中属于"高度损害危险"等级。加尔各答，这里真的有人吗？有的，他们爱着加尔各答，就像我们爱着自己的世界。

机场：预备，go!

　　每个人总会有这样或者是那样独特的经历，在看似无限大的世界，总会有某个小小的点戳中你，它来势汹汹，无法忽略，精准地击中你坚硬的外壳，从中央蔓延出一道道美丽的裂缝，一寸寸裂开，也许在那一刻，你会声泪俱下，泣不成声。

　　德姆机场，也叫加尔各答机场，为纪念印度独立运动领袖苏巴斯·钱德拉·鲍斯（即"内塔吉"）而改名。这是印度东部最大的机场，也是西孟加拉邦唯有的两座（另一座是巴格多格拉机场）仍在使用的机场之一。这里距市中心大约17公里。

　　从国内出发是23：55，大约坐两个半小时到达加尔各答机场，飞机着陆，当地时间几近零点。我腾出一只手来边按着开机键边跟随人群往外走的时候，透过机窗隐约看到一架IndiGo飞机，在昏黄的灯光下，隐约看出是我喜欢的蓝色调，想到爸爸曾经送过我一个这样的飞机模型，心情瞬间变得很愉快。

　　爸爸总是希望我晚上能够待在安全的地方。在他视线范围内，我也尽可能按照他的标准执行。可毕业以后，白天要工作，几乎都是利用晚上的时间，在城市间穿行。他虽然不再念叨我，但是却特别要求我到达酒店的时候给他发信息，如果偶尔忘了，就要跟我别扭好久。

从中国直飞加尔各答的几个航班都是在晚上。过关进入行李提取大厅，入口的墙壁看得出来非常陈旧，但墙上面的涂鸦却很有味道：孔雀、挂钟、咖啡台、不知名的鸟和复古的汽车，他们呈矩形排列，颜色虽然随着时间褪去了一部分，色彩却依旧很抓人眼球。

行李提取大厅又旧又小，没有 WIFI，没有 ATM 机，只有一个用美元换钱的地方。还没出机场，我就见识了一双双不穿鞋的脚丫坦然地踩在地板上，行走得那样自然流畅，鞋子的修饰对于他们来说似乎是多余的。

好不容易挤到兑换钱币的地方，货币兑换处的服务窗口上贴着一张 A3 大小的纸，印着大大的"MONEY CHANGER"（货币兑换），旁边的纸上写了"SERVICE CHARGE（服务费）：Rs.100（100 卢比）/-OR2%"这是机场兑换的手续费标准。机场兑换率是 100 美金：4915 卢比，可是我用 100 美金却只换回了 4780 卢比。

出来的时候太匆忙，整个人都被沮丧的情绪笼罩着，忘记开通国际漫游了。想到爸爸抱着手机打不通电话时阴沉沉的脸，我不禁打了一个寒颤。

在机场大厅晃悠了半个小时，希望能够买到一张当地的手机卡，来搭讪的人很多，我试图在这些人里找到拥有类似国内兜售电话卡功能的，但是无果。

这期间不时有印度小哥问我是否需要帮忙托运行李坐车或者是订酒店，被拒绝后他们依然举着牌子跟着我转来转去，试图用各国语言跟我打招呼。

我们总是在说梦想，谈爱情，觉得每天都心累，人生特艰辛。也许你觉得你是没有鞋穿的人，可世界上总有人连脚都没有，但依旧努力。

我忽然心生恻隐，或许我该选一个看起来最困的人让他接一单生意，然后让他回去睡个好觉。

"Hello？"我冲着我斜右角的那个男人打了个招呼，他低着头似乎快睡着了，头发略长过耳遮住半边脸，年纪应该不超过 30 岁，灰色衬衫搭着一条休闲短裤，脚上罕见地踏着一双半旧的拖鞋，整个人充斥着深深的疲惫感。他感受到我的召唤，猛然抬起头，露出印度人特有的立体五官。

他朝我走过来，猛然看去居然有一点小帅气，他开口问我："What can I do for you?（需要帮忙吗？）Taxi,or guest house?（出租？宾馆？）"没想到他的英语还不

火车站候车的印度人民

错，不知道是不是因为重复过很多遍，声音自然流畅。

没等我回答，他就在衣服上擦了擦手，很自然地接过我的行李往机场的出口走去。我告诉他我想去萨德街，他只不停点头说"good"，然后真诚地笑着，给人的感觉呆呆的。他走得飞快，但是却非常细心，隔一段路就停下来等我，看我跟上来才接着往前走。

跟着他出了机场大厅，我好奇地去看机场外的场设，不过天色昏暗什么也看不见，只有一些轮廓定在那儿。机场出来以后我自然地选择向左走了。其实我们在生活中每天会面临"向左走，还是向右走"的选择，而我由于方向感极其弱，所以基本都是选错的。

我向左走看到了一尊尼赫鲁的雕像，但是却怎么也找不到印度小哥了。我赶紧顺着原路返回，我的行李还在那个印度小哥的手里，如果行李不见了，我也可以直接打道回府了。

正当我胡思乱想的时候，拐角处出现了我的行李箱，再往上是一双黑黢黢的手，印度小哥正在出口那里四处张望，看到我以后有点兴奋地挥了挥手！我朝他跑去，有种劫后余生的喜悦。

我相信，人和人之间应该是充斥着善意的，如果你愿意成为先付出善意的那一个人，世界回报给你的，就会是归属感。当然这是个很微妙的东西，愿意相信的人，总能得到更多的幸福感。

我跟着他走到了预付费出租车受理点，他帮我办理了出租车的预付费单，并帮我把行李放到出租车上，并小声和司机交代了什么。我给了他100卢比小费，他笑得很开心，可动作却还是很内敛，挥手的样子十分绅士。

看着他的笑容我突然觉得，也许所谓教养，就是不管你的出身和背景，都可以选择做一个更好的人吧。

上车后我告诉司机我要去的地方，然后把随身携带的背包放在身侧，这时我才注意到，他开车时后视镜没打开，我以为他忘了，于是提醒他，结果他回答："不用的，放轻松，我开车从来不用后视镜，再说我的后视镜早就坏掉了。"

听完他的话我下意识扶住了前面的座椅，完全轻松不起来。突然想起来很早之前一个来过印度的朋友跟我说过：印度人才是真正的以人为本，在他们的心里，工具就只是工具而已，所以满大街脏兮兮的破车。

这次我可真正感受到了，后来我才发现这个司机真的不算夸张，印度还有大部分的出租车是没有后视镜的，别说后视镜，保险杠没有也是常态，有的甚至连门也没有。

于是只能告诉自己：车是我自己选的，他敢开我就得敢坐。虽然有点小忐忑，我还是完完全全把自己交给了这个全新的城市，开始了这场一个人的征途。

静语:人和人,是凭借勇气分出区别的。反正我一直都不觉得自己智商特别高,小时候很用心才能完成一道奥数题的时候,总会懊恼自己不是天才。

小时候总是担心别人不喜欢我,很想做一些事情证明自己,却又总是没有勇气和毅力去做。

作为一个智商和情商都不是很高的人,但是到现在却做出了一些似乎别人没办法做成的事情。其实我也一度不解,因为我有很多不平凡的想法和目标,而又确确实实是一个很平凡的人。

后来我有了一个让我特别开心的发现,就是似乎别人眼中的我总比我想象的自己要好上很多。

我以为我没办法演讲、演戏,站在聚光灯下也许会紧张到晕倒,可是所有的我以为都只是以为。也许第一次不一定能够做得很好,但是完成以后就觉得也没有这么难。

我第一次拍戏的时候,很多人对我说,你的演技这样,你还是不要演了,你还是好好当一个制片人吧。说出这样话的人,反而都是十分亲密的人。面对这样的逆耳忠言,我很尴尬,十分无措,但是却还是沉默着坚持做完。

这是中国人的天性,总是站在为对方好的立场上,去试图阻止可能发生的所谓"悲剧"。可我相信我自己,如果有机会,为什么我不试一试呢? 就因为我从来都没有做过吗?

如果可以,在遇到是否需要尝试这样的问题的时候,我希望你们都能够是那种第一个冲上舞台的人。

因为所有的第一步都是需要足够的勇气的,但是请相信,迈过去的时候总能遇到最好的自己。

长大以后我很少给自己下定义,也不愿意别人给我下定义。因为我明白,只要我拥有勇气,就拥有了整个世界。

加尔各答惊魂

去萨德街的途中，热心的司机不停给我介绍各个酒店，但是他的口音却让我感觉到了国界。就像是大学的时候听外省同学煲电话粥一样，我特别努力想听明白，但基本只能靠猜，这应该是大部分异乡人会遇到的问题。

车摇摇晃晃，我的困意袭来，眼皮开始无法抬起。不知道什么时候车停了下来，司机大叔不耐烦地拍醒我，示意我下车。

我望向外面，车外是脏兮兮的街道，只有零星几盏街灯杵在路边，气氛有点怪异。我确定这不是我的目的地，于是背后一麻，瞬间睡意全无。

也不知道经过了多久的设想，再联想了一些印度关于治安问题的新闻。我越来越紧张，只能死死拉着车门把手不下车。

司机大叔看到我的反应却开始大笑，一边笑一边指着路边的小店，告诉我："放心，我帮你办手机卡。"

脱离了恐惧的我觉得十分尴尬，却没有放松警惕，和他保持五米左右的距离，然后朝他指的方向走过去。

走了一小段路，就看到一家私人小店，门口的牌子上写着 Mirza Ghahlib St.（米尔扎加利卜街），构造和国内的一些手机店差不多，一侧是柜台，另一侧乱七八糟堆着一些物品，墙上有很多的便利贴，我第一眼就看到一句中文"感谢迈克为我们办卡，他是一个好老板"，这时我才感觉到没那么紧张了。

果然，他们亲热地交谈了几句之后，迈克从塞得乱七八糟的橱柜里抽出一张表格给我填，然后问我要了身份证。整个过程都很顺利，迈克的脸上挂着笑意，一点都没有被我们吵醒的不耐烦，告诉我正式开通需要等到明天上班时间。

"欢迎下次光临。"迈克递给我和司机大叔各一根烟，我拒绝了，于是他们自顾自地抽起来，很快小店里充满了白色的烟雾，我觉得喉咙有点不适，忍不住咳嗽了几声。他打开店门，示意我们离开。

回酒店的路上，手机上依旧显示着无信号，我却没有之前那么慌乱了。司机和迈克粗鲁的善意，似乎让我找回了一大半安全感。

时间的纬度决定了你永远也不知道下一步会发生什么，在濒临崩溃的边缘，你只需要问自己，这一切真的有自己想得这么糟糕吗？其实多半是能坚持下去的。如果真的有，那也没有办法，你做出了选择，那一定得有买单的觉悟。

又走了一段路，车窗外开始淅淅沥沥下起小雨，司机大叔开始变得更活络，试图跟我展开更多关于两国友谊的话题，并掏出了他中国产的手机。我有一句没一句地应和着，整个人又陷入了迷迷糊糊的困意里。

在经过一条小巷的时候，车子突然一个急刹，司机开始大声对外面叫着什么，并且让我把门锁好。我看到车窗外有两个小孩，一人拿着一个啤酒瓶，然后还拿着一把刀。

刀可能不太锋利，也可能是雨水洒在上面的关系，车灯的光线照在上面柔柔的。拿刀的小孩十三四岁的样子，可能也是第一次不熟练，手还微微抖着，他一边拍窗户一边冲着司机大叫，司机倒是很镇定，只是在和他讲道理。

这个事情的结尾是司机扔出去一百卢比"买路钱"，然后小孩让开了道。司机一边重新启动车子一边跟我说，这些小孩很可怜，小小年纪染上了毒瘾，才会这样深夜守在这边劫财。

等到车快到酒店的时候我才感到一阵后怕，如果不是司机大叔"讲义气"，"劫匪"又不是十分专业，还不知道会发生什么事情，这让我对印度的感觉一下复杂起来。

大约是在凌晨一点半，出租车终于抵达了萨德街的酒店，在值班的前台办理入住手续的空当，我连上WIFI给爸爸发了条微信，告诉他我已经平安到达，入住酒店了。

爸爸的微信很快回来，只有简单的四个字："注意安全"。我心里想着，离家这么远，都不会好好表达一下关心，又是这四个字，这也太敷衍了吧。

当我看到前台上挂着的一排时钟的时候，却突然鼻子一酸。印度时间比北京时间的时针指向低大约两个间隔，也就是说国内现在已经快四点了。可爸爸一向睡得早，发微信的速度也不快，这个点这么快就回了微信，他应该是一直把手机攥在手里没睡觉吧？

自从上了大学，我就很少回家了。后来决定创业，更是忙得焦头烂额，出差更是家常便饭。回家的时间越来越少，家人打来的电话也总是没说上几句只能匆匆挂断。每次给爸妈报平安，回复我的却总是这四个字："注意安全"。

平平安安，这大概是父母对于漂泊在外的儿女最大的期盼了吧，而我却一直没能理解这四个字的背后藏着怎样深沉的爱。

当我告诉爸妈我要一个人来印度的时候，他们是坚决反对的，甚至因为这件事情我们在电话里爆发了一次非常激烈的争吵。

我固执地认为这样的体验是认识自己的一个过程。我想看到更多，我想听到更多，我想感受更多不一样的世界。于是在他们激烈的反应下，我一遍遍重复我的状态很好，我工作的事情可以用邮件或者视频远程解决，我会带上定位系统，我会很安全。

我爸爸坚持让我回家。回家后我站在他的面前看着他，我爸沉默着抽了半小时烟。这半个小时我没有说话，因为我知道，成长道路上的每一个选择，他们最终都会尽力支持我的想法。因为爱，这样的僵持总会以我的胜利而告终。他们总是小心翼翼地呵护我眼中的光芒，而我一如既往任性并且勇往直前。

可是我却忘记了，也许我会满怀激情地路过很多地方，找到更多的存在感。而爸爸妈妈，最希望看到的，却是我平安回家。

这么多年，真正跟爸爸在一起的日子真的不多，我小的时候他总在出差，等到我长大了我总在出差。唯一不同的是，爸爸出差回家看到的是我熟睡的脸，而每当我加班熬夜的时候，爸爸总会在确认我安全回到家之后才能放心睡去。好友丁果总调侃我说，你这是"一个人创业，一家人受累"。每每听到这句话，苦笑之后却格外温暖。

想到这里，心稍微定了一些，赶紧回消息："我爱你，爸爸。我会照顾好自己的。我愿意成为你们的眼睛，而你们是我前行的动力。"

"在外面别省钱，累了就回家。"爸爸的回复意外地超过了十个字，我愣了一下，瞬间觉得小宇宙充满了能量。加尔各答的夜晚似乎充满了魔力，让我在某个不经意的时刻回忆起过去的点点滴滴。

办完入住，酒店服务生热情地帮我把箱子拿到房间，用印度味儿的英语跟我道了"晚安"。略微收拾了一下后，睡意便涌了上来。

我住在宾馆的时候不爱拉窗帘，总是喜欢望着窗外的人来人往。

这会儿躺在床上，我看着灯光随着道路延伸向远方，蜿蜒着在远方黑魆魆的山脚下逐渐变淡，直至消失。收回视线的时候，才发现夜晚的加尔各答好美，它被五颜六色的霓虹灯包围着，古老而梦幻，个性十足。我的意识也慢慢变得模糊……

静语：记得自己在推特上看到的一位日本网友分享的一篇文章，一位父亲故意灌醉女儿，女儿隔天看到父亲写给她的信却忍不住哭了，"下次再一起去玩吧。昨晚你记得喝了多少酒而醉倒吗？一共是两杯啤酒跟五杯角 HIGH，这就是你的极限，世界上有很多坏人，我没办法永远在身边保护你，所以才让你知道你的极限，学会自己保护自己，我相信你一定能做到。"

父亲知道我们绝对不会听话，所以他不愿用强硬的方式将自己的思想硬塞给我们，可是却总是为我们买单。刚入大学的时候，我因为这样一句话而泪流满面：你长大的速度要赶得上父母老去的速度。

我是从小被父母惯到大的，所以养成了非常乐观的性格，总觉得想要的东西好像都能得到，如果这件事情失败了，又能很快投入到下一件事情里，也不知道是坏事还是好事。

可是我也是一个非常愿意做事情的人，相信能量守恒，厌恶不劳而获。这样莫名其妙从骨子里冒出来的清高，让我觉得从父母那里拿超过生活范畴的钱是非常羞愧的。

当然，我也有朋友拖着行李箱说要去北京好好奋斗，打着北漂的幌子，可一旦事情不那么顺利，又开始流连在工体一带，喝吐了之后大哭着抱怨出身和机遇不够好。

世界上确实有人带着光环出生，可以很轻易站在很高的起点上。可是更多的人，却是靠着自己的努力，一步步穿上王冠和水晶鞋的。

　　我一直都知道生活一定有它不公平的地方，当你同龄的朋友换了一辆更炫的车，副驾驶上坐上了一个年轻可爱的姑娘，而你只能在加班后的夜色里独自等公交再在破旧的出租房里独自入眠。

　　我们无法面对更无法理解这是一种多么难过的落差，因为我们还未从足够多的这样的时刻走过来，看不到前方是什么，希望还是平庸。

　　可是我们还年轻，十分需要新鲜而自由的空气。青春赠予我们的，应该是即使边走边失去，却依然坚定的目光。

你老了,但你仍在继续

太阳在白天到来的前几个小时里积蓄能量,终究还是赶走了阴雨,窗外的建筑风格在告诉我,这里,确实是印度。

我在萨德街住的酒店,是五楼的一个房间,房间的墙壁上,以前的住客留下了他们的涂鸦:有画着路飞的,比动漫里还夸张的手延伸到了床头,旁边写着"Don't worry, be happy, everything will be ok!(不要担心,要乐观,一切都会好的)"。

还有一句话非常有意思,中英文双语:"我胖的唯一原因,是太小的身体容纳不了我饱满的性格。"这世界上总是不缺各种各样有才华的人,他们总能在幽默这件事情上爆发惊人的天赋。

橱柜旁有一些韩文和日文,我看不太懂,但结尾都不约而同分别留下了"from Korea(来自韩国)"和"from Japan"(来自日本)"的字样,队形保持得很一致,让人不忍心破坏。

酒店外面墙体的白色涂料斑斑驳驳,墙角破破烂烂,从建筑形式上来说并没什么创新，只是总觉得有些浓重的殖民痕迹。传统的英式建筑很中正，但如果始终能保持一种崭新的白色，也许又是另一番景象。

目光转及其他的地方，我的心不由得往下沉，那是一种无法言喻的心情，像看到音乐剧《猫》中邋遢肮脏的格力泽贝拉深情"回忆"自己年轻时风光的感觉一样。

酒店四处是破旧的建筑，街道的拐角处耷拉着一个个用篷布搭起来的小房子。街道两侧的屋檐下睡着人，裹着脏兮兮的被子，被子上盖上一层塑料布，被子的边缘露出一些脏兮兮的四肢，如果不是偶尔动一下，都感觉不到生气。我不忍再看，心里涩涩的，就像堵了一大颗青橄榄。

昨晚在酒店门口下车，还没反应过来服务生就冲上来拖行李，一直服务到把行李放在行李架上。可能是因为他们传统的等级观念在脑子里根深蒂固了，在高档一些的场合，被尊重的感觉特别强烈。可此时，这样的服务却丝毫没有给我带来优越感，反而有着丝丝歉意。

人总是容易对自己无法掌控的东西丧失安全感，如果认为面对的情境是不公正的，就会觉得茫然甚至是内疚。

按照原定计划，从萨德街的酒店出来直接去博物馆参观，本来可以十分钟走完的路程我却花了三十分钟，可能是背着相机的原因，一路上总是有人要求我帮他们拍照。

加尔各答建筑的风格很独特，一座城市包容了很多哥特式、巴洛克、罗曼式、伊斯兰教式建筑，所以加尔各答也被称为"宫殿之城"。可是到今天，它的很多建筑都朽坏了，留下一堆堆残骸，昭示着昨日辉煌。

我看过太多的博物馆，而印度博物馆给我的第一印象却稍显沧桑和落魄。这是一座典型的英式建筑，里面有自然科学、考古、人类学、艺术类等六个展厅，以展品丰富闻名。只是陈列厅的设施太陈旧，水磨石地面、普通的吊扇，一排排老式的木质展柜和日光灯管，走在这里，仿佛回到了中国计划经济时期的某个大学的图书馆，吸入的气体都是老旧的味道。

发电机轰鸣的声音响彻走廊，很多展品裸露着摆放，上面也落满了灰尘，比较起来，院子里的花园和草坪保养得要好得多，工人们蹲在草坪上认真修剪的劲头，多少让我有些费解。博物馆本身建筑保存完好，还可窥见当年的气派和雍容。

从博物馆出来之后，看了看地图，大约 3 公里的样子就是圣保罗大教堂。我觉得还有时间,就想走着去那里。

有个男人走到我跟前问我去哪并要求主动带路,他衣衫褴褛,唯一的鞋子也开了很大一块胶。我还没来得及拒绝,他已经迈开了脚步,我只好跟着他走。

到了圣保罗大教堂,我给了他50卢比小费,他眼睛瞪得圆圆地看着我:"女士,我不要钱,如果您真要感谢我,就给我的孩子买点东西吧。"

我实在无法拒绝这样真诚的请求,正好也想去超市买水,就跟他走进了一家小卖部,他拿起一包饼干,标价50卢比,小卖部老板果断开价500卢比。

人生是没有剧本的,所以总是会遇到各种各样的意外。而今天发生的这件事,让我像吞了一只苍蝇一样恶心。我努力平复心情,把50卢比放到柜台上,然后头也不回地离开。

我相信他不一定是个坏人,也许他已经很久没吃饭,也许他需要养家糊口。但是我最不喜欢的一种习惯就是欺骗,为了达成某种目的,利用他人的善意,自欺欺人觉得别人都是傻瓜。

教堂的不远处就是维多利亚纪念馆,位于加尔各答的最中心,在她的不远处有一条大马路,在车水马龙的街道旁,一整溜都是只以塑料布、麻袋搭成的居民群。我突然有点说不出话来,如果说满街的牛粪和尿味让我觉得非常不舒服,这样鲜明的贫富对比却是让人触目惊心。

可是眼前的人群,却对贫穷表现出惊人的包容度。他们习惯性尊重每一个街边睡觉的流浪汉,自然而然地绕开,也许这就是为什么加尔各答能成为印度现代文学艺术、思想哲学的诞生地,并且出现三个诺贝尔奖得主的缘故吧。

奈保尔说:"印度老了,但印度还在继续。"我站在这个陌生的城市里面,心想只要万物还在生长,它就不会停下来。

静语:刚到加尔各答的时候,一股浓郁的气味扑面而来。我是一个嗅觉特别敏感的人,能隐约分辨出这股味道大概是由咖喱、牛粪发酵以及阴雨天衣服散发出的霉味构成的。之后的很长一段时间,我都把这种味道称为印度味道。

现在是雨季末端,作为曾经英属印度的首都,加尔各答出租车都有着英式老爷车的范儿,经典黄色怀旧款。雨打在出租车的前玻璃上溅起一个个小水花,雨刮器好像坏掉了,年轻的司机拿着一块半旧的深蓝色抹布,探出身子去把挡风玻璃擦了擦,回到车里的时候半边身子都湿了,但是他好像并不是很在意。

昨天晚上，司机问我酒店地址，我把已经找好的地图拿给他看。他十分认真地看着地图，低垂着眼，长长的睫毛在脸颊上洒下一片阴影，皮肤黑亮而有光泽。看了一会，似乎不太清楚位置，就打了一个电话问朋友。

　　在之后的很长一段时间，我逐渐知道，印度的出租车司机很大一部分都是不认识路的，但是他们会很耐心地一次次下去问路。只要他们下去问，站在街边的印度人都会很热情地回应，而不管他们是不是认识路，都会给你指一个方向。虽然感受不到冷漠，但是这样的热情使得花在路上的时间起码增加了一倍，也不知道算不算好事。

　　出租车的车窗没办法打上去，雨会飘进来些，溅在胳膊上有些微凉。我安静地看着车窗外的画面变换，虽然是深夜却并不冷清，有的屋檐下有三三两两躺着的人，他们用防水布遮住自己，遮不住的部分就暴露在湿漉漉的空气中。建筑风格多变而混乱，新生的夹杂着已死亡的，欧式的夹杂着印度老式建筑，毫无规律地组合在一起。

　　在印度待了一段时间以后，我发现这个国家很少让人觉得冷漠，当你急匆匆想要去往哪里的时候，他们会告诉你，不要急，慢慢来。而我慢慢地也爱上了这种包容的节奏感。

初识德古拉

我坐在 KFC 里刚登上微信，就收到了丁果发来的消息："静逸，你去印度怎么不带上我？"

丁果是我从小玩到大的闺密，我们有着六年深厚的同桌情谊，和超越同桌的默契。

她是个纯粹的吃货，哪里有好吃的她都能找到，而且完全活体导航。除了吃货的一面，丁果还是个可食人间烟火的学霸，考试的时候智商可以飙到和找食物的时候同一水平，并且在关键时刻从来不掉链子，这个技能让我们艳羡不已。

高中毕业后，丁果直接选择去了英国的伯明翰大学，在那里开始了留学生活。我们聚少离多，但是却一直没有断联系。

我回复丁果："不是你不愿意来么，再说我可是来寻找信仰的。"其实我出行之前就问过她，而她因为对印度食物毫无兴趣拒绝了我，所以这个时候发来这个信息，我觉得有点奇怪。

果不其然，丁果抛过来一连串的问题："这是遇到什么烦心事了？失恋了？创业失败了？想要艳遇了？你还真的一个人过去了？"

　　"我在办正经事呢，要是闲聊的话就排号啊。"突然觉得自己回复她的语气像她七十岁的奶奶，但是没办法，如果我跟她扯起来，就没有办法控制时间了。

　　"No, no，你先别管我在哪儿。你跟我说，你现在在印度的什么地方？是不是在加尔各答？"丁果急忙回复了一段语音。

　　"你真是消息灵通，在我身上安摄像头了吧？"我疑惑地看看周围。

　　"我昨天跟老郭聊天的时候知道的。他说你来了印度，还问他到哪里觅食，他给你推荐了 KFC。"停了片刻，她又说道，"你不会真的在 KFC 吧？哈哈。这也太惨了！"

　　"你真该来看看，体验不一样的人生啊。满街牛宝宝乱跑，味道真是难忘。"她很了解我，我也很了解她，丁果是一个对气味十分挑剔的人。

　　"好了好了可别说了，光想想就受不了。"丁果也不再瞎聊，直接切入主题。

　　原来她有一个大学同学正在加尔各答做社会调查，是一个英国男孩，从小在印度长大。她想推荐给我当向导，这样我的安全比较有保障，我也可以帮他完成部分社会调查里面的统计工作。

　　其实我之前也一直在忐忑，一个人去孟买的贫民窟，确实不太安全，了解程度上也会有一定约束，但是如果能多一个人同行，那肯定更有意思一些。

　　"他叫什么名字？"我问。

　　"德古拉。"丁果回复得很快。

　　"德古拉？吸血鬼王子么？"都知道我大学时候特别迷吸血鬼的电影，还一度特别想自己拍一部。

　　"不开玩笑，他是我的大学同学，跟我学的是一个专业，都是社会学。后来我继续在这里读研究生，他本科毕业后就 Gap Year（隔间年旅行）了。"

　　丁果最近谈了个国内的男朋友，感觉中文进步不少，大段大段的文字跳到屏幕上："你如果准备一个人在印度玩的话，找他最合适不过了。他的父母以前是英国的一家跨国公司驻印度的中层，在印度生活了十多年。德古拉从小也是在印度长大的，后来他父母被调回英国，他才跟着父母回到英国读的高中和大学。他对印度很熟悉的，而且你不是一向都对社会调查很感兴趣么？"

　　"好的，我联系他。"身在异乡，我却感觉到被关心的温暖，暗下决心年后一定要去英国找一趟丁果，也想听听她作为一个留学生，对在中国做动漫项目的意见。

丁果正在兴头上，并没有让我下线的意思，连着进行了一大波赞美德古拉的刷屏，我果断地退出了微信后台。等我再看到的时候，已经是下午四点了。

我知道丁果一个人在国外求学很辛苦，但是她居然一个人连着自说自话了两个小时，这让我感觉到丁果不仅辛苦肯定还十分寂寞，再次暗下决心以后有空一定要多陪她说说话。

丁果把德古拉的微信名片推送给了我，头像还真的是吸血小王子，可惜是个卡通版本，果然神秘的吸血鬼在哪一个国度都是受欢迎的。

在跟德古拉的交流中，我才知道他之前没有用过 wechat，是为了能够联系到我，才临时下载了一个。我发过去一个好友验证，不一会儿通过了，小王子连发了好几条消息问我在哪里。

我给他发了我的位置，他告诉我他现在在这附近的萨德街，我们把见面的时间约在了今晚，见面的地点是他定的，一个英式风格的小餐厅。

在印度的东部，太阳正在落下。通常在这个时候，夕阳的余晖早已照拂在加尔各答的各个角落，但今天似乎有点不一样。我坐在旅社房间里，想着丁果和我说起并即将见到的那个人，手中捧着的咖啡在秋意渐浓的傍晚散发出丝丝温暖。零星微风穿过窗缝拂过窗帘，掀起微微波澜。

晚上七点，我来到了这家餐厅，它在印度算是难得的干净。按照德古拉给我的留言，我在餐厅里拐了几个弯之后，第一眼就认出了他。

通道左侧，散发着慵懒气息的男孩迎光倚靠在墙上。德古拉低着头，碎碎的刘海盖下来，遮住了眉目。在日光灯的照耀下，他带着点自然卷的茶褐色头发映着一圈儿很漂亮的亮光，不长不短扎在了脑后，露出干净的脖子，让我不禁联想到《天是红河岸》漫画里的凯鲁王子。

我走到他前面敲了敲桌子，他站起来，兴奋地跟我握手，表情夸张得像个小孩子。就这样我的防备心理已经打了好几折，就差亏本清仓大甩卖了。

不得不承认眼前的德古拉长得的确很有味道，身高一米八五左右，可惜胡茬很久没有收拾，显得有点凌乱，搭上他的言行，整个人的感觉倒更像是个艺术家了。他笑的时候，总是特别认真地盯着人，嘴角翘起的弧度特别大，给人的感觉十分真诚。

跟他打过招呼以后坐了下来，德古拉体贴地开了口，居然还是中文，虽然口音有点奇怪，但是我觉得还是很惊喜的。

他问："静逸，你想吃点什么？"

"随便点吧，不然就吃牛排？"我看着这个摆着可爱刀叉的餐厅，连菜单也没看就脱口而出，心里却想着待会开场的话题。

德古拉笑得更开心了："这里是印度，牛可都在大街上走着呢。"

"对对对，我把这事给忘了。"我被德古拉的笑声弄得有些窘迫，想着之前和我在小巷子里对峙的牛神宝宝们，又觉得有点好笑。

"印度神牛，是上天赐予印度人民的礼物，是印度图腾、文化和宗教的象征，甘地曾经说过，'牛是印度千百万人的母亲，古代的圣贤，不论是谁，都来自牛。'所以这里成为了牛的天堂，虽然也不是没有牛肉制品，但是尽量不要吃。"德古拉认真地给我解释。

我听得入神，想到之前看过的印度电影里关于牛的情节，十分有意思。而后来在印度看到的牛，确实悠闲。它们白天在大街小巷信步游走，晚上就找一个舒适的地方趴下休憩，下午的时候总能看到它们在恒河里泡澡，然后傲娇地排着小队爬上台阶消失在房子和房子的间隔中。

"静逸，静逸？"德古拉发现了我的走神，凑过来观察我，"你在想什么？"

"啊？"看到离我距离一下变近的德古拉，我反应过来，于是赶紧说道："就像回民不吃猪肉，我理解，换个别的吧。"

德古拉坐回位子上点了单，还体贴地要了一些纸巾。他接下来说的话让我觉得这个外国人真是不懂事，有种想找出墨镜来戴上的冲动。

"你的脸为什么这么红，你很热吗？"他正了正身子咳了几声像是要问我很严肃的问题，可最后他特别认真地说出了这句话。

我当时有一种被问住的感觉，德古拉真的是太直接了。于是我思考了一下，故作镇定地回答他："亚洲人都是这样的肤色，这叫敏感肤质，你懂不懂？"

他虽然若有所思，最终还是虚心地点了点头，认真地回答："嗯，我知道了。"我松了一口气，心想这个耿直的娃娃还算识趣，不然我也不知道要如何往下接了。

后来我了解到，德古拉最近几个月都在印度，说是做社会调查，其实也就是在瞎玩，期间跟一个NGO（非政府组织）在合作，做一些项目，其实资料都是很快可以收集完的那种。但由于他修的是社会学课程，他在印度长大，加上一些个人经历，对印度这个国家的人文环境兴趣十足，所以顺便做一个社会调查。

摄于斋普尔

"你以后会在印度生活吗？"我好奇他之后的去向。

"应该不会。也许我离开印度之后，还会到其他国家旅行。"德古拉耸了耸肩，"对一个国家感兴趣，并不一定要一直待在这里一直看。如果没有对比，反而不全面了，不是吗？"

他的回答让我想起钟汉良在《后会无期》里说过的一句话："你连世界都没观过，哪儿来的世界观？"突然觉得这小子还挺哲学的。

忽然，德古拉指着窗外的一辆摩托车说："你知道格瓦拉吗？你看过《摩托日记》吗？"

"切·格瓦拉的《摩托日记》？有看过关于它的影评和传记，但是没有看过电影。"

切·格瓦拉在自己的《摩托车日记》里说过，他的摩托车南美之旅，是他和朋友偶然做出决定的旅行，他们没有什么钱开着摩托走遍南美，这是一次冒险和探险的未知之旅，几乎没人会怀疑那次旅行改变和奠定了切一生的事业。如果没有那次旅行，切就不会是那个勇气与智慧并存、正义与信仰兼备、激情又沉静、彪悍而无畏、帅得不可方物、形迹近乎圣洁的古巴革命者。

其实我对公路并不怎么感兴趣，挺纳闷德古拉怎么突然说到这个，想着早知道他会问到这个，那时候就看一下了。

"比起火车，偶尔我们也可以换一种交通方式的。比如摩托，这样可以更深入了解印度文化啊。"德古拉自顾自地说着，眼睛闪闪发光。

"可以啊，但是你得给我买个头巾，不然回去的话，估计我这肤色要和印度当地人差不多了。"对于之后的摩托车之行，我也有点期待。

"太好了，"德古拉变得像个孩子一样开心，"你愿意当我的助手帮助我吗？"

助手？原来他这么高兴，就是因为拉了一个免费苦力，我的表情瞬间垮了。即便这是事实，他难道不能把我即将要做的事情描述得有价值一些吗？果然是颜值与情商不可兼得，完全不能好好聊天。

"你的名字是你自己取的吗？你喜欢吸血鬼？"他的微信头像让我印象深刻，我转移话题。

"我爸爸的爷爷是从罗马尼亚移民到英国的。德古拉是我们在罗马尼亚的家族名字，也就是'龙'的意思。"德古拉的答案和我预想的完全不一样。

"听起来，你的家族曾经辉煌过。"在我的理解里，"家族"这个词是很厚重的，由姓氏、血缘等亲缘关系连接而成的巨大的亲属集团,里面一定承载了很多的故事。

"或许吧,反正在《暮光之城》里,我的家族还是非常辉煌的。"德古拉的回答透着英国式的幽默。

我被他逗笑了,觉得之后的行程要是一直有这么个有想法的小伙伴,一定非常有意思。看看手机上面显示的印度时间,想着也不早了,就赶紧和他计划之后的行程。

"我在加尔各答这已经是第五天,这几天一直在仁爱之家做义工,现在的计划是做满一个星期就从这里出发,沿着恒河向北走,然后去四季之城。"德古拉掏出他的小本子,翻到其中的一页,滔滔不绝讲着他的规划。

仁爱之家是一名叫特蕾莎的修女为穷苦人创办的,我知道这个地方。几乎每个去印度的游客,如果是无间歇性长期服务,就可以去注册一个"PASS CARD(绿卡)"申请做义工。明天我也会去那里,只是我没想到德古拉居然是那里的常客。

"我每年学校放假都待在那里,如果你愿意,我希望你也能去看看,哪怕只是逗留一小会儿。"他真诚地看着我,"在北印度,我要去的地方就是这些。然后我会从乌代布尔出发,先去孟买,再到金奈。"在这样的事情上,德古拉似乎非常有条理,基本上找不出缺点。

我想着我之前定下的行程,除了停留的时间不同,路线基本重合,应该也是可以一起走的,所以对他之后的行程十分感兴趣。

"我的打算是明天去仁爱之家看看,所以才把酒店定在了萨德街。"我如实回答。

"那我们明天可以一起去。"他看着我的眼睛高兴地说道。他告诉我仁爱之家每周五有一个面试,通过了面试之后第二天才能够去,而德古拉在仁爱之家是像候鸟一样的人,那里的修女都认识他,有他带我,在有限的时间里可以接触到更多。

"这一路你都骑摩托车吗?"说定了明天去仁爱之家,我就把话题转到了他的摩托车上。

"当然!只有摩托车,才最适合在印度的道路上行驶。不过,有些行程我们还是坐火车,毕竟北印度到南印度也不近,而且如果来印度不坐火车,还叫来过印度吗?"

"体验开挂的人生!"我突然有点小兴奋,瞬间想起了印度大阅兵,内心冒出一句话:到那个时候,我一定要让全世界知道,这个火车被我挂上了,哈哈。

德古拉被我的快乐感染，又说了一些印度的趣闻，一顿饭就在这样愉快的氛围里结束了。

"还是中国菜最对胃口啊。"我用一句话总结了今天的晚餐。

德古拉倒没介意，一边结账一边笑了笑，说："我也很爱中国菜，现在我们回去休息吧。"

我低头看看手表，已经快十点了，想着我跟德古拉明天都要早起去仁爱之家，不由得步伐快了几分，想多争取一些睡眠时间。

德古拉用他的摩托载我回到了酒店，然后转身跨上了他的粉红小摩托，留给我一个反差极大的背影，在引擎的嘟嘟声里消失在加尔各答的夜色中。我站在门口，目送他渐渐远去。

静语：要不是丁果，我想我不会认识这个叫德古拉的男孩。

来印度之前，我坚定地认为这一定是我一个人的旅行，也从没想过这样一个个性鲜明的男孩会出现在我印度之行的开端，而此刻的我，更加不会想到德古拉会陪着我与印度告别。

他是我在印度的第一个朋友，他让我在异国他乡第一次感觉到纯粹的信任和依赖。我很感谢他出现在我的生命里，尽管我们没有来得及太多深入的沟通，也有着文化差异上的代沟，但是他给我的印度之行，带来了很多不可思议的经历。

他让我感觉到，在我莫名其妙横冲直撞的生命里，也一定会出现一种人，可以跨越性别和国界，走在我身边。我坚信人和人的相遇一定是有原因的，就像现在，你们在看我乱七八糟的记述，对于我来说，也是一种奇迹。

我知道，人生就像列车，有人上车就会有人下车，可在那之前，我们一起走过一段路，然后成为彼此眼泪中的名字、往事中的宝石。

我没有什么特别的信仰，如果非要说相信，那我相信简单真诚的感情，相信莫名其妙的信任，相信一个拥抱就能够传递的能量。也许这听起来有点矫情，却是我在这一路上能总结出的最华丽的句子了。

从萨德街走向世界义工聚集地

不管大家有没有听说过仁爱之家，但是肯定都听说过特蕾莎修女。

我一直觉得特蕾莎修女是有大爱的人，她的能量场明亮而祥和。我喜欢她的那句话：不管怎样，你总是要将你拥有的最好的东西献给世界。这也是我试图去理解大爱的开始。

在以色列军和巴勒斯坦游击队的战争中，特蕾莎修女救出了 37 名孩童，并穿越交战区域前往被损毁的医院，疏散年轻病患。

得到诺贝尔和平奖的特蕾莎修女终其一生都在为穷苦人民服务，所以仁爱之家遍布印度各地，专门收容濒临死亡的穷人。即使能得到的医疗照顾有限，但起码能让垂死的人得到最后的平静和尊严。

仁爱之家除了有少数本地佣工之外，主要是靠来自世界各地的大量义工支撑运转，有些背包客路过加尔各答，只做几天，有些则待下来几个月，还有些像德古拉这样如候鸟一样，走了之后还会回来，你来我往，流动的义工们支撑着仁爱之家。

昨天和德古拉约好一起去仁爱之家，他没有骑他的粉红小摩托，我俩就这样从萨德街出发穿梭过一个个小巷寻找 Mother Teresa（特蕾莎修女）。

一路上都是印度特色的人文场景，初见这种场景我还有点诧异，但是德古拉已经习以为常。有人蹲在路边的水龙头边接水喝，有人站在大街上洗澡，男女都有，都是穿着裤子，上半身裸着。我不好意思看，于是红着脸挪开视线，躲避着这些印度特色"景观"，德古拉见了哈哈大笑。

后来我慢慢了解到，大部分印度平民平时都是喝生水，就是那种昏黄的自来水，如果外国人喝的话，十有八九都会拉肚子。像路边这样的水管随处可见，据说即使是在最穷的地方政府也会修水管，以保证全国的人都有水喝，就像火车会开进最偏僻的小村庄一样。

小巷两旁的铺子开了门，牛羊在铺子里挨宰，血水被直冲向临街的路面。马路上偶尔还会躺着睡觉的人，完全无视周围喧闹的环境，甚至偶尔被踢到，也只是转个身继续睡去。

偶尔路过装修不错的独栋小院，走出面戴黑纱的穆斯林女人，优雅地迈上门前的车；也有穿着破旧沙丽的女人牵着小孩儿上街乞讨，看到我们更是围上来"food！ food！（食物！食物！）"，边嚷边指着自己的嘴巴。我到现在还对那样的动作记忆犹新，仿佛是一个玩笑，又像是一场理所当然的乞讨。

从这个行为上看，印度的小孩子好像没有卫生意识，他们随时都可以伸手问陌生人要吃的，然后不加分辨地塞进嘴里。家长不仅不阻止，还会鼓励着将他们向前推，我想这大概也是导致印度小孩死亡率高的原因之一吧。但是他们又十分活泼，有着美丽的大眼睛，和上天赋予的表现力，让人怎么也讨厌不起来。

走了大约三十分钟，德古拉带着我在一条主街和小巷的交叉口停下来，这里就是 Teresa（特蕾莎）修女生前居住过的地方，是一座小博物馆。

迈进大门，小巷里的嘈杂一下消失了，我轻手轻脚收起相机，修女微笑着向我们点了点头，示意我们可以进来。今天是周五，正好是面试的时间。一楼有两间房，一间里摆满了长条凳，大概是给面试的人准备的。另一间是个小展室，展出了特丽莎修女生前的事迹和遗物。

因为不止一次在这里做义工，他向一位胖胖的修女告别后就领着我出了门，向另一个巷子走去。德古拉告诉我仁爱之家分为垂死之家、老人之家和儿童之家,而我们今天的目的地就是儿童之家。

儿童之家收留的多数是被遗弃的带有身体残疾的儿童,大的六七岁,小的只有几个月。来的路上马路两边随处都是衣衫褴褛的人,救助站应该就在这附近,他们随意躺在墙根下、树荫下,也许这就是他们的家,因为大部分人的表情没有丝毫窘迫,有的只是轻松和从容。

我遇到一个十几岁的年轻妈妈,手上牵着一个,怀里还抱着一个,稚嫩的脸上却溢满了温柔。我冲她笑了一下,她腼腆地低下头,不再直视我。

跟着德古拉穿过大铁门,便撞见了一堆孩子们嬉闹,这些不谙世事的小天使们,在哪里都能把游戏做得简单而欢乐。脱掉鞋子推开木门,看到一间教室大小的房间,却是另外一番场景。房间有十几个义工在忙碌着,似乎并没多余的精力注意到我们两个人,我们小心翼翼地从他们的身边穿过,走进房间。

房间右边摆了十几张儿童铁床,有的孩子躺在床上默默看着天花板,有的则是大声哭喊。一个失明的小男孩儿不停地哭叫,使劲儿蹬开试图帮他穿背心的义工,捍卫着自己的一小片空间,如果有人靠近他就用小小的拳头捶打自己的头,也许在他一片漆黑的世界里,唯有这样才会有安全感一些。

一个大眼睛的小女孩儿静静地躺在小床上,长长的睫毛,不哭不闹,我尝试帮她换背心,轻轻抬起她细小的胳膊时,又不知如何下手,总觉得一使劲儿就要断了。可是对于陌生人,她的表现却异常淡定,瞪着大大的眼睛盯着天花板,脸上没有一点儿怯意,却也没有应该有的回应。

那一瞬间,我不知道说什么好,心里就像塞了一大块棉花,堵得十分难受。我开始质疑我们想要表现的所谓的善良,是否真的是他们需要的。这些不那么幸运的孩子们的生命轨迹,我们是否真的能够真正地理解。

我突然想到,也许同情只是一种居高临下的自我慰藉,而真正的善良,却是感同身受。

孩子们的中饭是咖喱土豆汤,八个义工四个一组每人负责给一个孩子喂食,喂饭比想象的要艰难,义工们各显神通:有一个男孩儿每吃一口饭,义工妈妈都要和他击掌庆祝,表示鼓励,他就高高兴兴接着吃第二口;有的小孩吃两口吐一口,小脚还要蹬在义工脸上;更多的小孩却是乖巧懂事的,他们小心翼翼吞下每一口汤。

这里直接接触小孩的义工多为女性,多数都是妈妈,非常耐心,也知道哄小孩儿的技巧，反而男孩们都在做一些后勤工作，这些平时可能不太做家务的男孩，十分认真地配合着，其中包括德古拉。

有个修女走过来和我一起喂小孩，她告诉我有的孩子从一出生就被抛弃，吃穿住宿就像是乞丐一样。在长大的过程中如果孩子生病或者出一些意外很容易被抛弃。印度的人口众多，对于生命似乎也要更坦然，能在儿童之家得到照顾的是少数幸运的。

有个瘦瘦小小的女孩告诉我："我们常常无法做伟大的事，但我们可以用伟大的爱去做些小事。"我看着她骨节分明的手不停忙碌着，觉得鼻子酸酸的，我一直在逃避去思考真正的穷困和不幸，其实无论处在天平的哪一端，意识到不公平这件事情，都让人觉得无法面对。

二楼的小朋友们活泼健康，能跑能跳，都是三岁左右的小男孩儿，当我们推门进去时，孩子们刚刚吃完中饭，十几个小朋友被统一放在木条凳子槽里，吃完了就跳出来，脱掉裤子，跑进厕所，每个人一个坑儿，也是排排坐，很是壮观。

突然发现板凳里还有一个小男孩儿没有出来，他小小的眉头扭在一起，被德

在湖北天门赈灾的静逸

古拉抓住小手一下提了起来，呃，他拉裤子了。德古拉皱着眉头帮他处理，却又拿他毫无办法，看着他天真的大眼睛却又开不了口指责，这样的场景居然有点温馨。

看着德古拉那么自然的动作，我有点呆住，直到德古拉喊我帮他给小孩洗澡，我才起身去准备东西。却是笨手笨脚的，还打翻了一个热水瓶，和德古拉利索的动作形成了鲜明的对比。

洗之前他拉着我的手背试水温，然后教我用毛巾在孩子身上擦拭，触碰到小孩细细的骨架的时候我忍不住一抖，却意外地碰到了孩子的腋窝。男孩的笑声让我一怔，我把目光投向他的脸：大眼睛，深酒窝，微卷的头发因为洗澡湿着翘起了发尾，视线落在他的嘴上的时候我有点诧异，竟然是兔唇，一种口腔和面部常见的先天性畸形。

我做过一个治疗兔唇方案的动画视频，所以非常清楚整个治疗过程。初次手术费用不算太高，但是要防止初次唇裂修复手术后遗留的鼻、唇部继发畸形，还要进行二期整复 1 到 2 次，护理十分麻烦。且不论印度的医疗水平，这样的治疗对于这里的孩子来说基本是不可能实现的。

我摸了摸他的头，他不抗拒我，反倒伸出手也来摸摸我的头，然后咯咯地笑了起来，好像并没有意识到自己有什么天生的不一样。孩子的世界是这么单纯，他会将你给他的所有都以相同的方式回馈给你。

德古拉拍了拍我的肩膀，示意该给孩子穿衣服了。我这才意识到自己竟然克服了自以为是的洁癖，给这个脏兮兮的小孩洗了个澡，当然，更重要的是，他给我的心灵洗了个澡。

吃完饭准备回萨德街的时候天已经黑了，德古拉送我回到酒店，并且交代我晚上早点睡，然后骑着摩托离开了。

上楼的时候我又碰到了那个热情的服务生，他刚迎上了一位外国游客，得到了一笔小费，依旧笑得很开心。我没经历过他的生活，可这一瞬间好像又能理解了：每个人都有自己的生活，在这样的条件下，学着让自己尽可能地快乐，这才是最重要的事情吧。

静语：晚上躺在萨德街的酒店的床上，我发烧了，也许是从小抵抗力弱的原因，这场高烧来得似乎理所当然。但怎么说呢，当我烧得意志不清，头疼得卧床不起，仍然发自内心地感谢仁爱之家给我的财富，让我坚持着走完了在印度的日子。

其实我并没有给这些孩子带来什么，反倒是他们教会了我，如何恰当地善良，和如何善良地去爱。与其说我们是义工，不如说我们是学生，现实和体验教会我们的，远比教科书里更多。

杜拉斯曾经将自己的一部电影的名字命名为《在荒芜的加尔各答，她的名字叫威尼斯》。"荒芜"这个词用得真好，那是一种在世界其他城市都不容易找到的感觉，尤其是你在这样一个人口那么稠密、交通那么拥挤的城市里，周围的各种鲜明的对比都让你有种光怪陆离的感觉。可这里又很真实，真实的贫穷、真实的死亡，一切都这么简单粗暴，却又蕴含着无法拒绝的，人性的魅力。

我突然不那么纠结活着的意义了，这场高烧之后，我突然有了更多想要珍惜的东西，我突然明白了，一个人真正的勇敢，不取决于外界给予多少表象上的热情，而是来源于每一个人的内心最深处的强大。

仁爱之家的小女孩

第二天等我醒来的时候已经是十点多了,整个人被汗水的黏腻裹住,似乎空气都是潮湿的,让人极其不舒服。拿过手机,发现有德古拉的两通未接来电。我回拨过去,等待接通,还没等我说话,德古拉低沉的声音便传了过来——

"静逸,她离开了,她沿着恒河,去了另外一个世界。"然后就是一阵低声啜泣。我从没见过一个男孩这样失态,只能忍着焦急,等电波那边的德古拉气息逐渐平稳,再问他到底怎么回事。德古拉告诉我他照顾了很久的一个小女孩今天早上六点多的时候死了。

"她昨晚不吵也不闹,特别安静,所有人都以为她只是睡着了,可是我去的时候,她已经冷了……"德古拉像个孩子一样絮叨着,我意识到德古拉的情绪似乎有些不对。

"你别离开,我马上过去。"说完我迅速穿上衣服,打车朝着仁爱之家奔去,脑海里全是德古拉濒临崩溃的声音。

和昨天不一样，周末的萨德街没有多少人，但一夜的新陈代谢在阳光的暴晒下依旧使这条路十分难闻，我透过不那么干净的车窗看着这条熟悉又陌生的马路，这就是他们的生存环境，离死神最近的地方。

走进儿童之家，德古拉一言不发地看着一个床铺，我知道那是那个小女孩的位置。我走到他身边，像上次摸唇裂的小男孩一样摸着他的头，一次次地往下顺，鼻头很酸，忍着一句话也没说，眼泪却掉了下来。德古拉看到我的眼泪，情绪反而平静下来。

长久的沉默后，德古拉告诉我小女孩的名字叫Achal（爱卡尔），印度语里"坚固"的意思，这两年自己到仁爱之家主要照顾的就是她，她是一个患有肺炎的孩子，修女在雨季的水沟里捡起了她，把她带到了这里，但现实环境没有让她像自己的名字一样坚固地、坚强地活下来。

Achal一直以来的梦想是去瓦拉纳希的恒河看看，而德古拉答应等她好起来就带她去恒河，他给她摸过租来的各种类型的摩托车，告诉她总有一天她也能骑着这个神奇的交通工具环游世界，可是她却再也没有机会了。

德古拉告诉我这不是他第一次面对死亡，可每次这样近距离地接触死亡都会让他害怕，就像现在，他害怕得不知道如何是好。他转过头看着我，我看到他的眼神满是迷茫，可是他却没有停止说话，似乎不断说话能够让他不那么紧张。

他拉着我坐下，给我讲他在仁爱之家的故事。我的头和胃开始隐隐作痛，却不忍心拒绝，于是开始静下心来倾听。

"在垂死之家的时候我几乎每天都会陪伴一个叫Civani的老人，她会说英语，我们一直聊天。但她好像失去了记忆，因为每天她都会把昨天问过我的问题再问一遍，例如，你叫什么名字，你的爸妈叫什么。她总问我来自哪里，让我说说自己的国家。然后对我说'You're my friend, nearest friend（你是我的朋友，亲近的朋友）。'"

"直到那个夏天我义工的最后一天，老人在问完惯例的问题后，拿着我的手重重地摁她的肚子。我问'hurt（疼吗）?'她点头，表情很痛苦，说'no digest（不消化）'，我便用左手搂住她的肩，让她靠在我肩膀上，右手一直帮她揉肚子。而这时她的头突然转向我，亲吻了我的脸颊。我便也亲了老人脸颊，那种感觉我无法描述。她终于露出了笑容，不停地说：'I'm so glad to meet you, you're so handsome（我很荣幸遇见了你，你是个帅气的小伙）。'"

哭泣、好奇、大笑、腼腆的孩子们

"有一天义诊的医生告诉我，上帝要来接 Civani，于是我陪着 Civani 说故事，也第一次听她说她自己的故事。她说她一直没有结婚，因为她曾经很爱一个人，所以很多事情都没有办法去妥协；她还告诉我她有一个哥哥，病得很严重，在垂死之家的其他房间，没办法来看她。说着说着，老人就走了，就像 Achal 一样。"

讲到这里，德古拉用手捂着脸然后又使劲儿甩了甩头，"你知道仁爱之家对我来说意味着什么吗？"他很少这样严肃地跟我说话，我不知道如何回答，只是沉默地陪他。

"我之所以每年都会到加尔各答来是因为我相信特蕾莎说的'个别的接触'，其实像我这么大的男孩，大多要么正在准备工作，要么去欧美旅游，大概年年往印度跑的人只有我一个了。可我们在生命里遇到的，都是一个人，那个人，或这个人，总之是具体的人，而不会是抽象的人类。因此，我们也只有通过接触具体的个人，才能真正接触到人类。这既是我来仁爱之家的原因，也是我做社会调查的初衷。"

最后他拿下了小女孩头上的发圈交给我，让我把它带到瓦拉纳西的恒河边去，埋葬在恒河边。

我默默点了点头，却又不知道能说什么。四周环绕着哭着笑着的孩子们和专注的修女；简陋的床架子上覆盖着干净却又破旧的床单。我突然鼻子发酸，喘不上气来，于是拉起德古拉想要走到有阳光的地方。

还好今天天气很好，阳光照在树上，回转在枝丫间，一束束的阳光穿过树枝就变成了阴影，阳光和阴影，就像是新生和死亡，这样的对立面循环交替着，构成了这个有笑有泪的世界。

德古拉说他们因为在人世间经历过苦难，所以会在上帝那里得到补偿，可是，真的有上帝吗？我不知道。

静语: 我无法说在这仅仅不到一天半的儿童之家的义工之行，我的心灵受到了什么样的洗礼，抑或是被什么样的场景震撼。我只是想记录和表达一下我的看法。

事实上，每个人都有自己的生活，也许有的人生下来就会经历很多很多的苦难，没有人可以真正把你从苦难里拉出来，除了你自己。而大部分的居高临下的同情，其实都只是给予者自以为是的爱。

我以为我善解人意至少有一个不低的情商，可是更多时候我缺少的，却是感同身受的立场。在这个社会上，套路可以学，我们可以变得越来越经验丰富，套路纯熟，可是我们却无法在职场的摸爬滚打中，修炼出一颗炙热美好的心，在这一点上，修女们和德古拉，似乎是散落在这个社会中闪闪发光的宝石。

　　我曾经用高高在上的姿态嘲笑别人浪费生命，因为没有效率，所以活在了社会的底层。可这一刻我却不再坚定，我发现我全力以赴用上效率的地方，转化的却基本是物质层面。

　　于是我开始反思，如果我的价值只在于数字游戏，那应该也不算是活着，即使成为物质上的贵族，可却是精神上的乞丐。没有爱的循环的生活，似乎也并没有什么意义，我的存在感应该是建立在去爱和被爱的基础上，这并没有什么不好承认的。我希望有人需要我，我也需要很多人，这跟我是谁无关。

　　在成长的过程中，人总是会遇到很多无能为力的事情，然后在这样的挫败感里站起来，强化自己的能力，直到足够改变现状。小时候会恨自己不是超人，可是长大以后发现超人也有自己的无可奈何，而他们，只是比我们多一些改变的能力，然后在这样的提升里，不断积蓄着自己的能量。

　　我没有改变世界的梦想，每个人的力量都很有限，但是我自私地希望，我所生活的世界，能够因为我小小的能量而温暖一点。如果某一天我遇到了困难，希望你们能安慰我，然后看着我，用自己的力量站起来。

　　我似乎一直陷入一个魔咒里，把最好的一面展现给外界，却把最坏的脾气留给家人。成长的过程中，我接受着这些理所当然的爱护，却报之以更加肆无忌惮的要求，因为我知道，无论如何，家人都在。也许爱的形式有千百种，也许我们有很多的缺点，但是只要被爱着，就会有不断前进的力量。而现在，家人健康，一切都没有太迟，我庆幸拥有这样刚刚好的幸运。

　　事实上，成长也许是一个漫长的过程，也许就在这一瞬间。而我们，即使在这个过程中遇到再多苦难，也需要背负着委屈和无奈，深情地活。

德古拉的世界观

在加尔各答,和德古拉在一起,我觉得我的思想发生了很大的转变。

德古拉不工作的时候,我们总是在弯弯曲曲的巷子里边走边聊天,他会给我讲很多他的经历。包括他大学期间的社会调研,毕业后的好几份工作,以及他现在选择的这种生活。

"我的父母以前是英国的一家跨国公司驻印度的管理人员,所以我从小跟着父母来到了印度,"德古拉告诉我,"我在印度生活了十多年,后来跟父母回到英国。我一直在想着要再回印度看看,于是大学的社会课题出来的时候,我就回来印度。"

"那是我第一次去仁爱之家,在巷子里,我看见濒临死亡的人,老人、小孩、妇女,就那样蜷缩在用墙体围起来的几平方米的家,有的人甚至连墙都没有,靠几块木板和塑料纸搭起来的地方躲避暴雨天。"

听着德古拉的描述,我不禁想起自己大学时候的生活,有点羞愧。而他还在继续说:"我寒暑假来到印度做义工,我惊讶于他们的落后,也惊讶于一部分人的善良。上学的时候我会做一些 part-time job（兼职），然后把得到的外快给仁爱之家的修女，让她给小孩们多买一些书。"

"仁爱之家的修女大部分没上过学，却热爱学习，有很大一部分幼年的时候也接受过救助，于是长大后就留了下来。所以她们对于仁爱之家，有着我们无法想象的感情。"

"当然，也有一些社会上来的义工，他们不明白怎么样照顾一个人，把仁爱之家搞得乱七八糟，所以最后才出现了面试制度。你知道吗？仁爱之家也有小孩欺负小孩，人性的恶，在一些小孩身上赤裸裸地表现出来。也许他们只是因为人类原始的本能，也许是因为缺乏安全感，但是每当看到这些的时候，我就十分难过和无奈。"

"以一个人的力量，想要改变一个现象，确实太薄弱了。"我安慰德古拉，"但是你已经很棒了，你做的事情很有意义，能影响到更多的人。"

他眼神发亮地看着我，我忍不住补充道："也许有一天，你真的能够改变世界。"

"真的吗？你真的这么想吗？"德古拉嘴角的笑意扩散到整张脸上，他的语气带着一些小傲娇，"虽然我是一个很普通的人，但是我做的事情确实和别人不一样。"

我被他的快乐感染了，于是问他："那你觉得你和别人有什么不一样？"

德古拉想了想，认真地回答我："我觉得我做的事情很特别，很快乐，是我热爱的。所以我是一个聪明的人，很多人都不懂怎么找到他们的快乐。"

他这样简单的逻辑我竟然没有办法反驳，反观自己，也确实有一段时间活在别人的眼光里，用规则约束自己，用目标激励自己，试图让自己稳定地成长起来，可是却从来没有考虑过是否快乐的问题。

孩子们总是用友好的笑容来面对镜头

"那你不工作，怎么生活呢？"我提出了一个非常中国式的问题。

"我的照片，和我的调查报告，都是非常有价值的，不是吗？"德古拉奇怪地反问我。

"嗯，你确实很特别。"我认真总结道，"你特别聪明，特别勇敢，又特别帅，还特别会照顾人。最关键的是，你现在有一个特别厉害的朋友在帮你做你热爱的事情。"

德古拉听到这里，哈哈大笑起来："Joy（我的英文名），中国人最好的品质不是谦虚吗？你可以夸我，但是不能够夸你自己。"

嘿，丁果这姑娘，把国学的精髓宣传得挺透彻的。德古拉的善解人意，也让我没有任何独在异乡的感觉。而他的世界观，虽然简单，却也引发了我深深的思考。

静语：大学毕业后，我拉着一群朋友开始创业，几乎是在拿到毕业证的同时，拿到了公司的营业执照。从最开始的空有想法到埋下头来苦干，从四处跑项目到现在小有成就，最后的结果说出来容易，但到底有多难只有经历过才知道。

爸爸妈妈、身边的长辈朋友，还有一些素不相识的人都会问我一个问题：你为什么创业？也许在他们眼中这就是一个小女孩的过家家游戏，不叫停的原因，只是想让这个小女孩慢慢体会现实的残酷，知难而退。

到后来，接触到了一些项目、一些人，也会听到看到一些故事，越发觉得世界真实。记得刚开始创业的时候，我站在台上路演，特别茫然。我试图用情怀去打动别人，但是似乎越讲越沮丧，周围的声音不断放大，最后只剩下我，我觉得我很难再继续，每一个字从嘴里蹦出来，都需要莫大的勇气，但是又不得不继续，因为我需要讲完它。

但是我没想到，这样丝毫没有技巧的演讲，也为我争取到了第一批拥护者。这近乎盲目的拥有勇气的第一步，把我和这个完全陌生的市场联系了起来。我有了爱我的团队，爱我的投资人，爱我的客户，甚至是爱我的围观群众。似乎也并没有这么难。

德古拉是一个很自由的人，而我是一个向往自由的人，我并没有他这样程度的洒脱，但也是因为勇气，我才和他相遇。

我相信吸引力法则，人总是会被相似的人吸引。这是一件很神奇的事情，也是一件很幸福的事情。

无声的肯德基

　　我和德古拉说说笑笑，时间已近黄昏，我们错过了午餐，又差点错过晚餐，还好在一个路口遇见了一个 24 小时肯德基。

　　不知道从什么时候开始，我的生活中有了麦当劳和肯德基。小孩们总是喜欢往那里跑，我们也没有像保护领土那样去保护自己的胃，美国文化即美国侵略文化就这样顺理成章地在各种肤色的人心中扎了根，且根深蒂固。

　　可印度人偏偏反其道行之。当时膨胀了的麦当劳、肯德基并没能打遍天下，它们在印度双双受挫，先是麦当劳被控告薯条里加入了牛油并非纯素油制成，引来了视牛为神的 8 亿印度教徒们的强烈抗议。他们几乎砸了麦当劳在印度的所有店面，将牛粪涂抹在麦当劳叔叔的脸上，强烈要求政府将麦当劳驱逐出境。结果，麦当劳卑躬屈膝，承认自己的严重过失并公开道歉，在印度各家门口都挂上"素食食品"的牌子以修复形象。这一次事件令麦当劳损失惨重，差一点就送了老命。

　　肯德基在印度的日子也好不到哪里去，印度动物权益保护组织在"人类善待动物协会"的会议上播放了一段录像，班加罗尔肯德基分店专用鸡饲料场里，数千只鸡在宰杀前遭受了"非鸡"的悲惨命运，动物保护协会控告肯德基虐待动物，并要求关闭这家肯德基，而这已经是当时在印度剩下的最后一家肯德基分店了。

事实上，我来到加尔各答的这几天里，看见的印度食物的荤菜中最多的就是鸡肉，没人知道那些印度鸡出现在餐桌之前是不是都是愉快地死去，但印度人似乎无法忍受印度以外的肮脏和残酷，他们可以看得惯苍蝇飞翔在印度餐厅里，但却不能容忍它出现在肯德基店里，所以骄傲如肯德基也只能忍痛关门。从此，肯、麦快餐在印度人的面前开始变得不自信起来，他们在不自谦的印度人那里学会了自谦。

中国很多的城市，只要有肯德基的地方就能找到麦当劳，它们像双胞胎兄弟似的出双入对，争风吃醋，抢占着街头。但在印度绝无这种情况出现，在加尔各答我只看到了肯德基的身影，还是刚开张不久，但是比起吃印度食物，我还是吃肯德基比较习惯。

加尔各答这家肯德基店在旧市场附近，我和德古拉点完餐以后，找了个位置坐下。我给他讲肯德基在印度的艰辛发展史，他听得入迷，到最后还掏出本子来记录。

聊了一会旁边传来一阵阵喧哗，我抬头一看，看到一群印度女孩，她们摘下包裹着头发的头巾放在一旁，对着鸡翅和汉堡聊天，笑得很夸张。

很少见到印度女孩这样张扬的样子，深刻的五官美得让人移不开眼睛，不禁多看了几眼。虽然印度的女权也在不断发展，但是在印度看到的女人大部分都还是比较传统的样子。

德古拉看到我前面的桌子上有水渍，于是招了招手示意女服务员过来问她要纸巾。服务员没说话，她指了指自己的嘴又指了指自己的耳朵，我们才反应过来她是聋哑人。

肯德基请这样的服务生我还从来没有遇到过，也不知道这职业是否会让她感到不方便。德古拉连说几句"sorry"，自己走到吧台去拿纸巾，却不小心把桌上的餐盘弄掉了。

女孩似乎有点吓到，惊慌失措地低下头收拾。旁边另一个男服务生看到了我们这边的场景走过来，安慰地拍了拍女服务生的肩膀，并十分真诚地道歉。我们也十分不好意思，于是只好连连说"sorry"。

男服务生应该是领班，他开口给我们解释，告诉我们这家肯德基大部分的员工都是聋哑人。虽然可能沟通上有一些问题，但是他们工作都十分努力认真。

摄于乌代普尔

女服务生收拾完之后，又送了我们两杯可乐，并且给我们拿来了意见表格，站在一边等我们填，笑得温柔而特别。

德古拉低声和我说："我不知道怎么描述，但这是我第一次接触这样的服务生。我一直都以为聋哑人是需要照顾的，没想到他们也能这样工作。"

"我也没想到。"我眨了眨眼睛回应他，"可是我觉得这样无声的交流，也挺好的。"

我用前所未有的认真态度填了那份客户调查表，这顿肯德基吃得十分励志，只要这些服务员还站在这里，似乎没有任何困难，可以让人感到绝望。

回到武汉以后，我收到一份电邮："谢谢您在我们的店里就餐，希望我们的服务能够让您满意。"

静语：有人问我，你怎么看肯德基？反正我去印度之前经常去肯德基，但是在印度吃了三十天回来以后，我就再也不吃了，因为我无法再面对这个让我胖了十斤的怪叔叔。

对于印度对待麦肯CP（伴侣）的态度，我记得当时新闻里说了很多，一度还上了微博热搜，这阵仗就像"抵制日货"一样，都是群众自发的只不过目的不同。

其实我并不赞同这种做法，并不是崇洋媚外，或者受到文化侵略，只是遭受打砸抢的这些人都是无辜的牺牲品，没有任何伤害是合理的，我们要做的，应该是通过一种更温和的方式去改变。

我想到一个现象：一条狗在吠，整个小区的狗都会跟着叫。然而并不是叫了就会有结果。我抵制任何形式的暴行。社会是我们构成的，在各种变化发展中，一定会有既得利益者，也会有牺牲品，但是在我的理解中，不管冲突从何而起，总会有一部分人站出来，消化掉这里面所有的伤害。当伤害产生，一个有社会责任感的人应该做的是消化，而不是放大。

在加尔各答这个无声的肯德基店里，我没有遇上当年报道里的敌对眼光，但谁也说不准下一次会不会。当你在无声地感谢着这些人的公平对待的时候，他们笑容的背后也是一种感激，一种理解。有时候高高在上的同情并不是勇敢，勇于接受同情，并用一颗平等的心去回应，这才是真正的勇敢。

我坚信，世上有多少丑恶，相应的也会有多少美好。不要忽略微弱的善意，不要吹灭微弱的勇气，不要躲避疑问的目光，也许某一天它们遇到风开始燃烧，就会照亮更多人的世界。要面对，不要逃避。

我是"甩饼侠"

一觉醒来以后看到德古拉的微信,他接到邀请去隔壁城市参加一个摩托车骑行活动,一大早就出发了,两天以后再回来。

我遗憾没能和他当面道别,也许他回来的时候我已经离开加尔各答了,心情有点不太好,但是还是回复微信祝他玩得愉快。

我回忆起去印度博物馆的路上,匆匆一瞥的马坦公园,那个被称为"加尔各答的肺"的地方,决定今天去看看。

早上出门的时候大概七点,坐宾馆门口的突突车出门,20多分钟的路程,司机报价50卢比。下车的时候他告诉我他住在我宾馆旁边,如果明天我还是这个时候出门,他可以在宾馆门口等我。我给了他肯定的答复,他十分开心地离开了。

到了马坦公园,街上人来人往,这座融合了印度文明与西方文明的城市,在街头百姓的身上体现出不一样的风貌。

身边走过的少年,身穿整齐校服的学生们,路边的摊贩,咖啡馆里的小哥和女孩，马坦公园里散步的一家子，一旁踢皮球的青少年们，都散发着生活的气息，沉浸在那刻的他们的角色之中。路边上的警察们在被异邦人问路时，也和百姓一样的耐心和可爱，大家围了上来，然后每人一句地开始给我指路，热情得让人不好意思。

漫步到纳科达清真寺时，刚好是做完礼拜的时间。大群的穆斯林正从庙里出来，脚步沉稳，融入两旁热闹的人群中。有轨电车的路轨铺在行人与黄包车密集来往的马路上，两旁是叫卖生活用品的小贩，零散的中国店铺夹杂其中，可这些奇怪的元素凑在一起，却十分和谐。想起加尔各答是印度唯一有唐人街的城市，又对这个城市增添了一份好感。

可没想到的是，加尔各答，这个印度气息最浓厚的城市，却机缘巧合地让我客串了一回"飞饼侠"。

我在路上边走边看，一个特别的奶茶摊吸引了我。土红色素烧陶器的小杯子里，现煮出的咖啡色的奶茶在冒着热气，大老远能闻到一股浓香。3卢比一小杯，5卢比一大杯，有很多人围着这个小小的奶茶摊，很多印度人喝完，就把杯子就地扔碎在地上，发出一声脆响。

我买了一杯，拿在手中继续游荡着，突然想到小学放学时偷偷和小伙伴们一起去买的奶茶。那时候想着长大了一定要过上每天都能喝奶茶的幸福人生，而现在，对这些曾经迷恋的东西，却逐渐失去了热度，曾经简单的快乐，反而成为回忆。

沿街走进一个小巷，就着两旁的小吃一个个铺子看过去。首先进入视线的是一家油腻腻的铺子，在四根雕了花纹的粗柱子搭成的简单的帐篷里，不锈钢的大桶上隔着过滤板，上面堆满了大饼，有颜色黄亮一点的很整齐地摆在最靠近煎饼锅的桶上面，还有稍微蘸了酱的放在了中间，最左边的应该是淡的，因为是和面粉一样的白色。

将视线从饼上挪开，那个帮忙收拾东西的小男孩正好也在看我，大眼睛、黑皮肤，好像再黑一点、编一头小辫子就是个非洲孩子了。另外还有两个成年人，穿着同款橘色边栗色底的背心，熟练地揉着面粉煎着饼，看到我以后向我热情地招手。

我觉得很好奇，于是走过去，个子最高的鬈发男人是老板，他在围裙上擦了擦手，然后对我不断喊道："Photo,photo!（照片，照片！）"我拒绝的话还没有说出口，却发现那个小男孩还在一动不动地看着我，心一软，就点点头表示同意了。

"What's this?（这是什么？）"站在饼摊前，我问另外一个一直没有停下手上动作的男孩。

"Roti Prata。（印度煎饼）"他继续着手上的动作快速回答我。我没听清楚，可半蒙半猜也知道，这大概就是传说中的印度甩饼了。

大家对印度甩饼并不陌生吧，翻译成中文又叫印度飞饼、印度抛饼、印度薄饼，来源于印度首都新德里的孟加拉湾大山脉。我在饭店的时候常点，但是现在才知道，那是标准的中国版本，甩饼的小哥虽然也很黑，但是大部分都是菲律宾人。

我同意和他们拍照，老板很开心，小男孩十分兴奋，冷冷的甩饼小哥也开始面露微笑。拍着拍着，围观的人群都冲上来要求拍照，我吓坏了。老板从人群中把我拖出来，一边解释一边把我拉进摊位的空隙里，问我想不想学习做飞饼。

我欢快地站到了饼摊前，可对着那个面团却完全不知道要怎么下手，老板给我做示范，动作虽然勉强算是合格，可是饼被他甩到了地上，周围爆发出一阵哄

千奇百怪的小吃摊中发现一位长得很不印度的印度人

笑。我才知道老板自己不会做饼，他应该是业务型人才。

最终我还是在冷面小哥的帮助下学会了这一技能，小男孩的目光从一开始的好奇，变成跃跃欲试，在一旁不时插几句嘴，大眼睛闪烁着兴奋的光芒。

当我学会后一抬头，围观的人更多了，我告诉老板抓住这个机会赶紧卖饼。老板开始吆喝起来，买饼的队伍越来越长，老板激动得不时在围裙上擦着手，嘴也越咧越大。

后来老板告诉我，他们每天很早就来这里占位置，大清早做好饼后怕会冷掉只能放到桶上面的滤斗里保温，但是时间长了味道就不好了，所以他们一日三餐都是吃饼。今天是他们今年生意最好的一天，他很感谢我，也很喜欢我，希望我明天再来。

我擦了擦额头上的汗，看着被面粉弄得脏兮兮的衣服哭笑不得，小摊上的新朋友们诚恳地盯着我，但是我却只能告诉他们，明天我就要去瓦拉纳西了，带着一个柔软的纯洁灵魂。小男孩得知我要走，很明显地流露出不舍，我拍了拍他的头，承诺下次一定还会来看他，他似乎好了一些，但是眼里还是闪烁着泪光。

这也许不算是一个有意义的故事，还带着一丝丝离别的感伤，可是却让很多人收获了快乐。即使早知道有离别我还是会选择遇见，因为这个过程让人幸福和满足。如果一件事情能让我们感到快乐，那为什么不去做呢？

静语：扎根于农村的农民编剧冯延飞在《希望的田野》《美丽的田野》火了之后，有的人管他叫作家，但他跟谁都说自己是个农民。他说，其实人人内心深处都存在黑暗，但是放大了阳光就是君子。他有一句经典的话常常挂在嘴边："放大了善良就是快乐。"

我想起成年以后，再次看《神龙斗士》的时候是从土豆网里一集一集下载下来的，我不知道你们有没有看过这个动漫，我在一个周末重温了曾经的几个十年未忘的刹那，不太清晰的画面里闪现着很简单的剧情，但依然会让我想起它曾经带给我的感动，原来时间的推移真的会放大这些细微的情绪。

我们感受着世界的善意，也报之以善意。我们努力制造着快乐的瞬间，也分享着别人的快乐，也许这就是生活吧。最后我把那天的场景画进了我的漫画里，其实我爱漫画的原因也有这一点。如果很多的事情，能够用自己的方式记录下来，也不失为一种幸福。

加尔各答的电车通向世界尽头

城市有轨电车是一种在固定的轨道上行进、使用电力的城市交通工具，听爷爷说起过，五十多年前他在北京的前门大街上还曾经坐过。由于行进中总是发出"当当"的铃声，他总是说那是"铛铛车"。

在一个路口我买了一个椰子，期间有一趟又一趟的电车从身边开过，它们行进得很慢，人也不多，所以我几乎没费什么力气就踏上了一辆电车。

印度的电车普遍不关门，站在门口的售票员会不时拉动绳子，用铃铛与司机沟通，也用来提醒街上的车辆行人让路。上车后发现每人只要5卢比，电车里面男女自觉分开就坐，女性坐在车子后半部（FOR LADIES 女性专用），我也自觉地朝后面走去。

坐在车内打量窗外的世界。泥土色的街道不宽，两旁是各种各样的小铺子。在路过一个三岔路口的时候惊现了一个类似于二十世纪中国上海租界的警察，他穿着白衣，戴着白色安全帽，一双皮靴，包裹得严严实实的。在这样的天气里也真是难为他了,他在指挥交通,不紧不慢地挥着手,可是一切还是不按照他的控制来,他也不着急,自顾自地动作着。

街上偶尔有路过的行人:拖着木头的,顶着纸皮圈的,背着布袋子的,红绿灯似乎是个摆设,他们穿梭在车辆之间,车喇叭此起彼伏。车速相对快一点的是加尔各答的出租车,那一眼看过去几乎都是黄色的大使牌老爷车。

虽然有一点混乱,不过我还是很喜欢加尔各答的电车。也许是我坐的这辆车不是通往很繁华的地方,所以一旦挤上去就是另一个世界。窗外的人群熙熙攘攘,车内却只有三三两两的人,车子一直开,感觉永远也不会停下来。

我在一个旧市场下了车,下车的地方有一排被漆成天蓝色的旧栏杆,十分地有味道。我一直很喜欢印度人的用色,热烈奔放,没有任何的规矩可言却不会违和。

铁栏杆旁边是一排正在"休息"的车,车下面是一排正在休息的司机。不时有电车"轰隆隆"驶过,车上车下的人相互看着,如果车速慢,还会热情地打招呼。

路边司机在看报纸,我有些好奇地凑过去,发现是印度的娱乐新闻。大伙见我有兴趣,就给我科普印度娱乐圈的八卦,虽然我不认识太多印度的明星,但是这些事情用印度本地的思维描述出来,却让我觉得十分有意思。

也许是看我听得入迷,走的时候他们还送了我两份报纸。也许对于这群印度司机来说,一个对印度八卦感兴趣的中国人,也是十分有意思的吧。

回去的时候我仔细观察了电车本身,铜栗色的内部给人一种复古的感觉。抬头看电车的时候会看见凹凸不平的车顶。好吧,这也不算神奇,真正神奇的是妹尾河童先生在他的书里也提到了加尔各答这凹凸不平的车顶,他来这里的时间是1978年。

我想如果幸运的话,我是不是和他坐过同一趟车呢,这真是太有意思了。只要人再向前走,就会遇到各种各样的可能性。

车快到终点站的时候,人已经很少了,每个人都懒洋洋地往车下走,我却还想再待一会,不知道以后还有没有机会坐上这趟车。

让我觉得感伤的是,人总是会上车下车,而时间永不回头。

萨德路是整个加尔各答最繁华的城区了,不乏高档的旅馆餐厅、购物商场、博物馆。虽然是这样,但是,你依然会在路的两旁看到各式各样破乱的棚子,高级饭馆马路对面,很有可能是一排脏乱的路边卖饼摊、奶茶炉。

你会看到只在童话书里看到的胡萝卜和一整袋一整袋地码成菠萝状的石榴。在博物馆白色宏伟高大的建筑下,你能找到过着贫穷生活的人,将破帆布棚子当做家,他们的孩子穿着短袖热裤赤着脚坐在一堆废弃纸箱上。

　　人可以是有钱到极致，人也可以是贫穷到极致，完全不同的两种生活，从来未像在加尔各答这样自然地融合在一起。

　　我想起在加尔各答遇到的那些人。那些善良而热情的为我指路的人，在街道边的行道长椅上特意空出位置让我休息的老人，在水井边帮我打水洗脸的挑水者，那些在仁爱之家奉献爱而不知国籍的人，他们的脸在我的记忆里甚至有些重合。

　　我知道，小女孩离开了加尔各答，德古拉离开了加尔各答，我离开了加尔各答，可加尔各答还在继续，这里会有着各种各样的故事，直到世界尽头。

　　静语:铃木俊隆说过一句话:"我们研究自己，最终是为了忘记自己。"他想表达的也许是深层次的体验与研究，只是为了有一天能够跳出来看自己。其实这也是一种生活的智慧。

　　我一直在寻找人和动物最关键的不同，可动物性和人性有太多的共同点，而我又是个俗人。对于人和动物来说，欲望都是有的，但是只有不断追逐智慧，才是人逐渐收获人性的一个过程，不然庸庸碌碌，也与动物无异。

　　我说过，我特别喜欢加尔各答的电车，仿佛乘着这辆车可以跳出生活，只要它不停下来，就可以一直思考，没有任何外物的干扰。

　　它像是超脱于你生命之外的一条平行线，它不属于任何人。但是当你与它融为一体，在颠簸中旧零件发出的声音里，仿佛可以听到人生缓缓流淌的痕迹。

　　在乔伊斯的《一个人的朝圣》中，加油站女孩对哈罗德说:"一定要有信念。我并不是说要……信教什么的。我的意思是，去接受一些你不了解的东西，去争取，去相信自己可以改变一些事情。"

　　也许不管是一个人的朝圣，还是一群人的征途，都需要认清自己，忘记自己，然后超越自己。

逆流而上来到瓦拉纳西

恒河浮尸

让人们质疑和恐惧

而瓦拉纳西人不为所动

正如之前所经过的几千年

兀自伫立

　　——《瓦拉纳西》

　　瓦拉纳西又称贝拿勒斯，是印度教的圣地，也是一座历史文化古城，它曾是古代迦尸国的首都，意为"光的城市"。

　　印度教徒一般都认为能在瓦拉纳西死去就能够超脱生死轮回的厄运，而他们相信在瓦拉纳西的恒河畔沐浴后，即可洗涤污浊的灵魂；在瓦拉纳西的恒河畔火化并将骨灰洒入河中，也能超脱生前的痛苦。

　　他们相信恒河是最接近天堂的地方，也相信恒河的水可以洗净人的恶，因此无论活人还是死人都想来朝圣。恒河的河水是向北流的，印度人相信向北的恒河水最容易把人的灵魂带到天堂。

喧闹、繁华、脏乱、生机、死亡、诡谲、信仰，所有气息混杂在一起，这个因为朝圣晨浴与露天火葬而同时呈现生与死的"圣城"，印度人最向往的死亡之地，就是瓦拉那西。

在这里，你可以看到最印度的色彩，最猎奇的气味，最执着的信仰，这里是一个天堂、地狱、人间同时存在的地方。

矛盾的瓦拉纳西

大多数人都会在加尔各答去瓦拉纳西的时候选择到大吉岭看看，我是直接去瓦拉纳西。豪拉火车站人山人海，简直就跟春运最高峰一样，这还是平时，如果赶上特殊节日，那还得了。现在直庆幸自己之前在网上预定车票的时候勾了预留位置的选项，不然现在不是因为waiting list（要等待排到铺位才能乘坐火车）滞留，就是被人海带走了。

火车车厢里的床垫是皮质的，售票员拿着床单被罩吆喝着分发给我们。火车上铺位的标识十分明显：9是下铺，10中铺，11是上铺。白天中铺的床板支上去，人们都坐在下铺聊天，晚上再放下床板，各自休息。

按照车票找到了自己的铺位，放下了东西后才发现我上铺竟然是一位印度教的上师，他的学生送他上车，分别的时候学生亲吻上师的脚背以示尊重。

车缓缓开了，上师没有架子，于是我们很快聊起来，从一开始缓缓讲述印度的风土人情，然后到讲法讲轮回聊本性。我坦诚告诉他，中国人大部分都没有信仰宗教。上师按了按自己的眉心，然后把手放在我肩膀上，念了一段经文，后来才得知那是在祝福我旅途平安顺利。

瓦拉纳西，印度教的圣地，因为这里有代表毁灭之神——湿婆神化身的圣河，恒河。印度教教徒一生的夙愿就是能到恒河边沐浴，他们认为恒河拥有治愈一切的力量。

早晨9点到达瓦拉纳西，我收到了德古拉发来的微信语音："静逸，你猜我现在在哪里？没错，是德里，我在这里的一个乡村做调查，真是太有意思了！"

我告诉他我来到了瓦拉纳西，准备履行我们和小女孩的约定，德古拉和我开了一个视频聊天，我们分享了这几天的经历，然后各自开始了自己的故事。

瓦拉纳西的火车站是完全开放的，没有大门。下了火车站第一眼看到的就是趴在站台上的牛和狗。它们自顾自地或站或趴，旁边行走匆匆的印度人视若无睹，互不干扰。

后来跟当地人聊天中知道，印度教里有超过2000种以上的神灵，以各种动物为化身的神明更是数不胜数，所以很多动物地位也是非常高的。

出站以后我拖着行李四处打量，发现一个熟悉的东方面孔正在和"突突车"司机讲价。不高，有点瘦，很干净的脸，说话的时候带着笑，看起来很舒服。我站到他的身后，听他和司机的对话。

"去瓦拉纳西主码头多少钱？"

"400卢比，嘿嘿……"

"我都来过好多次了，便宜一点。"

"380卢比。"

"你看我这么瘦，再少一点。"

"那就350卢比，不能再少了，主码头太远了。"

"咱们现在过去赶得上夜祭吗？"

"应该可以吧。"

"那我是在车站吃饭还是去恒河边吃呢？"

……

讲着讲着他跟那个司机聊了起来，我听着直想笑，觉得这个中国人太有意思了。像这样聊下去，估计可以聊到下午吧，司机也要崩溃了。

我走上前跟男孩打招呼："Hi，我们去的位置差不多，要不拼个车？"

苦行僧是印度一个很神秘的群体,他们崇尚自由的精神,也会通过一些很奇特的修行方式获得精神上的永恒

"啊?"男孩突然被打断,转过头看了我几眼,思考了一下说道:"那好,你的行李比我多,我帮你拿行李,你出 200 卢比吧。"

"嗯,没问题。"我观察着这个新同伴,虽然白白净净但是感觉旅行经验挺丰富的,脖子上挂着的单反也是很专业的那种,于是在他的帮助下爬上了车。

在车上我们聊了一会,竟然定的是同一个客栈。男孩叫唐丁丁,是某家出版社签约的游记作者,也是个旅拍摄影师。因公出差要在印度旅拍一个月,这几天还接了几个拍人像的私单,所以心情也很好,打开的话匣子都收不住。

"你要是愿意的话,我也可以给你拍一些照片。"他挺得意地给我看他的作品,拍得还挺好的。

"How much(多少钱)?"我挺喜欢他拍照的风格,于是打趣他。

"不收钱的,"见我这么直接,他有点不好意思地笑笑,"请我吃饭就可以。"

聊着聊着到了我们预定的日式客栈,比当地的其他客栈要干净许多,客栈的侧门那里放了一辆不知是蓝色还是黑色的旧摩托。老板是个日本女人,来到瓦拉纳西以后和一个印度小伙子相爱了,于是留在这里开了一家客栈。

可是 bug 出现了,原本预定好的客栈竟然已经入住了客人,只剩下一间单间,其他都是三人间。我眼巴巴地望向唐丁丁,感觉到了他内心剧烈的挣扎,在

如果你在印度旅行，几乎不可能遇不到他们（苦行僧）

我一动不动的注视下，最终他还是妥协了："好吧，让给你。"

我跟着老板走到单间门口，唐丁丁就没这么好运了，和他住一起的是几个波兰大汉，希望他那小身板不会被那些体格健壮的大哥们挤扁。

我隔壁住了一个韩国女孩，开着门听歌，我放下行李就跟她打招呼。聊了一会她告诉我她叫泰西，是和男朋友赌气来印度的，准备在这里待一个周拍照。女孩笑容甜甜的，让我瞬间想到唐丁丁的旅拍业务。

我从泰西的房间出来就在楼梯口的沙发上等唐丁丁，上楼的时候真没觉得，下楼才发现这个楼梯又陡又窄，下去的时候，恨不能拉根绳子滑下去。

沙发前的桌子上有一本旅客留言，大部分内容都是哪里好玩哪里好吃，我拿起手机拍了几张照，在留言下写了一句"thanks（谢谢）"以后，唐丁丁也下来了。

我问他怎么这么慢，他说他跟他的舍友聊了几句，有点觉得怪怪的，那两个波兰男人好像是情侣关系，他有点害怕。

我想安慰他，可是却差点笑出来，但是看他严肃的表情又生生忍住了："大哥，人家的审美都是肌肉胡子男，你看看你这细胳膊细腿的，肯定不在考虑范围，别担心了。"

唐丁丁不理我，一脸严肃，直到我跟他谈到泰西才缓和一些，他严肃地对我说："Joy，你要是觉得对不起我，就想办法帮我接到这个单子。"

相比加尔各答的酷热，瓦拉纳西靠近水边，空气湿润很多。我们住的客栈，走路十分钟就可以到恒河西岸。

刚走到岸边，唐丁丁就跑去和一个老人家搭讪要拍人家，结果很自然地被拒绝了。我买了可乐和饼干递给老人，才慢慢和他聊了起来。

他说自己是恒河边的烧尸工，现在已经退休了，有三个儿子接替了他的工作。听到这个我瞬间精神了，唐丁丁的眼睛里也放着光，他小声跟我说："烧尸体是不让拍照的，如果说有熟人，也许可以带我们过去偷偷拍几张照片。"

这才感觉到唐丁丁的大胆，但是又害怕触犯到禁忌，于是没理他，也没提这一茬，还是跟老人家有一句没一句聊着天。从印度教的神灵到恒河的起源再到烧尸体的细节，老人家越聊越起劲。

印度教有三大主神，创造这个世界的创造之神梵天 Brahma，掌控和维持这个世界的保护之神毗湿奴 Vishinu，拥有能够毁灭一切力量的毁灭之神湿婆神 Shiva；还有代表幸运的象神 Ganesha，代表力量的猴神哈努曼 Hanuman，代表金钱的女神吉祥天女 Lakshmi 等等……

他告诉我们，瓦拉纳西是由印度教中主管生死的湿婆大神所建。它是所有印度人一生至少要来一次的地方，能死在瓦拉纳西葬入恒河是他们一生最大的愿望，因此不少即将死亡的人都会尽力来到这里等死。

相传大多数印度教信徒有四大乐趣——敬仰湿婆、饮恒河水、结交圣人朋友和住瓦拉纳西，显然，这其中三项要在此完成。当年玄奘西行取经的目的地，也是这里，因为瓦拉纳西西郊的鹿野苑，是释迦牟尼成道后初转法轮之处，佛教史上最著名的圣地。而耶舍也正是在此向亲友推荐了释迦牟尼的思想，而诞生了第一批佛教徒。

因为印度的种姓制度，从事烧尸工的都是最低等种姓的贱民首陀罗，他说他们辛辛苦苦的劳动每日也就赚取一点维持生计的生活费而已。老人家说完不开腔了，似乎是累了，微微闭上眼睛。

烧尸台的方向轻烟升起，我也坐不住了，告诉唐丁丁想去别的地方看看。他似乎有点不甘心放弃去拍照的想法，但是刚想开口就被我拖走了。

"你干吗不让我提要求啊？你不说怎么知道他答不答应？那万一他答应了呢？"唐丁丁一边被我拖着一边念来念去，我突然觉得他特别像唐僧。

"不然我们借个自行车骑吧？"我试图岔开话题。

"啊？哪里有自行车？我来了这么多次也没见到租车的。"唐丁丁果然被吸引了注意力。

我指了指一旁撵着牛跑的小孩们，和唐丁丁相视一笑。

"你们怎么拽着牛尾巴跑？"唐丁丁冲上去就是一阵大喊，小孩们吓了一跳一哄而散，他还在为牛愤愤不平着。

其实并不是所有的印度人都把牛当作神灵，也只有印度教教徒这样，他们大多吃素，不吃任何肉类，自然死亡的牛则会被运送到恒河边火化。而在一些穆斯林聚居区则可以吃到美味的牛肉，这也是历史上印度教和穆斯林教冲突的导火索之一。

不知道是不是入戏太深，唐丁丁对牛的保护程度，已经逼近印度教教徒了，有一天他还撇开我跑去恒河边给牛洗澡，虽然是为了拍到更多的好照片，但是我还是无法理解他的行为。

之后唐丁丁带我来到苦行僧聚集的地方，这里有不少吸食大麻的苦行僧，在软性毒品的迷幻作用下，他们进入冥想的状态，似乎在和神灵通话。还有一些采取极端修行方式的苦行僧，他们为了表达自己对神的虔诚会采取一种自虐的方式修行。

在印度，苦行僧的主要任务就是冥想修行，苦行僧之所以叫苦行僧，是因为他们视自己的身体为罪孽的载体，是臭皮囊，必须劳其筋骨、饿其体肤、空乏其身，才能获得精神的自由和灵魂的解脱。

唐丁丁带我们穿梭在他们之中，找了好久才找到一位老僧。老僧戴着很鲜艳的特笨，脖子上有一个六芒星吊坠，看到我们来了依旧半闭着眼神。

唐丁丁冲上去对着老僧就是一掌，然后才笑呵呵地介绍："这是我上次来瓦拉纳西时交的朋友，巴布。这是静逸，我的好朋友！"

我看着巴布，巴步似乎对唐丁丁的习性习以为常，微笑着和我握手，松开的时候还在我的手上亲了一下，我感觉怪怪的，可唐丁丁告诉我这就是巴布的问候方式，这可是最高礼仪标准了。

我们围在一起聊天，大部分时候是唐丁丁和他交流，我只是听着。熟络了以后巴布教我们拍着手唱经，都是一些祈福的经文。唱完几个来回，他和唐丁丁耳语了些什么。唐丁丁说，巴布很谢谢我和他一起祈福，还希望我们留在印度和他一起修行。

我看了看四周，他们中的大多数人手上都戴着很多饰品，脸上也都画着大同小异的图案，我不知道时间对于他们而言是否还有意义。可他们坚定虔诚的眼神却告诉世人，信仰就是他们生命的全部，任何与世俗相关的苦痛都微不足道，他们只为求得灵魂的洗礼与解脱。

其实我在高中毕业后，也去山上的道观里待过一段时间，试图回归自我。那时候每天早晚课，省吾身，和师父论道，和师兄下棋，日子也十分悠闲；那样的日子让我开始思考，人生究竟该是一生如一秒，还是一秒如一生。

我回想着自己脑海中的瓦拉纳西，闭塞、开阔，混乱、整洁。这都是我对瓦拉纳西的感觉，矛盾却又浑然天成。巴步也成了我的朋友，但是他没有任何可以联系的方式，和他告别的时候，我才感觉到，也许每一次遇见，都是极为奢侈的缘分。

告别巴布以后我们继续闲逛着，唐丁丁说再晚一点就可以去恒河边看祭祀，我因为有点累，所以拒绝了他，一个人回到了客栈。

静语：在瓦拉纳西的第一天，我对牛在马路上横冲直撞已经是见怪不怪了，甚至爱上了这种和自然无比亲密的生活。

和德古拉道别以后，我又遇到了一位新同伴，他和德古拉有很多不同的地方，可是却一样地有趣，这让我觉得很幸运。可遇见巴布完全是一个意外惊喜，他让我开始更深入地思考一些问题。

我特别爱和直接的人在一块，他们让这个世界没有多余的修饰，变得坦率美好。虽然和唐丁丁交流时常感到会有被噎死的风险，但是不得不承认，他也有着十足的冒险精神，这使得我们一起的行程十分尽兴。

20多岁真的是特别好的年纪，有着独自流浪的勇气和足够成熟的逻辑。我庆幸我没有把它荒废在电脑前，而是用在了奔跑的路上，这次旅行的前半段，已经让我从垂头丧气恢复到元气满满，也许这就是行走的魅力吧。

粉红色的恒河晨浴

早上四点多就醒来了，可能不太习惯和别人一起住。我的新室友直到我出门的时候还在呼呼大睡，这姑娘心真大，洗澡吹头发这么大动静也没能影响她的睡眠质量。

我和唐丁丁约好一起吃早饭，我下楼的时候他已经在前厅等我了。他边摆弄着他的宝贝相机，边数落我迟到了五分钟，足足念了快半个小时。

还好瓦拉纳西的早点不见得好吃但绝对是好看的，面粉捏的圆形，有点像席间的糖果，不过里面是厚厚的糖油，吃了两个就有些腻。还有一种煎饼果子，上面撒了番茄碎末，看起来也很漂亮。

我们在一个巷子的拐角处遇见了一个零食店的老奶奶，她穿着普通橘色纱丽还戴着一副老花眼镜。说是零食店，其实里面什么都有，像烟酒酱醋之类的，我很好奇她是怎么把那么多东西放在木板架子上面但又不掉下来的。

走之前我和她合了张影，她示意我倚在她怀里，然后摸了摸我的头，这让我想起了自己的奶奶,觉得很亲切。

再往前面走,就是一条画满涂鸦的巷子,十分有个性,如果不是被唐丁丁一直催,我应该可以在这个巷子里待一整天。

唐丁丁要求在熙熙攘攘的人群里拍照,我们穿行得十分狼狈,我一边努力地侧过身子,以免撞到人,一边躲开旁边试图卖槟榔给我的小贩。

唐丁丁不仅不来帮我还十分兴奋:"就这样就这样保持住,他这个表情太棒了。哎你头闪开啊,我说你呢,你挡着我怎么拍你傻啊?"

我忍无可忍地要求解散各自自由活动,他一脸不解:"我看你玩得挺开心啊,难道你有不好让我知道的活动?那我们晚饭时候再见啦。"

我独自来到了恒河边,不知道在这个恒河边行走是否需要坚强的心志,反正常常会出现这样的场景:走在一派繁华热闹的河边,看到人们还在搬抬各种物事,小贩们在小车上煮着印度热奶茶,一转身,走进另一条迷踪小巷,突然你会发现周围空无一人鸦雀无声,房屋从五彩斑斓的彩色突然变成黑白灰色调,空中飘着一些白色塑料袋以及某些物什燃烧过的灰烬。

但是离开唐丁丁,气氛从印度歌舞剧的节奏回到了正常的文艺片,我转身的时候,才发现这里的清晨日出竟然是粉红色的。

喧闹的晨浴中,妇女们用鲜花在河边祈祷,她们各色敬奉或装饰身上的鲜花掩映着河岸边漂浮的垃圾,在恒河水中、岸边台阶上沐浴、礼拜的人们忙碌不已,他们相信恒河水可洗涤污浊的灵魂,因此在河水中沐浴刷牙,虔诚礼拜,敬奉鲜花,然后披上了清洗过的纱丽或笼基,带上一壶壶圣水,满意离去。这一系列动作看起来那么熟练,也不过是用了日出渐变过程的时间。

随着日光渐盛,河岸两边的粉红色逐渐变为金色,你的眼光会愈发忙碌。河里的妇女一拨换一拨,虔诚地洗着澡。我吃惊地发现一向传统守旧的印度妇女在沐浴朝拜完后就在公众台阶上公然而周密地换上新纱丽,这丝毫不担心泄露春光的换装方法简直让我不可思议。

河岸边的台阶上,有个正在专心做泥雕的妇女,那些我在伊斯兰建筑上看到的镂空雕花原来是这样做出来的啊。河岸边,做瑜伽的人,仿佛将自己与世隔绝;有人在洗着衣服,牛也泡在水里,有调皮的男孩用水泼着牛,被大人制止着说教;洗漱完开始读报的男人,一派严整的样子和长搭在台阶上的衣衫给人一种古人的祭祀感;在台阶上晾晒纱丽的妇女,忙碌一阵就停下来聊会天。

渡船上遇见的一个幸福美满的家庭

　　这个世俗生活与各种信仰掺杂在一块儿的地方，某人的恐怖，也许是某人的欢喜；而某人的兴奋，也许正是某人的厌恶，所谓"Incredible（不可思议）"，也就是这样的吧。人们总说，我们好像是在恒河晨浴的人群中感受到圣水对灵魂的洗涤，但我觉得，其实是这柔和而充满生气的粉红色晨雾，抚慰了我们浮躁的心。

　　摆放在地上与祭奠水中的鲜花也显得特别鲜艳，让人可以忽略岸边下游堆积的淤泥与垃圾，忘记了之前在报纸、贴吧、微博上看到的惊悚肮脏的恒河浮尸重度污染组图。

　　早上的恒河是少见的粉红色，这个时候的恒河是柔软的、包容的，弥漫着温柔的能量。我突然想通了，人生不就是体验的总和吗？只要在向前走着，就是活着。

　　我突然想起，这粉红色光线笼罩着的一切，十分符合瓦拉纳西历史上的另一个名字：加西。这座曾被神光照耀着的城市，让人不禁闭上眼伸手去触摸，即便事实上，那里什么也没有。

　　静语：我从来没想过清晨的恒河可以用"美丽"来形容，记忆里的恒河都是脏兮兮的图片，这样的新闻太多导致我几乎都忘记了，这是一条拥有着文明韵味和温暖魔力的"母亲河"。

这粉色的世界让我的心一下柔软下来,我在河畔找了个地方坐下,静静看着流淌的河水,突然想到一句话:"人生在世,如白驹过隙。"我有些感慨。

人的一生也许就是过去、现在和未来。我们的记忆是由过去构成,也就是有过去的记忆才构成了现在的我的概念,而未来是不可知的,不知道在什么时候会突然停止,所以我们活着的才叫作现在。

人生如果没有苦,就没有乐;没有拥有,就不会失去。好和坏都是相对的,正是因为这样的相对,才构成了生活的节奏,我们才能感受到自己正活着。

很多人抱怨尘世苦,可苦自有苦的乐趣,虽说不悲不喜才是很多修行者一生的追求,只是连入世的勇气都没有,又谈何悟道?

所以我认为,真正的坦然,往往都是在大起大落之后;所有的经历,都是上天给予我们的一份感受,而我们活着,这本身就很有意义了。

恒河边，生死界

　　我看着这些我从未接触过的生活，突然觉得很神奇，这一刻，我便和他们的生命有了交集。

　　晨浴过后，我们找了一条木制的船沿恒河游览，大概是因为我喜欢有质感的东西。就这样，与日渐升高的日光一起，开启了今天的行程。

　　船离岸边20米远的时候，已经看不清人们各自在做些什么，因为太密集，加上岸边停靠的船只，只能隐约看见岩石、台阶、建筑与熙攘的人群构成的瓦拉纳西古城区，人真的很多。对了，我驶来的方向是在恒河西岸，恒河东岸是没有建筑的一片荒原。

　　河面上开始游船时，我们已经不能保持镇定了。西河岸台阶码头升起的几缕黑烟，让我好奇那到底是什么东西。直到船夫告诉我们，那是在24小时不间断焚烧遗体——来这里死亡的人太多了，我这才想起在恒河边焚烧的尸体可能比这里居住着的人还要多。

船只再次靠近西岸的时候，我隐约看见有一群妇女坐在河岸边唱着歌，歌声绵长没有忧伤。一群大胡子印度男人抬着一个金色布包裹着、捆绑在竹质担架上的东西，上面铺满了花。他们将担架抬到恒河里浸泡一下，然后又抬上来停放在台阶上，送葬的亲友好像在挑选场地、木头、檀香木屑等火葬用品，因为不一会儿他们手里拿着这些东西回来了。片刻，又有几个亲友站在遗体不远处，面对遗体，手放胸前闭目默念一会后又都离去。

火葬场工人接过死者家人挑选的木头送到焚烧点，木头有长有短，有粗有细，多数像胳膊粗细，先竖着摆两根大木头，再横一层竖一层交错架起来，高和宽都不到1米，长不到2米，之后将尸体上的金色裹布拆掉，里面是粉色布包裹的遗体（后来了解到里面这层裹布可分辨男女，女性用粉布，男性用白布），然后将粉布包裹着的遗体抬放到木架上，头朝着远离恒河即面向恒河的方向，遗体上面再摆放一些小些的木头。

准备好后，一个身穿白布衣服、刚剃光的头上只在脑后留一绺头发并包着白布的男子，拿一个瓦罐在恒河舀一罐水上来，和一个主持葬礼的人面对面坐着，按主持的要求做着一些仪式，并用恒河水洒在遗体上，和亲友一起围着遗体转圈。这些仪式进行完后，包白头的男子分别将檀香木屑和酥油撒到木堆上，并点着火。

等到遗体差不多被烧成灰烬，工作人员就把火扑灭，将混在一起的骨灰和木炭灰铲到一个大盆里，并用头顶着大盆将灰烬一股脑儿地推到恒河里。在河里，有两个人站在水中，手里拿着盆一样的东西，装上倒在河里的灰烬，在水里不停地筛着，询问船夫才知道那是在筛黄金和珠宝，因为有些女性遗体焚烧时可能带着首饰。

现场也没有哭声和悲伤的气氛，甚至你还能看到剃光头者的笑脸，这可能也是与国内丧事最大的不同。为了看完这个过程，我们就在船上不动，待了两个小时。其实我自己都觉得奇怪，在国内有丧事会觉得晦气，会尽量躲远一点，但在恒河岸边，可能受现场气氛感染，你会觉得一切都是那么自然。

很多人会坐着小船到河中央打水，然后喝下去，我无法理解，但又被这种奇异的坚持震撼。

印度教认为，火能洗清人生的罪孽，死后在恒河畔火化并将骨灰撒入河中，能令灵魂得以超生。有时，你也许还会直接看到河面上飘来浮尸。他们觉得，也许死在恒河是一种信仰,是最好的归宿。有的印度人成年后会辞去工作,带着信仰走到恒河边(印度的每个城市都有救济站,穷人可以领到一个饼,一碗咖喱土豆汤)。

他们走到这里,然后死在这里,这就是他们终其一生的信仰。

在这里,初生婴儿、孕妇以及苦修者是不需要焚烧可以直接抛入恒河的,因为婴儿的双脚还未踏入人世,没有罪孽,怀孕妇女也因此圣洁;苦修者则是用一生的苦修洗清了罪孽。

远处烧尸台的旁边,小孩在那里玩耍,神牛趁机偷两口祭祀的花朵,而野狗则在已经熄灭的火堆中寻找未烧尽的残骸来填饱肚子。在不远的河边,有人还在那里洗澡,全身泡在水中;而刚才烧掉的遗体的灰烬,说不定已经涌向他们的脚底。

我突然感觉到新生和死亡的距离如此近,近到仿佛本来就是一体。

喧闹、繁华、脏乱、生机、死亡、诡谲、信仰,所有气息混杂在一起。恒河边的石阶上,不间断上演着露天火葬以及圣水洗礼,这火与水的融洽相处,仿佛昭示着这里是一个天堂、地狱、人间共存的地方。

印度教徒一般都认为能在瓦拉纳西死去就能超脱生死轮回的厄运,而他们相信在瓦拉纳西的恒河畔沐浴后,即可洗涤污浊的灵魂

静语：在恒河,你不会想到喜多郎的"GANGA(恒河)"的,更不会想到泰戈尔的《吉檀迦利》。无论是粉红色晨雾中朝拜晨浴的人们,还是河岸边袅袅升起的灰黑色焚尸烟雾,甚至在河边寻找机会赚钱以及自然而然伸出双手乞讨的印度小孩子,他们只是日复一日地做着他们认为最理所当然的事,呈现自己"最印度"的姿态。

　　我混迹在他们中间,看他们双手捧着骨灰撒向恒河,看他们赤身裸体走入河水中,看他们一下一下虔诚地把水浇在头顶,看女人在河水边认真地捶打衣服,看小孩在河水里嬉笑打闹。有一瞬间,甚至忘记了这是哪里。

　　这跟我在埃及尼罗河畔的感觉有些相似,时间似乎没有在这些古老的河流上留下丝毫痕迹,河水就这样静静流淌着,养育着他们虔诚的子民,代代相传,生生不息。

活在小巷里的印度人

从红色城墙砖石堆叠而成的台阶进入古城，穿过热闹的市场，才真正进入瓦拉纳西的日常生活。各种兜售工艺品、印度纱丽的小贩，吸引着着迷于印度风情的我。而深受印度本地人欢迎的，大概是售卖浴盆、肥皂等洗浴用品的商店，因为印度人来瓦拉纳西，大多是为了恒河沐浴朝拜。

走过来的一路上，有好多吵闹着要为我们带路的小孩，或者是不断问我们是否需要坐船或买东西或介绍饭店、客栈或任何买卖交易的印度人。

古城里随时会碰到各种印度教建筑，不过非印度教徒是不能进入印度教寺庙的，包括印度著名的金庙，这让我觉得很遗憾。

可满街的清真寺庙及佛教寺庙是可以进入的，之后我用了一整天的时间待在佛教寺庙里，只做了两件事情，思考和睡觉，回想起来这也是很不一样的经历。

一路上唐丁丁给我拍了很多照片，阳光很好，他应该也是发挥出了十分稳定的水平，如果忽略掉我俩被浓烟熏得泛红的眼睛，一切都十分美好。

有个印度小哥一直尾随着我们，唐丁丁十分纳闷："这货不会是被你的美貌吸引无法自拔了吧？"

　　我忍俊不禁："你看看他屁股扭的弧度，十有八九是看上你的。"说着我们停了下来，小哥朝我们走来，果然在唐丁丁身边停了下来。

　　"你的相机很好，"他盯着唐丁丁的单反眼睛一眨不眨，唐丁丁抱紧了相机，小哥又看着我说，"你也很美。"我看到唐丁丁怪异的神色，于是和他交换眼神准备走人。

　　"能把你们的相机卖给我吗？或者拿我的东西换也可以。"小哥一把拉住唐丁丁。

　　我都傻了，看着唐丁丁解释了一会儿，并且告诉他要在哪里购买。直到印度小哥一边道谢一边满足地走开，我才反应过来，这个说法也太像骗子了吧。

　　后来唐丁丁告诉我，同样的经历他也有过，在印度街头，有个印度人看见他的手表觉得好看，问他要不要互换。

　　"不是骗子吗，你换了？"

　　"我换了啊，换了一个手串，这里的手串可都是人工打磨的。"唐丁丁兴致勃勃地给我展示着，手串挂在他手上，说实话还是蛮有异域风情的。

　　这时候我们正好路过一个饰品摊，我看到上面有好几串颜色各异的手串，于是停下来看，唐丁丁咔咔拍了几张照片拉着我就走，可是他却被老板一把抓住。

　　"第一次来印度，一定要买点纪念品回去的。"老板笑眯眯地说道，可是没有丝毫要松开唐丁丁的意思。

　　"可是我不是第一次来啊。"唐丁丁认真地回答，并且拿开老板的手，再次撸起袖子："何况我已经有一串了，并不需要再买纪念品。"

　　听完以后印度老板的微笑瞬间消失，瞪大眼睛抖动着胡子嚷道："那你下次不要再来了，印度不欢迎你！"我在旁边笑得腰都直不起来，还被老板和唐丁丁狠狠瞪了几眼。

　　出乎我的意料，唐丁丁还是在小摊上买了一顶帽子，即便是这样，老板还是很不开心，自始至终都没给他一个好脸色，一直板着脸。

　　我很好奇，于是问他："他都这么凶，你为什么要在这里买帽子？"

　　"哪那么多为什么，因为我需要啊。"他不以为然地回答我，这样的冷遇似乎也没能影响他的心情。但是我还是很纳闷，他都那样黑了，要不要帽子，似乎作

慈祥的奶奶

和零食铺老板交流的小孩以及惬意的狗狗们

用也不大。

唐丁丁边走边掏出一把卢比："我们去拍神牛，印度人还蛮直接的，如果你给小费，想看到多少真诚的笑容都有，但是小费我们 AA 制。"

于是我们重新走上了拍照的征途，唐丁丁给我看了他的一些照片，让我更加深刻地感受到印度人文和中国人文的差异。

我在他的照片里居然看到了沿路遇到的几个人，一位苦修者，一位乞讨老人。并不是因为我们有着多大的默契，也许是因为他们就在人生的那个点上，从未离开过，守候着一个个路过他们生命的人。

也许你来到这里，然后也能遇到他们，那个时候，我希望你能够告诉我他们有没有变化，是否皱纹深了一些？脸上的图腾是变得鲜艳还是暗淡了？如果可能，请转告他们，他们的存在，已经是印度一道美丽的风景了。

后来走累了，我们就找了一个台阶，面对恒河坐着，开始观察着恒河里那场内容丰富的沐浴。大人小孩和动物们，都在河里浸泡着；有洗得欢腾的小孩，洗得虔诚的女人，给牛神洗得十分认真的男孩；还有人特地到河中央打上一大桶恒河水，也许是准备带回家里喝。我看得入神，冷不防脑袋一热，感觉一摊温热的东西浇在脑袋上，十分激动，差点以为这是开悟的前兆。

唐丁丁一边哈哈大笑一边给我递过来纸巾，告诉我今天走的可是"鸟屎运"。我看着鸟群飞过，十分无奈，愤愤地擦着头发。当地人看这情形，见怪不怪，依旧做着自己的事情。我想这也算亲密接触大自然了，心情也释然了一些，但是这个地方却不愿意再待，于是扯过在旁边拍露天厕所拍得兴起的唐丁丁，就往巷子里走。

巷子里迎出来一个十岁左右的小女孩，让我们买她自制的明信片，我看了看，确实还十分有创意，但是却很显然不是手工制作的。我有点排斥这样赤裸裸的欺骗，可是见小女孩笑得十分可爱，明信片也不是贵得离谱，于是和她谈好，买她十张明信片，然后让她配合唐丁丁的拍摄。

唐丁丁开心坏了，咔咔一通拍，小女孩跟我们熟络起来，也开始问我们一些问题。通过交流，我知道她现在在上小学，家里小孩比较多，所以一直自己赚钱交学费。爸爸前不久出意外死了，就是被恒河边的一把火归于永恒的。她还告诉我她特别喜欢中国人，因为中国人买东西喜欢买很多，她在卖给中国人东西的过程中，学习到了很多成交知识，比如打折，比如买一送一。

听完后，我和唐丁丁都快笑死了，这小姑娘还真是学到了精髓。唐丁丁问她,你爸爸的事情你不难过吗?她回答:有什么好难过的,爸爸一直和恒河同在,他一直在我身边啊。

对于众口纷纭的恒河浮尸、河台烧尸现象,我并不认为是丑陋,却也并不认为是民主。只觉得这是一种朴素的直观地对待生死的观念,印度人的生死哲学。而对于一种完全不一样的文化,感受和理解的过程,经常会让人豁然开朗。

这时候张老师突然打进电话来,给我讲了一些新项目的情况,并告诉我已经帮我约好了几个投资人,等我回来再见面聊。我感动之余也有了几分感慨,创业路上得到了太多人的帮助,这又何尝不是一种传承?

挂了电话,回想起行走在印度的每一天,看到日出日落,人来人往,那都是最真实的生活。天色开始变幻,新的舞台正在搭建,我在灰蒙蒙的小巷外等待着夜晚的降临。

静语:从小到大有一句话我印象特别深刻,就是:"长辈们都喜欢有出息的小孩。"

中华文化博大精深,其实这个"有出息"呢,倒不仅仅是指有成绩,其中还包括有目标,肯努力,性格好,惹人喜爱。为了成为大人嘴里"有出息"的小孩,我总是会给自己定出远大的目标,但是为了成为一个"很快乐"的小孩,这些目标总是被我打了折扣完成。

但是不管打不打折,有目标总归是好的,这也让我慢慢地,和周围的一些同龄人拉开了差距,也更坚信一份付出一份收获。

其实很少有人能够拒绝努力又可爱的小孩,在印度的小孩身上,我还是看到了很多难得的特质。他们明显比起国内娇养的一些小孩显得更为独立,目标感也更强。

我还是赞成在一定程度上放养小孩,独立思考的能力对于一个人来说真的十分重要。一开始我惊讶于印度小孩满街乱跑脏兮兮的,后来我才发现这些小孩很多都是极具创造力的,也许这也是印度为什么能够被称为亚洲硅谷的原因吧。

像少年派一样迷失夜祭

　　傍晚，神秘的夜祭在河岸边开始了，喧闹的人群突然安静下来，只余下古老的宗教的声音。

　　记忆中有过这样的记载，唐玄奘也曾来到这恒河边，被几个印度教的人绑了准备祭河神。在屠者举刀的那一刻，突然雷鸣电闪，狂风大作，刽子手的屠刀猛然掉到了地下。众人齐跪，请天神饶恕。那应该是唐玄奘在恒河边上历经的九九八十一难的最后一难。

　　在瓦拉纳西，每天晚上七点，印度教徒感恩于湿婆神和恒河所给予的全部恩惠，会在恒河边最大的码头举行拜祭河神的仪式，显示对神灵和恒河的感恩。这一盛大的祭祀起始于几千年前，沿袭至今，不曾有一天间断。

　　整个夜祭有一套完整的仪式，撒花；点火；焚香。燃着火烛的烛塔，冒着烟雾的铜壶、拂尘、摇铃，祭司们或拿着各种法器，分别在四个方向进行简单的舞蹈，口里吟唱着古老的圣歌，带动着周围的信众一起小声吟诵，祭坛上空飘荡着浑厚的音乐，万人空巷。

仪式一般有五个祭司，每一个祭司有一个祭台，而这些祭司只在婆罗门的高种姓中选出，这是一种至高无上的荣耀。

夜祭七点开始，我提前半个小时到码头河边找了个台阶坐下。唐丁丁说看过很多次夜祭，于是回宾馆去了，临走前让我注意安全。

这时候天还没有黑透，能够隐约看到河对岸，干净的河滩，和这边热闹的街区形成鲜明的对比，半个小时时间河边的船上也慢慢坐满了人。游客很多，但印度人更多。

夜幕已经完全降临，祭祀的歌声在恒河岸边响起，几个带着花环的老者跪着点亮了祭祀台上的蜡烛。

在印度传统音乐和鼓声的伴奏下，穿着金色华丽神服的祭司光脚走向祭台，摇着铃铛，端着蜡烛跪在花环前面，神情肃穆。几个祭司身材高大挺拔，眉眼中英气逼人，齐刷刷走向祭台时的样子，毫不逊于大牌秀场上的意大利男模，他们点燃火苗，在无数信众的虔诚祷告中开始了祭祀。

他们手执蛇灯、拂尘翩然起舞，然后用耀眼的火、装满恒河水的法螺和成筐的鲜花敬向东西南北，最后朝向恒河开始祈福赞美。河边雕花柱子上的扩音器里传来愈发华丽明快的音乐，他们吟唱着圣歌，在夜晚宁静的恒河上飘出很远。

祭祀过程中的道具从小到大依次是香火、火炬、火炉，挨个上阵，上下左右不停转动

这是一场印度教徒献给圣河母亲的最高敬畏。鼓声中,炫目的烛火和缭绕的烟雾配合着祭司们庄重的吟唱,让恒何更添神秘气氛,置身其中,仿佛再没有时间的概念。

时不时有刚忙完手上的活的人从各个角落踏着钟鼓声向河边的小广场汇聚。他们跟着乐师的节奏轻声和唱。歌声穿透恒河上空,悠远而情深。仿似它诉说的是对神灵的敬仰与忧伤。

我看着周围的人,每一个来者,无不为此动容。从远处拉到眼前,大多数人们手抱鲜花,结束后他们会将鲜花洒向恒河,放漂鲜花河灯许愿,此情此景就如同《少年派的奇幻漂流》。当然,李安是将瓦拉纳西恒河夜祭中最色彩斑斓的一幕唯美地呈现了。

不同于白天十足的人情味,到了晚上,夜幕让恒河变得神圣而宁静,当你亲手放一盏花灯在水面,看着它们飘向远方,似乎能感觉到很多物质以外的内容,给恒河增添了几分神秘的意味。

我多买了一盏花灯,然后把小女孩的红头绳放在了花灯里,看着它隐没在深邃的天际;并深深祈祷,如果有来世,但愿她能够不再受那么多的苦,有更多的时间感受这个世界。

转完冒烟带火的道具,再拿起黑羽红心的扇子和白色鬃毛的羽毛掸子重复上述动作。最后伏地叩首深深一拜,再到河畔撒祭品,然后回到祭祀台前,并排站立,声情并茂,放声高歌

瓦拉纳西的独眼女人

第二天的夜晚我借了唐丁丁的照相机，找了一个前排的位置，依旧在恒河边等待着夜祭。

当火烛依次点燃，星星点点的火光在微风中摇曳，映照着每一个专注的脸庞。祭司们走到人群中间，像往常一样，他们半跪着整理法器，等待着祭典的到来。

突然，钟声骤止，歌声戛然。前面三个祭司并排拿起海螺，面向恒河，低沉的号角呜咽。人群静默，唯有号角声在恒河上空回旋。

这时喇叭里再次传来断断续续的吟唱声，坐在我旁边的印度老人也开始跟着哼唱起来，眼神没有焦距，双手缓慢地打着节拍。我无法感受这场祭祀对于他的意义。随着他的哼唱，心也慢慢沉静下来。

随着吟唱声越来越快，台上的祭司也越跳越快，手里捧着的火苗随着节奏闪烁着，空气中充斥着浓郁的香味，还混合着火焰的味道和热度。

想到之前看过一个帖子，讲的是一个独自旅行的中国姑娘，和一个恒河祭司的恋爱故事。不知道为什么，八卦细胞开始喧嚣起来，脑子里浮现出帖子描述的场景，我开始打量前面的祭司，想试图找出是哪一个。

突然眼前一黑，一股热风迎面扑来，混杂着印度人身上独特的咖喱味道。我凝神一看，眼前是一个印度女人的屁股，差五公分的样子，就能够碰到我的鼻尖。她的身材是大多数印度妇女的身材，黑黑的几块肉使劲从纱丽无法包裹住的地方挤出来。

我往后挪了挪，拍了拍她，示意她往旁边站一些，她缓缓转过头，我从来没见过这样的一张脸。不知道是什么原因，她一只眼睛瞪得很大，另一只眼睛却无法睁开，于是半睁着露出眼白，脸的上半部分涂着斑驳的金粉，额头上一点鲜红格外刺眼。她对我很用力地笑了一下，露出黑黄的牙齿，还掺杂着点点鲜红。瞬间我联想到动画片里披着黑袍子递出来一个红苹果的巫婆，再加上她手上端着一个破旧的盘子，上面装着一些红红的粉末状液体，一个没忍住，我笑出了声音。

笑完我真的很想抽自己，这么诡异的场景，怎么也不适合自娱自乐好吗！我这一笑，她也惊诧了半秒，然后神秘地动了动嘴角，像是要说什么一样，我迅速移开了目光，切断了和她的眼神接触。

我盯着祭司的舞步，逐渐感觉到，喇叭里传来的声音开始忽近忽远，祭司的手势变得更加柔软，在空气中画着弧线，手上捏着的香越来越浓重，这样的气味让我有点昏昏沉沉。

余光发现那个女人没有离开，而在我斜前方站了下来，我感觉到这个角度她正好能看到我的脸，却也没有挡住我看祭祀。我隐约觉得不安，却不知道问题出在哪里，只好揉了揉太阳穴，希望祭祀赶快结束。

好不容易熬到祭祀活动接近尾声，那个英俊的祭司羞涩一笑，然后俯身在神案前。端着盘子的妇女转过身来，条件反射，她一动，我就迅速闪开。无奈虽然反应跟上了但是速度无法跟上，头还没转完眼镜就到了她的手里，她伸出手指，在我的脑门上一点一转，额头上就出现了一个鲜红的圆点，但由于我转头的动作圆点歪在了一边，估计也有几分滑稽可笑。

原来只是给我点这个，我心里暗暗松了一口气。按照印度人的行为习惯，如果他们为你服务，下一步掏钱就好。我下意识去掏钱包，她却抓住了我的手，我感觉到她的手心湿湿黏黏的，温度却异常低。

她像每一个印度人一样问我："你在瓦拉纳希待了几天？""两天。"我如实回答，但是却不想再接下去这个话题，想不着痕迹地把手拿下来，但是她抓得很紧，

和瓦拉纳西的老奶奶一起向大家微笑

我能够感觉到我胳膊上的汗顺着她的手指滴下来。她眼神还是直勾勾地盯着我的眼睛，这让我感觉很不舒服，不知道大家有没有这样的经历，被陌生人盯着，目光粘在身上，就像坐上了一块被人嚼过的口香糖。她接着问道："你什么时候离开？"这时候我已经很不愿意回答她的问题了，我转过头避开她的眼神，我提高音量告诉她:"明天。"然后使劲把手抽出来就要走。她对我的反应一点都不吃惊,声音越发尖利,她说:"你要留在这里。"

"你要留在这里。"她像是怕我听不懂一样,又重复了一遍。

我的脑子嗡嗡作响,觉得好气又好笑。你说你要是个印度帅哥,让我留下来,这我都能理解。你一个中年妇女,让我留下来,这是个什么道理?

一定是遇到疯子了,这次我果断掉头就走,出乎意料的是,她没有追上来,只是在身后不停重复:"你要留在这里,神会来找你。"

我快速地离开恒河边,向客栈走去,一路上使劲擦着被她抓红的地方和眉毛旁边的红点,试图抹掉她给我留下的痕迹。不知道是不是心理作用,我的头开始隐隐作痛,早早就回到了客栈准备睡觉。一回头看到了挂在床头的印度娃娃,气氛突然变得更加诡异了,因为昨天房间里并没有这个娃娃啊。我有点害怕,顾不上热和不卫生,急急把被子捂在头上。迷迷糊糊睡着了,还做了一个关于这个独眼女人的噩梦。

梦境里,她和一群女人一起出现在电视上,端着托盘不急不慢地走着。梦境的结尾,她突然回过头看着我笑,我瞬间惊醒,再不敢入睡。

这是我在印度最不安的一个夜晚,我相信这样的心情大多数人都有过。在深夜,黑暗和恐惧构成了寂寞,而这种深入骨髓的寂寞让我意识到,我一直都是一个人,可是内心却没有足以强大到享受孤独,这让我觉得沮丧。

静语:初次来到瓦拉纳西,你能想起很多东西,关于建筑,关于宗教信仰,关于亲情,关于人性。但好似找不到合适的话语去形容它,因为它真的是一个矛盾体,但是却十分有意思。

记得在读《杰夫在威尼斯,死亡在瓦拉纳西》之前,我刻意去豆瓣找了关于它的书评,大部分都在说这本书怎么无聊,甚至指出这是一本讲述一个无所事事的中产阶级知识分子在异乡抽大麻、做爱和自言自语的书。可人总是这样:决定去做一件事的时候,即便得到的答案并不是自己想要的,却还是会义无反顾地去做吧?

我去图书馆翻出了这本书,然后惊人地发现我还挺喜欢这种矛盾的阅读体验,没有篇章节号的让眼睛快看瞎的排版、共鸣轰响的造作感受、威尼斯在瓦拉纳西的直观经历引起的生理反感,这些都弱化了人们对于瓦拉纳西的看法,直到真正躺在瓦拉纳西的怀里,你都说不出它的一丁点骨子里的东西。

第一眼看到的瓦拉纳西是夜幕中的嘈杂凌乱。地上除了牛粪就是脚印，空气中除了牛粪味儿就是苍蝇，它似乎一点也不想得到你的好感，将自己就这样暴露在人的眼前。我有点失望，可是想到总有人说印度是一个来了就想走，走了却一定会再来的地方，我又十分好奇这样的吸引力来源于什么。

瓦拉纳西不大，可一天的行程足以让我筋疲力尽，因为我的脑子好像无时无刻不在飞速运转着，每一天对这个地方的感觉都完全不一样。我总在猝不及防地遇见，遇见很多不一样的人，前一秒可能会被死亡的低气压笼罩，下一秒又会像过节一样随着人们放花灯。

这里的巴巴(苦修者)长着僵尸一样的指甲，弓腰驼背，身上却看不到死人的气质，皱起的眼皮盖住了眼角，在白花花的胡须中间上扬的嘴角是那么和蔼，他会和我说很多我从来都没想到过的道理；灵异的独眼女人激发出了我内心深处所有的负面情绪，让我清楚看到自己的无助和茫然，可她做的事情也无非是拉着我的手说"神的旨意，你要留下来"，最终的目的也只是给你点上朱砂，要一些小费。

这真的是一个神奇的地方，一千个人眼中会有一千个瓦拉纳西，这点我深信不疑。

余秋雨在他的《千年一叹》里这样描写过瓦拉纳西：

"我在那里看到的不是一个落后的风俗，而是一场人类的悲剧。因此不能不较劲，不能不沉重。"

我并没有深度看透这部人类的悲剧，可在这里，却着实感受到了宗教文化的浓厚和重量。

无论社会怎么发展，几千年来，这里的人们是按照他们的信仰在生活。无论是什么阶层或身份，他们都抱着自己的信条并遵循各自的生活习惯。混沌热烈、神圣肃穆的瓦拉纳西是他们精神与灵魂永恒的家园。最重要的是：他们让古老的瓦拉纳西一切都完好地保存着并使之延续。

斯拉沃热·齐泽克在《欢迎来到实在界这个大荒漠》里说，现在的我们就是生活在繁华的大荒漠中，唯有不冷漠地面对一切思想，我们才能真正在这个"实在界"随心所欲地活着。瓦拉纳西并不算繁华，但真实，刻骨。这里的滴水片瓦都透露着生的神秘和死的冥想，甚至不需要看，只要站在这里，就能感受到。

阿格拉的见闻

一颗璀璨的钻石
在莫卧儿式花园
谱写浪漫凄美的白色恋曲
　　——《阿格拉》

从 16 世纪到 18 世纪初，阿格拉一直是印度首都。这是统治全印度几百年的莫卧儿王朝的首都所在地，这里融合了登峰造极的艺术成就与刻骨铭心的爱情故事。阿格拉是典型的印度北方城市，喧闹，拥挤。就是在这样的一个都市，屹立着堪称世界七大奇迹之一的泰姬陵。

二傻来到阿格拉

　　在瓦拉纳西的时候，唐丁丁告诉我旅拍的姑娘生病了，又得延后几天开始工作，于是他和我一起去往阿格拉。

　　我的韩国室友早我们一步离开，这让唐丁丁颇有微词，一路上念了好几遍。到售票点以后我们又不得不选择了火车站票，因为今天已经买不到坐票了。

　　印度火车的规则大概就是没有规则吧，买票的地方就夹杂在街边的一些小卖铺里，连个牌子都没有。唐丁丁轻车熟路选好车次，老板让我们等一等再来，因为在火车开之前的几个小时会放一批票。可当我们把房间退了再集合，又在街上转了一整圈回到售票点的时候，那个印度大叔告诉我们没坐票了，我拿着两张站票，想着如果足够幸运，上车也许能够补到票吧。

　　在世界上的大多数国家，攀爬火车都是被禁止的危险行为，而这在印度却是一种特色。来了这么些天，挂在车外的人随处可见。不过往往不是车厢里挤不进去，而是印度火车开车时并不关门，很多印度人习惯挂在车外面，不挤，凉快，还可以一路看风景。

我问火车上的当地人，他们告诉我，实际上最开始挂在火车车厢以外或者是车顶，一方面是因为运力不足，在一些运输高峰期，不得不挂在车厢外面来求一席之地，而且不仅仅是火车，还有大量的巴士车也会出现这样的情况；另一方面是因为这种票是比较便宜的，只是全价的一半。而且大多数的火车都要从城内穿过，所以车速较慢，人们不担心会从火车上摔下去。

不过一般出现挂票或者顶票，还是在国内重大节日的时候，在各个地方务工的人需要回乡，就会选择这种便宜传统的出行方式。

可是我等了一晚上都没有补到坐票，因为根本就没有看到列车员。第二天清晨的时候火车抵达阿格拉，火车站旧旧的，但是比瓦拉纳西略好一些，我感觉到困意简直要弥漫出火车站了。

出站以后，我们被一拥而上拉客的人团团围住，这倒是我们在国内车站见惯的场景。

有一个看着比较干净的"突突车"司机说要带我们去酒店，开价一个人50卢比，唐丁丁还价到40，于是成交。另外他还说他提供免费订票服务，而且最好就在火车站把之后的票买上更好。

司机回到车上拿了一张名片和一本留言本递给我们，我随手翻了几页，看到留言本上中国人写的位置，内容是满满的好评。我们惊讶在印度竟然能遇到服务这么好的突突车司机。

"印度的售票系统很混乱的，我们坐在车里等司机买完票再出发去酒店也是一样的。不过只买一站的话还是保险一点。"唐丁丁耐心地给我讲解，为了省事一些我也同意，在又累又困的情况下，感觉智商都下降了一半。

我们给了司机800卢比（从阿格拉到德里两个小时，普通车厢是380卢比），然后就坐到车里等司机，一边等一边闲聊。唐丁丁告诉我印度北边越过一座山就是中国了，山里还有食人族，我觉得很新奇，但是并不是很相信，于是和他论证起来，这样不知不觉时间也过去了一个多小时。

当我们意识到渴的时候，司机还是没有回来，我和唐丁丁大眼瞪小眼，想了无数种可能性又被自己推翻的时候，才得出结论：那个司机是个骗子。

我懊恼地趴到箱子上："这么低级的骗局我们也上当了，真是对自己失望了。"

"是啊，这么低级的司机，太不敬业了，要不，我们把他的车砸了？"唐丁丁一边说着一边准备行动，我赶忙拉着他下车，想着如果这样做性质可能就变了，而且谁知道这个车是谁的。

"你还记得司机的样子吗？"我问唐丁丁，他还沉浸在愤怒的情绪里，嚷嚷道："谁知道啊？这些阿三长得都差不多，一个个黑黑的。"

我们还是决定走到马路上再打车，于是一边走一边听唐丁丁讲述他休学旅行期间跟骗子们斗智斗勇的经历，有胜有败，但是总体还是败，听着听着我的心情也好了起来。

虽然在和阿格拉的骗术交锋上，我们完败，但是仔细想想：如果不是身处社会底层，谁又愿意去骗呢？我试图用这样的话安慰唐丁丁，他不以为然，告诉我，就算是身处社会底层，这也不是骗人的借口。

因为这次事件，我对印度骗术有了更深刻的理解。印度有"三傻大闹宝莱坞"，而我们应该是"二傻来到阿格拉"吧。

我预定的酒店在泰姬陵南门处，唐丁丁预定的酒店在我隔壁，所以提前下了车。我下车的时候，街上正好跑过一群小孩，穿着比较干净，脸上都是天真的笑容。印度小孩长得都很可爱，笑起来尤其生动，我也被他们的快乐感染着，忍不住对他们笑了一下。

可是没想到的是，他们看到我笑以后冲了上来，嬉笑着追着我抱着我的大腿，摸我屁股，居然还是一个小女孩领头的，她的笑声放肆而尖利，穿着一条大大的裤子，裤脚挽起来，没有穿鞋。

我有点恐慌，也不敢去推这些只到我腰的位置的小孩，怕不小心把他们推倒了。走上来帮我拿行李的服务生严厉地训斥他们，小孩们一哄而散，又聚集在一起开始寻找下一个目标。

后来我才知道，这个是印度的特色现场，生活条件一般的印度人并不是很重视教育，甚至会教孩子向外国游客讨要东西。其实他们抱住我，用自己的方式威胁我，只是希望我拿出一些钱，这不是变相的乞讨行为吗？

那些小孩子在并不算差的环境下出生，长大，却有着这样的心态，我有点不太认同印度人这样的教育观点。我问服务生，大部分的印度小孩是不是都这样？他回答我，小孩不懂事，长大就好了。也许他也是从这个阶段过来的吧，但是我却不敢深思下去。

办好入住后我开始出门晃悠，找小卖部拎了一大袋矿泉水。来印度这么多

阿拉格街头的人力车司机大叔

天,房子可以随便住,吃的东西也没那么讲究,但我坚持喝的水一定要是干净的,不然独在异乡,生病是一件很不方便的事情。

买水的时候,小贩很热心地告诉我,在这条街上有一对做象牙首饰的中国夫妇,如果有什么需要,可以去那里看看。我叫上了唐丁丁,在小卖部等着他,跟小贩有一搭没一搭地闲聊。

唐丁丁过来的时候,我和小贩已经很熟络了,小贩冲着旁边喊了两个人来帮忙看摊子,就热心地领着我们去找同胞。

店是一家卖象牙的店,小贩领着我们走进店子的时候,有一对老人站在店里用英文交谈,讨论着中午要吃什么。老爷爷头发花白,奶奶留着一头长发,编成大辫子。

模仿海报中很红的电影明星摆了一个相同的 Pose，看我们谁酷一点

　　小贩很开心地跟老爷爷介绍着我们，奶奶热情地安排我们坐下来，还拿了一些钱给小贩，让他拿饮料过来，刚来到阿格拉的经历让我不敢轻易放松警惕，所以老爷爷递给我们饮料的时候我只是拿在手里，没等我阻止，唐丁丁却咕咚咕咚几下见了底。

　　在之后的闲聊中，我才发现自己的担心是多余的，老爷爷说着一口湖北口音的普通话，听到我是从武汉来的，十分激动。而奶奶却是普通话、粤语、英语夹杂在一起，十分可爱。

　　在交谈中我了解到，他们的父辈是因为饥荒迁徙到印度，后来就再也没有回过中国。老爷爷家里有三兄弟，老大在美国，老二在越南，他是老三，来到了印度定居，记事以后就没有到过中国了。所以他的印象里，只有父母描述的中国。

　　我们慢慢地聊起来，老爷爷告诉我他的家乡是湖北天门，奶奶的家乡是广东，然后不停地问我"你知道天门吗"，我告诉他我知道的时候，他显得十分兴奋。

　　老爷爷不断地重复说他很想回一次家乡，之前生意忙，也有三个孩子需要照顾；现在孩子都长大了，他希望能够回到祖国的土地上好好看看。

　　我半开玩笑地告诉他中国现在发展得很快，已经不会出现不能吃饱的这种现象了。唐丁丁更是十分激动，掏出相机给这对老夫妻看着他拍摄的国内人文片,两个老人家不停地赞叹让他的虚荣心得到了极大的满足。

看到照片后老爷爷激动地告诉我,说他在电视里也看中国的新闻。"中国发展很快,非常棒,五年之后一定是世界第一。"小贩忍不住插嘴:"是啊,老哥每天都拉着我们一起看中国新闻,我就知道他看到你们一定会很开心。"

这一刻我莫名有点小激动,能不能世界第一我不知道,但是以后交税的时候想想这一刻,心情应该会好很多吧。

现在很多人鼓吹国家无用论,但是我突然想到一个词:丧家之犬。肯定别的国家和肯定自己的国家并不冲突,很多时候其实可以辩证地看问题,并不一定需要捧一个踩一个。我记得在恒河划船的时候,两次遇到同一对中国夫妇,第二次遇见的时候那个姐姐又看到我十分激动,很远就大喊:"小妹妹,又遇见你了,你是哪里人?"

这似乎就是一种国家认同感。我想到一句话:每一个出国的人,都会变得更爱国。我们都必须承认,中国的制度有不完善的地方,也会出现一些不好的社会现象,但是更多时候,理性的人把这些问题指出来,只是希望这个国家能够变得更好。

老人们对祖国毫无保留的赞美,让我觉得温暖,他的一生,也让我觉得唏嘘不已。有一点我和他是一样的,走得再远,我也愿意大声地告诉世界,我爱我的祖国。

临走之前,奶奶依依不舍地拉着我的手,要留我们吃饭,唐丁丁正想答应,我赶紧制止,想着尽量不给两位老人家添麻烦,就以赶着去看傍晚的泰姬陵为由告辞。

傍晚的时候,我们才来到泰姬陵的对面:Mehtab bagh(月光花园),听说这里是观赏泰姬陵的最佳地点。唐丁丁告诉我不用进去,沿着围栏的小路走到河边,那里也可以看到泰姬陵。我们慢慢地走过去,一边拍着沿路遇到的小动物。

能看到泰姬陵的时候夕阳还在,泰姬陵沐浴在阳光下,随着阳光变幻着不同的颜色。夕阳尚未完全落下,泰姬陵笼罩着淡淡的金黄;当太阳开始进入地平线时,泰姬陵逐渐晕染上一抹淡淡的红晕,就如少女害羞的脸蛋;当阳光一缕缕被收入云层,泰姬陵在人们的视线中逐渐暗淡下来,变成了浅黄色;当太阳完全从地平线上消失时,泰姬陵又回到了优雅的灰白,仿佛晚宴后的女王,静静讲述着属于她的故事。

我给丁果发了一个视频，并且告诉她我看到泰姬陵了，和我想象的一样美。她诧异地回复我："啊？你什么时候跑泰国去了？"

静语：我是个出生在20世纪90年代中期的女孩，从一开始就被打上了"90后"的标签。

我没有经历过"60后"动荡的时光，也没有经历过"70后"艰苦的岁月，从小不知道什么叫作"忍饥挨饿"，所有的小聪明都用来思考怎么样少吃一些饭多吃一些零食。

可在长辈们的言传身教下，我对祖国有着深厚的感情，而我意识到这种感情的时候，却大多在国外。

虽然确实因为很多国人在外的不好行为，让人听"中国"色变，但是我在洛杉矶遇到不会讲英语的老人家，有人帮助打开门都会坚持说一句"谢谢"。

很多中国人在努力改变这个世界对我们的印象，希望通过自己的一点点努力和经营，让世界更了解中国。如果更多的人能够拥有这样的意识，我们一定能成就更好的"中国"，让我们的华侨能够以故乡为骄傲，让每一个同胞都能够坚定而骄傲地说出："我是中国人。"

拍这张照片的时候"叶良辰"很火，所以模仿暴走漫画中的叶良辰，来了个"在下黄静逸"

审美不同引发的战争

　　昨天远观了泰姬陵的日落，十分震撼，如美人沐浴，从绚烂重归平静。今天一大早，唐丁丁就拉我出来拍清晨泰姬陵的日出。

　　泰姬陵是印度国王沙·贾汗为他的王妃泰姬所建。泰姬去世时，年仅 38 岁，当时的沙·贾汗悲痛欲绝，倾全国之力建造泰姬陵，找来了全世界最好的建筑师、雕刻师、泥瓦匠，浩大的工程花了 22 年时间，用尽了取材于世界各地的宝石、玛瑙、珊瑚、珍珠。

　　泰姬陵的壮观甚至远远超过了当时的王宫——阿格拉城堡。但这一切却使得国库耗尽，使当时的政权因此陨落。也许这是全世界都向往的爱情吧，不管真实的情况是怎么样，在世人看来，总有其简单粗暴的动人之处。

　　泰姬陵在每个周五只针对穆斯林开放，还好今天是周四，赶上周五来参观的游客，也只能够远观了。泰姬陵的安保措施非常严格，男女要走不同的通道，通过安检，保安人员会对所有人摸身检查，所有的包都要打开一一检查，不能带吃的、水、口香糖、刀等等，就连唐丁丁同学的三脚架也不能幸免。

事实上三脚架在印度的利用率很有限，印度几乎所有的景区都禁止使用，唐丁丁告诉我他上次来印度旅行的第一站到的是斋普尔，在琥珀宫山顶的破土堆上架起三脚架准备拍照被工作人员制止时，他还以为别人在开玩笑。后来才发现不止琥珀宫，在奥兰加巴德荒郊野外的戈壁滩上拍摄那么一个没人游览的小石窟时，都被告知禁止使用三脚架。

之后我们在游览模仿泰姬陵建造的比比卡马格巴拉陵（小泰姬陵）时，想在大门外的十字路口自拍一张比比卡马格巴拉陵大门，给自己留个影，结果还是被不知道从哪里冒出来的保安人员制止了。

当时我们站在车来车往的马路上，那个十字路口并非只属于比比卡马格巴拉陵的领地，只是因为我们的镜头对着比比卡马格巴拉陵，就成为三脚架的禁区。我不明白他为什么不让我们用这个，也许在他们眼里三脚架对道路的损害比牛、马还要强烈。我们只好把它收起来悬挂在手臂上，赌气似的狂拍比比卡马格巴拉陵的大门，保安站在旁边不吭一声，并且饶有兴致地看着我们拍。

这就是印度，总是有些让人无法理解和不可思议的东西，他们遵循着自己的价值观，即使被全世界认同的西方文明的现代生活，在印度人的面前都会变得滑稽和可笑。这就好理解为什么印度人把这个世界分为印度和非印度两部分的缘故了。

泰姬陵正门由红砂岩建成，前后两排各11个白色小圆顶，每个圆顶象征一年，代表着建造泰姬陵的时间。来到白色大理石陵墓前，我想起戴安娜王妃很多年前来印度的时候在这里拍过照片，而就在不久前，威廉王子和凯特王妃就在这里重现经典，表达了对母亲的想念。即使是在皇室，也依旧有着让人感动的亲情吧。

我们在泰姬陵前坐了很久，看着白色的泰姬陵从灰黄、金黄，逐渐变成粉红，注视着她柔美的线条在阳光下闪着柔和的光芒，这种感觉无法用文字表达出来。

唐丁丁在泰姬陵里帮我拍照，有很多异常热情的当地人围上来，看我们的架势纷纷上来合影。唐丁丁很快就被围观的人群挤到了外围，透过人群偶尔能看到他努力往里挤的身影。

有几个漂亮的小姑娘跑上来和我合影，眼睛水汪汪的，那些精致的小脸蛋，让我不禁惊叹造物主的神奇，我奋力把唐丁丁从人群后面扯出来，让他帮我拍了好多张。

"我觉得那个穿格子衬衫的女孩超漂亮啊，大眼睛，深酒窝，这五官搭配在一

她们的眼睛里有星辰大海，氧气和光

起真是绝了。"我忍不住和唐丁丁感叹道。

"好看吗？快赶上竹竿了，我觉得女孩子还是要圆润一点才可爱。"唐丁丁回答。

"你家竹竿能美成这样？"果然男女审美还是有差异的，我完全无法认同唐丁丁的观点，对他毫不留情的点评有点不满。

"印度小女孩不如咱中国的，真的，你看她们，又黑又瘦，哪里来的气质？真不知道你什么审美。"唐丁丁试图说服我，"而且她们成年以后，变得特别快，和小时候的感觉差很多。"

"你还真是不懂得欣赏美的事物。"我正准备放弃和他的争论，却听到他一声惊呼："啊，谁在扯我？"

我看向唐丁丁的身后，一只带着小猴的母猴子拿着一个水杯在耀武扬威。这些不怕人的小流氓们，总是喜欢抢游客的东西。唐丁丁赶忙去追猴子，那只母猴子把水杯放回小猴子怀里，开始龇牙发出愤怒的声音，还试图上前扯唐丁丁的相机。唐丁丁赶忙护住相机，也不敢再追，灰溜溜地回来了。

杯子肯定是没拿回来，这好像还是唐丁丁妈妈在他出来旅拍之前送给他的，已经不新了，他却很是宝贝，在哪都要带着。我试图安慰他几句，但是他却表现得很无所谓，开始跟我讲述以前在德里跟猴子斗智斗勇的故事。

那时候他租住的房子的阳台上时常有猴子出没，特别是有一只体型较大的公猴喜欢待在那里。唐丁丁初遇这只猴子是因为发现自己放在阳台上准备吃的

一只潜伏在地面警惕地看上方的猴子

香蕉不见了。阳台上有护栏，但是香蕉却总是消失，他一直很纳闷，于是蹲守在柜子后面观察。

发现有一只猴子总是在阳台前徘徊，只要阳台的桌子上放了吃的，它就会拿一根树枝来勾，香蕉是最容易到手的，所以看到香蕉以后，它就会迅速下手，然后十有八九还能成功。唐丁丁对这个发现哑然失笑，再也不把食物放在阳台了，但是买了香蕉的时候，却会和这只公猴子分享。

那个地方的猴群特别多，也会对孤身行人下手抢劫。他初到这个地方，猴群想抢他的包，他努力护住的时候被猴子挠了好几下，最后还被猴子撺得鞋子都丢了。但是之后再也没有猴子抢过他的东西，他也不知道是不是受到了这只公猴的庇护，但是从此，对猴子的宽容程度就高多了。

如果跟猴子抢东西，很容易受伤，而且它们的生活方式就是这样，所以建议大家被攻击的时候，尽量避开冲突，保护好自己，毕竟我们才是进化完的版本。

"女孩子太瘦不好看，还是应该圆润一些，这样看上去才可爱……"故事讲完，他又开始和我争哪个姑娘最美了……

静语:我自认为还是一个非常有逻辑性的人，虽然有时候难免感性，但是这样上脑的经历，往往却是被我记住的回忆。

被骗这样的经历对我来说不是第一次，估计也不是最后一次。我在和朋友龚先生聊天的时候经常谈到这些经历，回想起来却格外地有意思。我们探讨人的本性里是自私居多还是无私居多，他告诉我都是本性，每个人的基因决定这两者的权重。

小时候特别顽皮，做过太多的坏事，但是长大以后却慢慢开始顾及周围人的想法，也许感觉自己自私的权重在减少，就是内心变得强大的开始吧。而一些人通过损害别人的利益获取好处的行为，背后也隐藏着不加伪装的赤裸人性。回味一下，这也不是一件值得人愤怒的事情，反而十分好玩。

我的心中没有真主安拉，也没有耶稣，但我爱这个世界，并且特别享受经历的过程。高中时看奥斯卡·王尔德（爱尔兰作家、诗人、剧作家，英国唯美主义艺术运动的倡导者）的书《道连·格雷的画像》，一位年迈的公爵夫人向亨利勋爵询问如何才能"恢复青春"。亨利说："人要讨回青春，就只要把以前干过的傻事再干一遍。"他接着说，"如今，多数人都死于骇人听闻的常识，当他们发现人唯一不后悔的是自己犯过的错误时，已经为时太晚了。"

人真的能够绕开所有的弯路么？哪怕贵人指路，人生也应该是经历，而不是经过。我固执地做一个简单的人，做爱做的事，见想见的人。也许有一天会有机会站得更高，看到更多的世界，但是也还是以真实的我的视角，而不是被金钱或者是权力导致的飘飘然带到高处。

我大二的时候选了一节英汉口译的公选课，任课老师是个中国老师，可她是个虔诚的基督徒，三十五岁左右，暂且叫她Miss雷吧。上课前雷小姐会做祷告，有的时候她迟到了也会用基督徒的方式对我们反思，下课后，她总是会推荐我们看一些宗教色彩浓重的电影。

有一次，我实在受不了这么拖沓的上课进度，于是在课后留堂向她提出了我的请求。她告诉我做祷告并不是与上帝对话，而是问问自己最近发生了什么，有没有做一些让自己开心的事情，"和自己聊天？"她点点头走了。后来时间久了，课前礼节对于我这么一个着急走在时间面前的人好像也没什么不能接受的，因为她教会我的是停下来双手合十去向自己祈祷，去做好自己这个年纪该做的事。

很小的时候就对自己承诺，二十岁拼搏，看看自己能够在这个世界上站到什么位置，因为一直认为一个人获得的资源，就是这个世界对他的肯定，这不是生意，不是欲望，而是一场公平的价值评测。三十岁以后，浪迹天涯，四海为家。

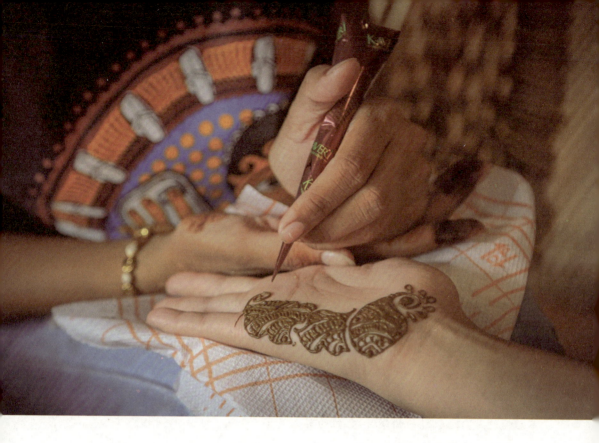

她们是我见过的最美丽的姑娘

　　"最是人间留不住，朱颜辞镜花辞树"，人逐渐老去，照镜子的时候已不复"朱颜"；花谢了，纷纷从树枝上掉落下来，这些是人世间所不可挽回的自然规律的表现。我们对于岁月蹉跎催人老只能感慨和无奈，可在阿格拉有这样一群人还未老去却只能辞镜望花。

　　我们都知道阿格拉浪漫，是因为这里有被称为世界七大建筑奇迹之一的印度古迹泰姬陵。然而就在距它800米的地方，有一家咖啡馆也同样引人注目。它的名字叫Sheroes' Hangout，中文意思是"女英雄们的住处"。

　　中午我们离开泰姬陵去了硫酸咖啡厅，在这里吃到了好吃的三明治，干净的盘子里没有冒着咖喱味，反而有几片烤得正好的面包，上面撒上细碎的香料。

　　咖啡馆门口摆了几张桌椅，椅子全是竹制的，椅背上是用草绳绑起来的收尾边，整个看起来简洁大方又有点文艺风。走进咖啡馆，里面是印度特有的鲜丽色彩，咖啡琉璃台那里有面橙色的墙，上面全是白色手掌印，往左边看有一排摆卖的纱丽,衣服的前面是一个壁柜架,上面有各种各样的书。往右边是收银台,那边有几个穿着黑色T恤的姑娘正背对着我们在整理东西。

看着她们忙碌的背影,我和唐丁丁找了张桌子随椅子坐了下来。我突然想起德古拉告诉过我,到了阿格拉的咖啡厅,一定要透过表相去看本质,这样才能收获很多美好的朋友。

"你们从哪来?"一个络腮胡子的大汉走过来,一开口语调却十分温柔,唐丁丁抢着和他攀谈起来。我的视线却停留在递来菜单的小姑娘脸上,她垂着头,半边脸完全毁了,一只眼睛不会动,另外一只眼睛眨巴着看我们。

那一瞬间,我的头脑一片空白,甚至忘记了要如何去接过菜单。我不知道你们理不理解那种感觉,没有温度的图片看过很多次,但是这个人活生生站在你面前,每一处伤疤似乎都在描述着她曾经的遭遇,当她温柔地注视着你,那种心疼,真的像是要让人窒息一样。

在这之前我问过唐丁丁:"如果你被毁容了,你会怎么做?"他不甚在意:"继续旅行啊,反正我又不靠脸吃饭。"我也思考过这个问题,但是到最后也没能给自己一个答案。

"我吓到你了吗?"她有点紧张地问道,攥着围裙的手指轻微地泛白。

"没有,我很喜欢你。"我脱口而出。其实来到这个咖啡店前我一直在想,如果见到这些被硫酸毁容的姑娘们的时候,是应该严肃一些还是友善一些呢?最后我告诉自己,一定不能笑,要表现得真诚严肃,总之不能让她们有一点被伤害的感觉。

有一个女孩走过来问我们要喝些什么,我们要了两杯咖啡,点了两个三明治,女孩笑笑就去准备了。我和唐丁丁难得这样安静,小心翼翼地坐着生怕说错了什么,气氛一时有点奇怪。

过了一会儿,女孩把咖啡给我们端了过来,看到我和唐丁丁紧张的样子有点好笑,于是在我们的旁边坐了下来。她问:"你们想和我聊聊吗?"

唐丁丁瞬间被点燃,展现出话痨的本性。这个女孩叫Ritu,今年20岁,半开玩笑地告诉我们,其实她也是个网络红人,上过非常多的新闻。Ritu十分地健谈和幽默,但是看着她的脸我真的觉得很难过,怎么也无法发自内心地开心起来。

Ritu看我一直闷闷不乐,于是主动跟我讲起她的故事:"我17岁的时候很好看,很多人追求我,表哥也是,可是我不愿意,所以表哥把硫酸泼到我的脸上就成这样了。"她笑笑,接着打趣我:"你这么漂亮,可要好好保护自己。"

鬼脸

　　我的眼泪再也憋不住，"唰"的掉了下来，唐丁丁也把视线移到一边，Ritu 摇了摇我的胳膊，安慰我："我很好啊，到现在也还是有很多人追求我，我还有一份我爱的工作。"

　　"而且我也没有放弃自己，这些年我一直在努力存钱做整容手术，现在左眼也装上了假眼，如果你真的想帮助我，也可以给我推荐好的整容医生。"她的声音努力显得轻快，我也很快让自己平复下来，看着她说下去。

　　"直到去年 5 月，店长找到了我，他给我介绍了这个叫作'停止硫酸攻击'的公益组织，让我觉得我也应该为了这种伤害，做一些力所能及的事情。因为硫酸，我们变得和别人不一样了。但是因为硫酸，我们也拥有了更多的爱。"

　　一年的时间她接触了更多遭硫酸毁容的女性，有部分也到店里面成为服务员，她把我们带到前台，然后逐个开始介绍。

　　38 岁的 Geeta Lodhi，咖啡厅厨师，2004 年，女儿被泼硫酸时，为了保护女儿，受到了伤害。

　　22 岁的 Neetu，咖啡店服务生，3 岁时被父亲泼了硫酸，现在活得很乐观。

　　20 岁的 Kumari，在 3 年前拒绝了一次求婚，也因此遭到了报复式的泼酸。

　　22 岁的 Rupa，在一起泼硫酸暴力事件中幸存了下来，因为来了这家咖啡店

和这些姑娘们一起合照，在静逸眼中，她们是美丽的

也逐渐变得开朗。

"在这里没有歧视，我们可以自信乐观地活下去。"姑娘们一个个笑着和我们打招呼，善解人意的厨师姐姐告诉我们："在这个过程中我们得到了很多的帮助和支持，也学到了许多经营管理知识。最让我们感动的是，有很多顾客一开始会以异样的眼光看我们，但是知道我们的故事后就会称赞我们的努力。"

这群女孩把咖啡厅经营得有声有色，还自学了很多技能，英语、绘画等等。咖啡厅里的壁画就是她们自己画的。

在印度每年有不少硫酸毁容者因不堪接受事实而自杀。而这群咖啡厅的女孩希望通过自己乐观的生活状态让更多的硫酸受害者从阴影中走出来。她们最大的愿望就是这个国家不要再发生硫酸毁容这样的暴力事件。

然后我们在一起合影，女孩们摆出了各种各样的pose，还给唐丁丁留下了邮箱地址,叮嘱他务必把整理好的照片传给她们。

一整天的时间,我和这群姑娘们在一块玩闹拍照,并没有任何异样的感觉。她们大笑着和我拥抱拍照,可爱自然,反而是我在面对镜头的时候略带紧张。

就这样熟悉了以后,Kumari 拉着我的手,要给我画海纳。海纳是一种手绘文身,一般情况下画在身上之后半个月会自然消失。按照印度的传统习俗,每位女子在出嫁的时候必须具备海纳文身,向真主祈求幸福。当然,这也是印度女孩们爱美的一种体现。

我看着她低头认真地画着,突然觉得这个世界特别可爱。真的很可爱,混合着勇敢和信任的味道。

这群女孩都受到了很严重的伤害,这样的伤害,也许对任何一个姑娘来说都是致命的打击。整个人被腐蚀掉一大片的感觉,我无法去想象。她们为了捍卫自己的原则,为之付出了常人无法想象的代价。而造成这些伤害的原因,可能仅仅只是因为她们的不软弱和不妥协。

我觉得我应该重新定义"美丽"这个词,撇开精致的五官,曼妙的身材,这个世界上还有一种美丽能够让人忽略掉这些表象。

"她们是我见过的最美丽的姑娘!"

"嗯,我也觉得。"

第一次,我和唐丁丁在美丑这个问题上达成了一致。

静语:伤害来源于愤怒,愤怒来源于恐惧。她们的坚持让一些想要利用她们的软弱的人感到恐惧,这时候似乎没有比得不到就毁灭更好的选择了。人性的阴暗面永远都不是能够被想象出来的。

人性是个太宗教太哲学的概念,我以前说过,真正想要把人性研究透彻的人,要么自杀了,要么就疯了。但是体验过人性阴暗面的她们,却让我的小心翼翼成了笑话。这里的姑娘很勇敢,曾经很勇敢,现在很勇敢,将来依旧。

和新闻上看到的对比照不一样,我能感觉到抓着我手的姑娘传递的温度,我能感觉到她们笑得真诚可爱。她们教会我,即便被毁容了,也要用一颗美丽的心活着,这样也很好。

很多人说我对这个世界不设防,这不是勇敢而是鲁莽。而我认为我在拥抱这个世界的时候,清晰地感受到它传递过来的温度。这就足以支持我不断前行。

让脚去旅行

　　说实话,整个阿格拉都显得乱糟糟的,懒洋洋的三轮车,牛神宝宝和人群,造成了十字街口的常年拥堵。再加上天气炎热,肆虐的阳光照得人脖子剧疼,离开咖啡馆后唐丁丁打车回酒店休息了,我想买一些水果,于是边走边问找到一个水果摊。

　　印度有这样一个说法:"有户必有神龛,有村必有寺庙。"水果摊旁边的寺庙轻易抓住了我的视线。寺庙周围聚集了很多人,像是正在举行祭祀活动。一群穿着黄色短裤的年轻人,手持树枝把人群隔离在广场旁边的空地,好奇心驱使我走到人群里想要看得更清楚。

　　视线里,寺庙面前有一排桌子搭起来的祭台,有三位看上去像长老的人赤裸着上身,坐在祭台的高处。在那旁边的桌上摆满了大盘子,盘子里都是些彩色粉末状的东西。当旁边一个长老开始行动时,我吓一跳——他们将盘子里的粉末倒在了老人身上,然后一桶水往三位老人头顶上喷洒下来。这是最高仪式吗?

我看着觉得不解。想找个人问问，但没人能说清楚，好像这样有关宗教和信仰的东西只管去做就可以。

这之后，有人沿着人群在围观的人群额头上点朱砂痣，取火盘烤火，熏脸，然后每个人都在旁边的大筐里抓了一把类似草之类的东西。我也取了一片。等大筐转走后，大家把草塞进了嘴里！我顿时无语，随即庆幸自己当时没有贪心抓一大把啊！为了表示诚意，那一片"草"我还是吃进去了。

再抬头看看三个老人，火盘最后定在了他们背后，几分钟后三人已是水流浃背。在我旁边是络绎不绝走动着的用头顶着祭祀用品的女人，从她们的表情和服装上能看出这肯定是一场盛会。

寺庙外的空地已经搭起了一个火堆，待踩火仪式过了，所有人都席地而坐，开始欢呼。

坐在楼板上的手鼓人开始打鼓，看到我很是友好，询问之后允许我坐在他们身后。我的右手边有一个中年女人拍着鼓唱着歌，见我看得入迷，她拉着我的手让我感受鼓面的震动。

印度手鼓和我在云南学过的手鼓有点像。"我能试试吗？"这欢乐的气氛让我蠢蠢欲动。"好啊。"大家都停下来看着我，我随手拍了一小段，虽然不是很好听，但还是得到了大家的掌声，我很开心。看着越来越多的人围坐过来，一起听那个中年女人唱歌，这种场景真的很美好，让人忘却了炎热和心事。

有一只小松鼠也跑来听歌，它起先只是远远捧着松果，我伸手招了招，它往后退。等我假装不看它的时候，它开始向我靠近，然后顺着我的脚爬到了我的裤子上，一点都不怕生。

在庙祭快结束的时候，我结识了一个印度朋友库马尔。作为一名传统的印度教家庭子弟，库马尔不仅恪守素食的习俗，对任何动物更是爱护有加。他告诉我在印度经常会爆发禽流感，所有的动物都会受到威胁，而这种动物受苦的故事，比他自己受苦还要令他难受。

在印度，我知道大多数人都不太富裕，但印度的确是个动物天堂。在这里，人们认为，动物和人一样，是属于这片土地上的一部分。

在印度大街上什么多？人多，狗多，牛多，猴子多！我刚来印度时，对满街的流浪狗很不放心，很怕被咬，但印度人对流浪狗简直青眼有加，特别喜欢流浪狗睡在自家门口，认为那样会给家庭带来福气，这点倒跟国内一些人的"狗来财"观

印度除了那独特深厚的文化底蕴、异彩纷呈的民族风情给我们留下难以磨灭的印象外，更让
人流连忘返的还是这片土地上所流淌的人与自然界淳朴自然、和谐融洽、彼此信赖的亲情

点有异曲同工之妙。

牛就更不用说了。我曾经问过我的印度同学阿曼，为什么他们对牛如此崇拜？他也讲不出个所以然，只是解释说，因为牛是印度主神湿婆的坐骑。但是不管怎样，牛的神圣早已深深地铭刻在印度教徒的脑海里。所以印度教徒严禁宰牛，也不能吃牛肉或者用牛皮制品。

印度人对动物的感情，很大成分是出于宗教的原因。有印度教派相信轮回转世一说，他们认为下辈子有可能转世成动物，例如猪马牛羊等等。也有一些人认为，动物是有情感的，如果人吃了动物以后，动物身上的情感会传到人的身上。所以他们也因此而选择吃素。

这里的人和动物能和谐相处，可在国内新闻里却总是爆出某某动物有了新吃法，到最后只能唏嘘其灭绝了。

静语：塞林格在《麦田里的守望者》的22章中这样说过——

不管怎样，我老是在想象，有那么一群小孩子在一大块麦田里做游戏。几千几万个小孩子，附近没有一个人——没有一个大人，我是说——除了我。我呢，就站在那混账的悬崖边。我的职务是在那儿守望，要是有哪个孩子往悬崖边奔来，我就把他捉住——我是说孩子们都在狂奔，也不知道自己是在往哪儿跑，我得从什么地方出来，把他们捉住。我整天就干这样的事。我只想当个麦田里的守望者。我知道这有点异想天开，可我真正喜欢干的就是这个。我知道这不像话。

这其实是他在纯真的妹妹身前发自内心的几句话，道出了他心里所想、心里所念。

相比这段话，我更喜欢它的开头——whatever——不管怎样，无论什么，这给人一种不管不顾的天生王者气场。

美国的二十世纪五十年代是一个相当混乱的时期，二战的阴云尚未散去，冷战硝烟又起。一方面科技发展迅速，而另一方面，人们缺乏理想，意志消沉，在自己无力改变的社会大背景下，过着浑浑噩噩的生活。于是，"垮掉的一代"出现了，霍尔顿（麦田的主人公）就是其中的一员，他抽烟酗酒，不求上进。但是，他还不至于沦落到吸毒、群居的地步，因为在他心底，一直还存有美丽而遥远的理想——做一个"麦田里的守望者"。

在历史的坐标里，我们都身处巨大的变革之中，这和二十世纪五十年代的美国确实有些相像。社会不断进步，人们的思想观念也在发生变化，很多人开始迷茫、消沉，他们逐渐遗忘自己的理想，没有了最初的热情，开始享受无压力的状态。

我们是一群生活在新时代的孩子，自然已经习惯了困惑和烦恼，但是这不代表我们要做的是迎合和妥协，如果一个国家没有了一群心怀改变世界梦想的疯子，这个国家是没有灵魂的。

霍尔顿为他心中的麦田活着，而我想要守护的，只是最初那个心怀梦想的自己。

德里　德里

门是一个有趣的东西
它隔开了一个世界
它联通了两个世界
那些所谓的自由
飘荡在无人的大街
　　　——《德里门》

　　德里与新德里，是很多到过印度的人都分不清的概念。在教科书中，印度的首都是新德里，但实际上新德里只是位于德里的一个新建的城市区域，所以才叫作新德里。在新德里的另一侧，是之前的德里，也被称为旧德里。新旧德里加上德里坎登门组成了完整的德里大都会，新旧德里之间被一道德里门所隔开。虽然新德里看起来更为现代，城市环境也比旧德里要好得多，但这并不是大多数德里人生活的地方——据说，在如今的1700万德里市民中，生活于此的还不到1%。正因如此，大多数到德里来的人，才更习惯于去德里门的另一侧，看一看旧德里的模样。

德里的先生们

离开阿格拉的清晨,在太阳刚刚升起之时爬上宾馆的房顶餐厅,泰姬陵反射着神奇的金灿灿的光芒。收拾行李来到火车站,上了去德里的火车。

再见,泰姬陵!

再见,美丽的姑娘!

再见,可爱的松鼠!

走出德里火车车厢的时候,感觉到车站里一群印度人的目光,像等待猎物的狼。似乎他们搜寻猎物的方法并不复杂。那些背着大包,手捧旅行书,脸上写着"我需要帮助"的人,是最标准的目标。

他们捕获猎物的方法也同样简单,看谁能够以抢在其他猎头之前的速度凑到猎物前,然后换上一副截然不同的表情,说一声:"你好,朋友!"

"你好,朋友!要帮忙打出租车吗?"走到我眼前的这个人,面孔黑瘦,腮像被刀削过,却和别的拉客司机不太一样,背着一个大大的旅行包。他堆积在脸上的笑意让每一条笑纹都颤动起来，对于这样的搭讪我有点好笑，只能回答："不用，我自己可以打车。"

从阿格拉到德里，我和唐丁丁没有坐上同一趟火车，独自旅行的时候，自然多了一分警惕。而做功课的时候我知道 Main Bazaar（主要集市）是德里最大的背包客聚集地，于是把目的地定在了那里。

走出火车站，出租车横一辆，竖一辆，停得很随机。印度人的秩序和规矩，总是以与众不同的方式呈现。我想可能是自己的左顾右盼再一次吸引了"你好先生"的注意，他如影随形地又一次出现在我身边。"你好，朋友，我可以帮你。"我说："谢谢，我已经找好出租车了。"

我跟司机描述了很久我要去哪，可是司机英语很不好，比画得十分费力。而"你好先生"在第二次被我拒绝后同样没走远，一下猛插到我和司机的中间，恰好成为翻译。

"哦，我知道你要找的 Main Bazaar。""你好先生"做了个双手下压的手势，接着说，"放心，我们印度人喜欢交朋友，你就是我的朋友，放心！"

他迅速地坐上了副驾驶，当我意识到我应该让他马上下车的时候，汽车早已从火车站驶入了每一寸都是陌生的高速公路。

"你好先生"依旧像对老朋友一样热情地问这问那："你从哪个国家来？你的名字？旅行还是工作？多大了？结婚了吗？为什么不？"开始我还礼貌地回答，后来干脆装睡不理。"你好先生"并不在意我的回应，自言自语了好一会，然后在司机的制止下闭上了嘴巴。

自然界有一条定律，人们总是先看到闪电，然后才听到雷声滚滚。这条定律在德里不能成立。半梦半醒间听到喇叭声、叫卖声、牛鼾声混成一片，车窗外仍旧是一片乌压压的，似乎离万家灯火还很远。于是脑海里有一个声音闪过，德里到了。这就是德里。

2012 年发生在一个 23 岁花季女孩的残忍性侵案，使新德里从此成为性侵害的代名词。而如今的新德里，这个拥有性侵之都的名声却又同时是世界上经济增长最快的城市，是否变得更加安全了呢？一时兴起，突然想问问"你好先生"的看法。

我表述了我的疑问，并且十分好奇在男性视角里面，这样的事件会被如何定义。"你好先生"先是因为我的主动提问十分开心，听完提问内容后却表现得有

在加尔各答与当地人攀谈

点激动，他告诉我："我觉得新德里的生活的确充满挑战，但是这跟你是男性还是女性并没多大的关联啊。偶尔我也会和粗鲁的人发生冲突，但是安全问题哪里都一样，就好比我不认为纽约或者伦敦的某个城市角落就一定会比这里更安全。"

说完，"你好先生"又思考了好一会，然后补充道："至少如果我遇到这样的事情，一定会挺身而出，新德里人对这样的事情从不袖手旁观。"

他说完这些话的时候，我突然觉得一路上絮絮叨叨的"你好先生"也变得有点可爱，于是忍不住打趣他："先生，新德里人也总是随意搭车来市区吗？"

被我说破目的，他的脸瞬间红了，下车的时候却不忘跟我重复："你就是我的朋友了，有什么需要可以打我的电话。"

静语：身为女性，总是会面临一些羞于启齿的危险，比如性别歧视，又或者是莫名其妙的性骚扰。好在我的家庭把我保护得比较好，从小教育我不要和陌生男人单独相处，有任何奇怪的事情也要第一时间告诉父母。

因为家人这样的信任，我的内心还是很有安全感的，再加上我自己本身也比较有主意，虽然遇到过露阴癖，猥琐老头，但是却没给我内心留下多大的阴影。

这是很正常的事情，也是成长过程中大部分人都会遇到的困扰，其实也不全是针对女性，就连小部分小男孩，也有面临此类情况的风险。

新德里的情况简直变本加厉，光是新闻里报道的强奸案都让人胆战心惊。我不知道是什么原因，让这样的犯罪在这片土壤肆意疯长，但是我确定如果愿意在这种情况下挺身而出的人越多，至少能让在这个城市独自打拼的女性们感到安全一些。

看到这些新闻，我思考过一个很犀利的问题，但是一直没敢拿出来和别人讨论过。这个问题是：如果被强奸了，我会怎么办？我会忍气吞声，还是以死相搏？

最终我也没有想出答案，这个问题太挑战人性了。直到我前几天看到一篇帖子，有个勇敢的女孩表达了一个观点："我宁愿被强奸一千次，也不想面临一次死亡。"我豁然开朗。

不知道在这个强奸高犯罪率的国家，姑娘们是否能学会更好地保护自己，但是我真心希望每一个被伤害的人，都要学会更爱自己。

第一次在大马路上看到用马跑的马车

印度神油的秘密

　　刚来德里的中国人，并不会觉得它是一座陌生的城市。火车站外面的凌乱电线和嘈杂拥挤的临街商店，总让人生不起陌生的念头。

　　如同中国很多火车站的对面会有各种起着极大名头的店铺一样，新德里火车站的对面也有不少让人看起来就觉得不靠谱的地方。

　　比如，这家名为"INSTANT RESERVATION TOURIST BOOKING CENTER（即时保留旅行预订中心）"的小楼，这座小楼只有三层，低矮而破旧，而且楼下的两层还被一家旅舍和一家小商店瓜分了，还有一个游客预订中心只占据着第三层的狭小空间。

　　而在这家预定中心的下面，印着一行大大的宣传语"Incredible ！ndia"（India的字母"I"被处理成了感叹号，这是印度旅游局拟定的宣传语，在火车车身上随处可见）。

　　Main Bazaar 离新德里火车站很近很近，只需步行都可以，乘火车也非常方便。新德里主要的贸易市场就在这里，一排排的店铺依然沿袭几百年来未变的作坊式经营模式，生意看来也不错。拉着我的"突突"司机在拥堵的汽车中钻来钻去，得意地吹着口哨，唱着小曲。我感觉他们的生活也是十分快乐的。

而新德里的地铁也让我十分惊讶，地铁里的整洁程度并不亚于国内的大城市，出行十分便利。

大概正是这些混搭在一起的元素，吸引着各国背包客把这里作为印度之行的第一个落脚点，不过，在外来游客里，我可是老手。下午从 Main Bazaar 离开时，我的嗅觉和听觉已经失去了原有的敏感，也使后面的行程变得更轻松起来。

我现在是带着任务出来的。在一部烂片之王郑中基主演的香港电影《喜马拉雅星》里，印度神油的功能是喝上一滴可以忘掉三天记忆。

在很多成人用品店里也都有销售印度神油，印度神油原本叫佛的香精，在印度又被称为罕穆尔，实质上只是一种特殊保养品，并不带有功能性。中国没有批过任何进口延时喷剂，所谓进口延时喷剂都是假冒进口的三无产品，这点倒是被国内很多人误解了。

印度传统医药"阿育吠陀"号称是全世界最古老的的医学体系，本身就会研制一些奇特的医药包括按摩油或者口服草药。其中有一种叫 "shilajeet shuddh" 的药品很神奇，据说这种药品是有助于适应环境并且提升耐力、缓解压力以及增强运动强度耐性的。

在古印度，这种药物被用于净化血液、治愈溃疡和缓解糖尿病以及增加肌肉的有效矿物质吸收上，甚至也有人声称它具有延缓衰老的能力，虽然没有经过科

学证实。在古代,神油也用于另外一种强悍的功能,就是提升性能力,这是现在流传比较广泛的说法,印度的《爱经》中就有提到它。

这种草药的来源也比较神奇,据说是某些植物结合树脂在喜马拉雅山麓的岩石里腐化后流出的液体,再经过融化的冰雪或者雨水的混合"加持"后,才能形成。现代科学曾经分析过,里面富含至少85种矿物质离子形态以及腐殖酸和富里酸。但里面特别的效果和真实完整的成分至今没有定论。

来印度之前,有人尝试过这种神油,黑色的沥青状,很难喝,喝完一定会拉肚子,也可以用于瑜伽,外抹或者服用都可以。

来之前和同事打赌输了,赌注就是给他们带几瓶神油回去,所以下午鼓起勇气去德里的巷子寻宝。本来我挺不好意思的,后来发现很多小药店的门口都有宣传的牌子。见我观望,店主热情上前介绍,连比带画认真地教了我印度神油的使用方法,还大方地要求我拍成视频,成功地把我最后一点尴尬都整没了。

我说我要十瓶,他告诉我没有现货,待会儿他帮我送到宾馆。我在宾馆大厅紧张地接过那个包了好几层的黑塑料袋的时候,能明显感觉到前厅的姑娘警惕的眼神。

这对于我算一次难忘的经历了,而真正的印度神油只是一种纯植物的按摩油而已,有保健的功效,但是也许在神奇的人那里会有神奇的作用吧。

静语:印度神油一度是一样让我听到都会脸红的东西,这次穿越大街小巷去找它,也算是一次放飞自我的行为了。我不知道这算不算印度特产,但是这段经历让我觉得还是蛮有趣的。

我来印度之前,朋友再三叮嘱我带上他们公司的产品,永乐科技的"永乐表",这个表不仅能计算我每天的运动量,睡眠水平,更重要的是,有个按钮,紧急情况下只要触动就会直接发送信号给我的紧急联系人,如果没有得到回应,软件客服还能够帮我直接联系到国外警方,这也让我多了几分穿梭在印度街区的底气。

不知道是不是印度的饮食习惯容易让人中年发福,在街区晃荡的时候见到大部分中年女人都是胖乎乎的,裹上纱丽以后十分富态。包括我几个长居印度的朋友,或多或少都有发福现象。

所以在这里也特别提示在外旅行的朋友们,不要太放飞自我,保持相对健康的饮食习惯,如果有条件也还是要保持锻炼,心灵可以放飞,身材却最好还是稍稍控制一下。

寻找甘地的勇气

在来到印度之前,我对于甘地的了解其实不多。尽管通过教科书,大家都知道印度历史上出过这样一位堪称圣雄的卓绝人物。但在此前的二十多年,我对于甘地的印象仅仅止步于教科书上那个干瘦的、穿着白布衣服的面目慈祥的老人以及他所提出的"非暴力不合作"理论。

我曾奇怪于这样的理论为什么能得到无数的印度人的支持,并最终取得成功。直到在某一天,我在一档网络节目上看到对于甘地及其与印度的关系的解读,才懵懂理解甘地行为的动机。

从某种程度上,甘地的背后,隐藏着印度人真实性格的全部秘密。

甘地的一生都在不断提出质疑,可是却几乎没有出现过激烈的冲突。相反,无论什么时候,甘地看起来都十分谦和。

在甘地看来,现代社会的问题恰恰是暴力扩张的结果,所以即使要争取印度的独立,也不能采取暴力的方式,否则便是以暴制暴。非暴力是认识真理的手段,并且唯有精神上的强者才可以使用非暴力,这是"非暴力不合作"的由来。

这让我想起了一句古话"慷慨赴死易,从容就义难"。的确,比起愤怒与悲怆,沉默往往蕴含着更大的力量。甘地的所作所为,不仅仅在印度产生了影响,也惠泽许多地区和人民,诸如曼德拉、马丁·路德·金等人都深受甘地的影响。

"非暴力不合作"是甘地的独门武器,也是只有在印度可以使用的独门武器。事实上,甘地在印度的"非暴力不合作"取得成功以后,曾以为这一方式可以为世界各地所借鉴。据说,在二战爆发的时候,看到犹太人饱受希特勒欺凌和屠杀的状况,甘地曾经写信给犹太人的领袖,说你们不要去反抗希特勒,要学习印度,用非暴力不合作的方式来争取自己的利益。

今天的我们,自然知道犹太人如果真的这么做了,除了给希特勒的焚尸炉徒增几具尸体之外,没有任何用处。但在当时的甘地看来,这样的牺牲是值得的。正因如此,甘地的理论在印度之外也引起了极为巨大的争议。对于这一点,丘吉尔道破了天机。他说:"非暴力不合作这样的事情只能发生在印度,而且也只能发生在大英帝国统治下的印度。"

无论甘地的理论是否合理,甘地对于现代化的批判无疑是被世人广泛接受的,而且甘地的伟大也是举世公认的。甘地对于自身有着极高的道德要求,以近乎圣人的标准来要求自己。甘地的清贫生活即使在贫民看来,也依然是清苦的。

甘地的坚强意志和无与伦比的忍耐力也让人叹服,在与普通的民众交往时的和蔼也让人如沐春风。以至于爱因斯坦都说:"后世的子孙也许很难相信,世上竟然真的活生生出现过这样的人"。正因如此,甘地才被印度人视为"圣雄",也成为全世界人所尊崇的伟人之一,以至于直到现在,任何国家的领导人访问印度,都要去甘地陵进行拜谒。

甘地陵并不难找,它位于新德里东面的亚穆纳河(也叫朱木拿河)河畔。顺着一条有着石头脚印的小道一直通到陵墓纪念亭(墓)前。有一位老者,佝偻着背,一遍又一遍地擦拭着墓前的石台阶。草地上一位印度少年的脑袋几乎埋到了书里,感觉到我的相机声,却微微抬了抬头。

甘地墓位于甘地陵陵园的中心,看上去很普通,一块长宽不过三米的正方形台子,孤零零地坐落在平地上。后方有一盏昼夜不息的长明灯,似乎寓意甘地的精神永远不灭。

但是甘地墓中其实并没有甘地的遗骨,按照印度教教义,人死后必须在一天内火化，而甘地就是在这里火化的。甘地火化之后，他的骨灰被分成了两部分，一部分撒入恒河，另一部分则撒在了印度最南端科摩林角的海面上。

与甘地誉满世界的声名相比，甘地陵却有点朴素得过分。陵墓的中间只刻着一行简短的文字："嗨！罗摩！"

罗摩是印度教的保护神，而这是甘地遇难时喊出的最后一句话。也许对于甘地来说，他虽然遭遇了死亡，但这死亡对他而言却并非是不可接受的，完成使命之后新生也是一种必然。

就好像是纪伯伦对他的房子和道路说的话：我没有过去，也没有将来。如果我住下来，我的住中就有去；如果我去，我的去中就有住。只有爱和死才能改变一切。

我在瓦拉纳西的时候，也曾讶异于为什么那么多的印度人可以面对恒河里飘荡的尸体无动于衷，甚至于可以在浮尸的旁边自如地生活。但当我走完了印度之后，才渐渐明白，印度人之所以能够与这个世界如此平和地相处，是因为他们把生命的来与去看成是一件非常自然的事情。

在未来无限循环的时间里，人的生命会以难以想象的形式绵延。这与基督教所说的末日审判，显然不是同一种观念。生和死，都是有延续性的，这种延续，能够构成一种激发人潜能的大爱。

除了甘地对于死亡的态度，最让人深思的却是他本身复杂的思想。从本质上说，他最反对的也许并不是英国的殖民统治，而是现代化本身。在甘地的眼中，现代工业文明是一个摧毁了一切秩序的魔鬼，现代生活的种种堕落与困境，皆由此产生。

甘地陵内，有一座石碑上刻着甘地所列出的现代社会的七大罪恶：搞政治而不讲原则；积累财富而不付出劳动；追求享乐而不关心他人；拥有知识而没有品德；经商而不讲道德；研究科学而不讲人性；膜拜神灵而不做奉献。甘地一直努力的事情是恢复传统印度的生活以及拯救被工业文明冲击的道德，所以甘地对于自己有着极高的要求。

在甘地陵内，最让我感到振奋的是这样一段话，它被刻在甘地陵的右前方：

"把妇女称作弱者是一种诽谤，那是男人对女人的不公正。如果实力意味残忍力量，那么妇女当然没有男子那样残忍；如果实力意味道德力量，那么妇女无限地胜过男子；如果非暴力是人类的原则，那么前途有赖于妇女。"

一位流浪街头的老人

　　甘地认为女性拥有和男性同等的地位，甚至在道德力量和"非暴力"面前，女性占据着主导地位，虽然观点有些偏激，但是也算是男权社会的一股清流。

　　观点可以辩证看待，可是甘地的勇气，却足以让他走出印度，在世界舞台上散发着独特的光芒。

　　德里门是个类似纪念碑式的建筑，有那么点儿像巴黎的凯旋门，只是它并不坐落在香榭里大道，而是位于联通印度多个外交部、国防部等政府机构的国家大道。这是一道在甘地带领印度独立后一直保存下来的区分新旧德里的风景线。

　　和印度大部分纪念性建筑一样，德里门也是砖红色，十分地厚实，似乎再过几百年一千年也不会倒塌。印度市民和游客们在这里拍照，呼朋唤友，流动小贩忙着兜售小物件，德里门的历史意义反而被冲淡了。

　　一座德里门，分开两座城。站在德里门里，往北看去，旧城区街道狭窄，挤着二三层高的残旧建筑、牛车、单车和电车，可是由于集中了众多的古迹和遗址，宗教气氛十分浓厚。

　　印度历史记录，17 世纪中叶，莫卧儿王朝的沙·贾汗国王把首都从阿格拉迁都到此，用 10 年时间建成了现在的德里城（旧德里）。19 世纪中期，英国将英属印度的首都迁至加尔各答。1911 年，英国殖民统治者驻印度总督将首都从加尔各答迁回德里,并在旧城以南兴建新城,称为新德里,从 1931 年起,新德里开始成为首府,1947 年印度独立,新德里仍被宣布为首都。

作为独立后的首都,新德里城区街道宽阔,绿树成荫,印度中央政府各部门都设在这里。现在,新旧德里以门为界,德里门以南是新德里,以北是旧德里。因为老德里是古都所在地,也有一种说法,不到老德里就不能算来过德里。

过了德里门就是旧德里,街上人很多,摩托车也比新德里那边明显增多,外观破旧的小车大车卡车公共汽车不分车道满满地挤在街口,几乎所有的车喇叭都在响,此起彼伏,而且都是高音的,伴随着大量"突突"车和摩托车的发动机声音。这里不穿鞋的人很多,就像那个瘦瘦的光着脚的印度领袖。

德里昨天下过雨,行人道上全是黏腻的泥巴,很多光着脚的行人在泥巴里走来走去,仿佛已经习惯了和大地这样密切的相处之道。

从新德里走到旧德里就只有一步之遥,可两城却天壤之别。一边大路绿树鲜花,一边破屋硕鼠旧沙发;一边是物质生活丰富,一边是精神天地逍遥。两城各得其所,不失为一大妙事。

静语:写到甘地的时候,我有点低落,以前了解的是一些都能从网上搜罗到的信息,直到自己真的站在他面前,心里才激起了波澜。也许任何一个心怀悲悯的人在看到甘地相的时候,都会被他朴素的安身之所震撼,没有多余的东西,就像他的人一样直白。

甘地出身于印度一个古老的家族,在印度这个等级森严、种姓界限分明的社会,这种优越的出身使他有机会到英国接受高等教育。而正是这种教育使甘地认清了印度社会中存在的不平等和印度作为英国殖民地的屈辱现实。他下决心一定要改变这种状况。他一开始就没有停下来,就正如他那台随身携带的木制纺纱机一样,从没停止过生命的运转。

在《大话西游》里,观世音对至尊宝说:你之所以没有成为孙悟空,是因为你还没有遇到给你三颗痣的人。有些时候,持之以恒的等待也是行动的一种,重要的是,在漫长的等待中做到不忘初衷。

贫民窟里的艺术家们

对于没有来过印度的人来说，对于印度最为直接的印象，除了宝莱坞，恐怕就是破烂而又贫穷的贫民窟了。那部《贫民窟的百万富翁》，似乎坐实了印度遍地是贫民窟的刻板偏见。

这样的观点，对于印度显然是不公平的。至少在我所经过的城市，还是到处可见高楼大厦，并没有一座城市是完全被贫民窟占领的。其实，只有在快速发展的大城市中，贫民区的存在才十分突兀。如果像非洲或者拉美很多国家的城市一样，整座城市都没有什么像样的建筑，也就没有"贫民窟"的说法了。

不过，对于前来印度旅游的人来说，贫民窟也算是了解印度的一个很好的窗口。尽管几乎所有的城市中都有大大小小的贫民窟存在，但能发展到印度这么大规模的，也确实少见。

德里贫民窟的出现，根源在于印度这几十年来的快速发展吸引了大量的人从农村转移到城市。由于印度没有户籍制度，一个人可以随意地迁徙，所以印度城市的扩张速度是非常惊人的，那些收入极低的人聚居在一起的时候，贫民窟就形成了。这不仅仅是德里的问题，也是加尔各答、孟买、金奈、班加罗尔等许多印度大城市都存在的问题。

跟中国相比，印度贫民窟的反差之处在于印度的贫民窟很多都在城市的黄金地段甚至于城市的中心。原因在于印度的土地制度是私有制的，而印度的政治制度又是选举制，为了得到这批数量庞大的贫民的选票，印度的政客通常不愿意得罪这些贫民，于是出台了一系列的政策，比如在一块土地上居住十年以上就视为已经拥有这块土地。

这样，即使是在城市中心，如果有贫民在此生活十年以上，政府也没有权力赶他们走。因此，印度的贫民窟规模大，数量多，不夸张的说法是随处可见。至今，德里有超过 300 万人居住在贫民窟里。而我，却在这些大大小小的贫民窟中，发现了不一样的星光。

刚进入的时候，这里与一般的贫民窟无异，甚至更加简陋。一片由木棍和编织袋搭起来的小棚子挤在一起，风一吹，有个坐在棚子边包着头巾的妇女就使劲压着编织袋的边缘，唯恐惊扰到棚子里睡着的小孩。

印度雨季虽然已经到了末期，但依然隔三岔五一场雨，路上泥泞一片。在曲折的泥路两侧，除了破旧的"房子"，还有许多随处堆放的垃圾，被雨水一泡，散发出一股发酵的味道。

但是再往里走，就愈见热闹，仿佛进入了另一个世界。

街口有个长发大胡子的老爷爷，两只猴子正根据他的指令翻着跟头。猴子其实并不十分听话，眼睛滴溜溜转着，翻完一个跟头就开始讨要吃的。老爷爷笑呵呵地给了一些，完全没有街头耍猴人威严的架势。

喜欢向镜头展现自己，可能是这个民族与生俱来的特质吧

再往前走的时候，有一个我只在《东成西就》里看到的那种吹笛子逗蛇跳舞的艺人正在训蛇。他的面前是一个很深的竹篓，里面有两条硕大的眼镜蛇。一个没站稳，人群的推搡让我一下子冲到了竹篓面前，艺人看我这么热情，开心地把蛇举到我的脸前面，那条蛇伸出舌头发出"嘶嘶"的响声，红红的信子差点舔到我脸上。我拔腿就跑，顿时，围观的人群哈哈大笑起来。

我惊魂未定地走过一个拐角，有一群孩子围在地上看一张破旧的电影海报，上面画着一些小动物。我凑上去围观搭讪，但是并没有人理我。于是我买了一些雪碧，顺利打入了他们的圈子，他们开始七嘴八舌回答起我的问题。

"这张海报有什么故事吗？"我十分好奇。

"这是我哥哥从孟买带给我的。"有个脸上脏兮兮的小孩一脸骄傲地回答我。

他旁边的小姑娘扯了扯我的袖子，小声说道："也是我哥哥。"

"那你们看过这个电影吗？"我刚开口，大家齐刷刷地摇头，我觉得好像这个问题问得有点不合时宜，有点尴尬地笑了一下。

"没关系，我们都会考到孟买去上学，会看很多的电影，也许会拍很多。"那个小男孩开口打破了尴尬，他的小朋友们眼睛也慢慢亮起来，纷纷附和："对对，吉米在孟买读完书以后会做一个导演，我们以后都会帮助他拍电影。"

我没有笑，我觉得对待这样闪闪发光的梦想，是应该郑重一些的。于是找了别的话题瞎逗了他们一会。太阳把雨后的泥土晒得稍微有一点凝固，有人提议比赛画画。这样的画法我还从来没接触过，于是欣然同意。我说画一只牛，于是废了九牛二虎之力把框架大致画好的时候，发现吉米画的牛已经瞪大眼睛看着我了，这次我是真服了。

临走的时候我用速写本给他们画了一张合照，有个一直不说话的小男孩回赠给我一种用白色小石头打磨出来的小动物，灵性十足，我特别喜欢，到现在还一直放在我的床头。

散场后吉米邀请我到他的家里坐一坐，我跟着他，他牵着他妹妹。我们来到一个简陋却很整齐的棚子前，有个女人在外面洗衣服。看到我们，她利索地把洗了一半的衣服放在门口，然后打来水给吉米洗手。我微笑着和她打招呼，她也从容地回应，看着孩子们的眼睛弯弯的，脾气很好的样子。

没等我问，吉米就告诉我他的爸爸在孟买的宝石加工厂打工，已经很多年没回来了。他一脸无所谓，可他的妈妈听到这句话的时候，倒水的动作明显停顿了一下，可能这就是印度大多数家庭的生存状况吧。

"我很喜欢达·芬奇。"吉米拿出他的收藏给我看，是一些书本上剪切下来的达·芬奇作品。

"为什么？小孩子不都应该喜欢宫崎骏吗？"我边翻着他的宝贝边问道。

"宫崎骏是谁？"吉米眨巴着眼睛迷惑地问，可是又忍不住补充，"我觉得我也许会成为达·芬奇，我也特别爱鸡蛋。"

我忍俊不禁，提出下次给他寄一些宫崎骏的漫画作品，他拒绝并郑重地告诉我："我也许会成为达·芬奇，也许会成为一个导演，我觉得我拥有两个梦想已经很幸福了。"

和他告别的时候，我给他留了一张名片，告诉他以后来到中国可以和我再交流，他激动又故作成熟地站直了身子，接过名片，很认真地说了声"谢谢"。

也许吉米眼里看到的，从来不是大路上的烂泥巴，而是阳光让泥巴凝固后，通过他的小树枝创造的那个世界。我看到了这些散落在泥泞里的梦想，也许这才是吉米和他的小伙伴们送给我的最珍贵的礼物。

真正的勇气不是无所畏惧，而是在认清生活以后依旧热爱生活。

静语：以前给印度人打上的标签是："搞笑无厘头，跳舞跳舞跳舞。"可是和他们接触的过程中，很明显地感觉到他们其实非常职业而有趣，这也是印度文化的一部分。

"shantih shantih"是印度人常常挂在嘴边的一句话，大意是"slowly slowly（慢慢来，慢慢来）"，也是表明一种"不疾不徐，无怨无怒"的生活态度。

我真切地体会到这种感觉，是在印度的机场高速上，我们的大巴车抛锚停在路边，司机和其他的客人就在公路边的草地上坐下，轻松交谈，烈日下的三个小时没有任何争吵，大家一片平和，司机还热情地找我合照，真是让人哭笑不得。

我有个创业的朋友就是这样的性格，永远不急不慢，遇到事情总会往乐观的方向想。他的口头禅就是："没关系，不着急。"在他的身边，好像永远都没有急事这么一说。

印度人在学习和工作的过程中，其实是非常严谨的，他们能够随时掏出一个本子一支笔，记录和回顾工作情况，这是非常好的习惯。

这些贫民窟里的小艺术家们，打动我的不仅仅是灵气，还有无论在什么条件下依旧从容的态度。这份态度，无关乎身高社会地位，已经足以让人平视。

再见,海吉拉斯

热带的夜风暖暖地吹拂,箱子里带来的长衫一件也没有用上,但也没有预想中会有的燥热。

穿越一段街区的阑珊灯火,我们慢慢进入德里的郊区。车窗外的车流以货车居多,司机们似乎习惯将车窗大开,拿出一只胳膊倚在车窗外。

突然,司机猛地一刹车,我差点撞到了挡风玻璃上。我望向司机那一侧,发现原来是一个骨架很大,画着浓妆,却穿着艳丽纱丽的"女人"把手伸进了驾驶位的车窗,抓住司机的胳膊。

司机蒙了好几秒,反应过来以后大骂:"你干什么?你不要命了?"骂完也没有给她说话的机会,只是把手拽出来忙不迭关窗,一边关窗一边向我解释:"你别害怕,这些人都是街头乞讨的人妖,胆子很小的。唉,不男不女,力气倒是很大。"

我一直以为人妖是泰国的特产,没想到这里也会遇到。但是这个"女人"却不是我们印象中人妖的天使脸蛋魔鬼身材,反而矮矮胖胖的,我看到她大大的眼

摄于斋普尔

睛没什么神采，厚厚的嘴唇上唇膏抹得也很不均匀，擦着五颜六色的眼影，一脸疲惫。

司机很快驶过她，她也没有过多纠缠，多余的视线都没有给到我们，只是盯住了她的下一个目标。我也很快忘记了这个小插曲，昏昏欲睡。

第二天我又遇到了她，这次她面对我走过来，衣服穿的还是那一件粉紫色纱丽，肩膀特别宽。她赤脚走着，眉心涂一颗硕大红痣，仿佛第三只眼，整个人透着一种怪异的气息。

想到她伸向司机脏兮兮的手，我有些反感，下意识想离她远一些。还没等我有所动作，她却径直越过我，对街区坐在地上的人挨个摸头、击掌，然后双手合十地祈福。

我感觉好奇，于是在路边买了一个椰子，然后向老板打听她是什么人。老板接过钱，耐心给我解释道："她叫浦珈，是一名海吉拉斯（意为'流浪者'），既不是男人，也不是女人，在印度这类人被称为'神的新娘'。其实他们都是自发聚集在一起的，从小痴迷女性化的东西，所以被视为异类。舆论的指责迫使他们离家出走，然后加入海吉拉斯公社。"

我了解到浦珈在这一片十分出名，她来自圣岛沙嘎丛林部落，曾接受过变性手术，和别的海吉拉斯不同，她不仅在公社十分受欢迎，平时特别爱交朋友，所以当地人对浦珈也十分友好。

浦珈绕了一圈以后朝我们走来，笑着和老板打招呼，并且在我们旁边坐下来，接过老板递来的椰子。她似乎对我这个外来者十分感兴趣，上下打量了我一会，然后有一搭没一搭地和我聊起来。

"你的裙子很好看，"她的嗓音有点粗哑，但是也轻轻慢慢地，似乎怕吓到我，"你是第一次来印度吧？"

我低头看着裙子上一圈细碎的花边点点头，突然想起来在泰国看到面孔精致身材惹火的那些人妖小姐，视线转回到我身边这位穿着艳丽表情沧桑的海吉拉斯，突然感觉有些心酸。

后来的聊天里她告诉我，年轻的时候，很多商店开张会邀请她们，她与"姐妹们"就穿着艳丽抢眼的服装，在商店门口载歌载舞，招揽顾客。

关于这件事情她是这样描述的："我们妩媚的表演会吸引到很多人，有的人很尊重我们会给我们鼓掌，但是更多的却是讥讽和嘲笑。别人都觉得我们是靠乞讨为生,但是我认为其实我们是通过自己的努力换取酬劳,哪怕酬劳只是一顿饭,或者是很少的小费。"

我有点理解,但确实无法感同身受。我猜想浦珈年轻的时候是不是也拥有美丽的脸庞和曼妙的身材,甚至拥有一个理解她的爱人,我不知道她会不会痛恨她与生俱来的不一样。但是现在的她却告诉我:"当我下定决心,什么都不要的时候,就好像仿佛拥有一切了。虽然我很羡慕你,但是我也很爱我自己。"

我有点惊讶,也许她虽然不是特别的幸运,却也是十分有智慧的。我送了她一对我从西藏带回来的耳环,并告诉她西藏十分美丽,有很多的人去那里寻找他们的信仰。她喜欢得眼圈发红,并告诉我,以后她有机会存够钱,一定也要去一次西藏。

其实海吉拉斯公社里不全是浦珈这样的人。也有一些人,他们出现在婚嫁丧葬、孩子出生的场合,要求主人为他们的祝福付钱。如果居民不肯给钱,他们就会用恶毒的语言诅咒居民,并扬言要拐走他们的孩子,直到东家给钱。这也是很多的海吉拉斯遭到歧视的原因之一。

海吉拉斯们长期生活在被孤立的圈子里,他们前往医院看病、到学校上学、应聘或购房时,常常遭到拒绝。他们大多生活穷困,一旦衰老无力谋生,就只能靠公社团体接济,或者回家乡度过余生。

铁轨边卖石榴的妇女

从浦珈的身上，我看到了她困窘的处境，却看不到任何的茫然和犹豫，她是坚定的、自信的、淡然的，却不是冷漠的。也许这就是信仰的力量。

浦珈告别我，她要去准备公社晚上的聚会。我和她道了别，看着这位"神的新娘"消失在街角。也许这个世界上不全是人生若只如初见，也会有第二眼被惊艳到的情况吧。

静语：在《摩诃婆罗多》中有这样的传说，伟大部落班度族的五兄弟决定在大战前用人体祭神，求神保佑获得胜利，充当祭品的人又要富有智慧，又要外表出众。最后，只有两个男人符合要求，一个是克里希纳，另一个是阿拉万。阿拉万自愿充当祭品，但提出一个条件，即同一个美丽女子结婚，享受一夜风流，以最后一次享受人生。族人中没有一位女子愿意嫁给他，一夜风流后便会终身守寡。于是克里希纳自愿变成女人形，同阿拉万举行了婚礼。阿拉万的自我奉献精神及对女性的留恋深深感动了无所不能的女神杜尔迦，她施法术让阿拉万的头部复活了。从此，阿拉万以半人半神的形态受到印度教海吉拉斯派的顶礼膜拜，于是男人们装扮成女人，以嫁给他为荣。这便是"神的新娘"的由来。

在现代印度，仍然有这样一群人在追逐着阿拉万，据印度官方的不完全统计，印度目前有200多万名变性者，而这些人被称为"海吉拉斯"。

当他们穿着妖冶的纱丽，戴着粗重的黄金珠宝首饰，涂着厚重的脂粉，花枝招展地沿着马路走来时，其他人就会转过身去，或者一走了之，因为人们相信跟他们接近会带来霉运。他们是印度最受轻视、最孤立的群体，被排斥在社会的边缘，生活在阴暗的世界里，遵循着自己的习惯和规矩，与普通人保持着距离。

其实对于性别概念，我一直都很模糊，直到上了初中才有些清楚。也是因为这样，小学的时候才和很多男孩子打过架，并不服气地偷偷跑进过男厕所。

但是后来我明白，性别是从生下来就注定的，在很多大人看来，我是女孩，你是男孩，所以我应该喜欢洋娃娃，你应该喜欢变形金刚。如果女生站着尿尿或者男生爱穿裙子一定会受到大家的嘲笑，至少我不敢光明正大这样做。

我喜欢浦珈的勇气，但是看到这样有勇气的她这样脏兮兮地混生活，又觉得很尴尬。她们的坚持和信仰在现实面前显得有些傻乎乎的，而如果选择随波逐流，至少生活规律平静。但是我也很明白，在我们享受着很多理所当然的自由之前，确实有更多的人在付出着代价和勇气争取着。

夜访吸血鬼王子

算起来,这是我在德里的第五天,有了越来越多的经历,也见了越来越多的人,这让我觉得愈发精力充沛。

到一个陌生地方的时候,最快的熟悉方式应该是用双腿把这座城市走一遍。街道的拐角处、建筑的阴影中、偶尔的咖啡店里,都是这个城市的性格和味道。

走上街头经常碰到的是突突车司机,出门的时候会看见他们在等生意,到了下午他们依然在街头等生意,但是也不是什么生意都接,他们似乎更喜欢外国客人。

按照种姓制度,他们中的绝大多数是低种姓的服务者。统一穿着深蓝色的工作服,衣服上沾满了午餐时留下的咖喱酱,和修车时抹在袖口的机油。突突车司机是最典型的印度人,至少在我可以接触到的范围之内,他们代表着印度人的许多美德,当然,也有许多缺德的地方。

在德里,突突车司机是归市政部门统一管理,包括着装和计价都有统一的行业规范。但即便如此,司机一半都不打表,本地乘客的价格都是确定的,遇上外国人,价格相差十几倍也是很正常的事情。

伪装不了本地人,作为旅客的话,有个心理价位也是很重要的,一般报出价格,就能找到愿意出发的突突车司机,可能会比本地人贵一些,但也不至于太离谱。

九月,印度的雨季还没有完全过去,雨水浇灌着大地,德里的空气常常会变得闷热,令人窒息。突突车司机爱把车开得飞快,迎面吹来的风透着些凉爽。在路上他们都无所顾忌,鸣着喇叭穿行于各个空档,偶尔刮擦也并不当回事,相互笑笑依旧上路横冲直撞。

突突车司机是最了解这个城市的一群人,数十年来见证着整座城市的变迁。路上耀眼的跑车也会摇下车窗,向他们问路。最常见的是,堵在路口,邻近的两个车夫互相讨论着路况,或许是问路,或许是今天的午饭,然后说一句"兄弟"就分道扬镳。

这样熟悉的陌生人,也许在偌大的德里,每天都会碰到,也许再见时早已忘掉彼此的相貌。但他们还是真心诚意地微笑着,用搭在身上的毛巾抹一把汗,掏出一根土烟,心满意足地吐着烟圈,等待着下一单生意。

中午德里的阳光,照在脸上火辣辣地疼。路边有一辆三轮车,几次三番地熄火,司机直接下车往前推,因为车上坐着几个蒙面的女人,他好像十分吃力,豆大的汗水顺着脸颊滚下来。我走上前去问需不需要帮助,他不停地摆手,一脸惶恐,我也有些不知所措。

我不知道人生而平等要如何去理解才是正确的,但是在这一刻,我感觉到也许在世界的每一个角落都是如此,为了生存的生活永远是一场抗争。

回宾馆的时候接近黄昏,夕阳透过印度门镀在日落的大道上,路边站了一排男人,我看了一会才发现他们是在解决生理问题,吓了一跳赶紧跑开。这才想起被无数次告诫——印度是一个"pee-pee free country(自由如厕的国家)"。

我走到了 Main Bazaar,这里是印度有名的背包客聚集地,即使走在路上,也总能遇上一些有趣的人。

在宾馆附近的餐厅里,我遇到了一对立志要环游世界的情侣,至今他们已经走过了十几个国家。有趣的是,在他们的随身行李中,始终有一把电热壶。这把壶不仅仅用来烧热水,还是他们的炊具,他们用这把电热壶,做过红烧鱼,烧过土豆牛肉,也煮过海鲜汤。

我想,在电热壶的世界里,这把电热壶大概是"壶生"经历最丰富的了。我还品尝了他们做的豆腐大酱汤，觉得能用壶折腾出这样的美味，也是十分奇迹了。

告别电热壶夫妇以后，消失了差不多一个星期的德古拉出现了。他似乎掐准了时间，告诉我他也在德里。再次见到他的时候，是在一家青年旅社的沙发上，他正在和一堆印度人聊天，其中一个红头发的男孩似乎和他格外亲密。

我走过去拍了拍他，德古拉转头看到是我，声音突然变小了，他搂过红发男孩向我介绍道："他是我现在的室友卡特，德里大学的学生。"红发男孩也笑着跟我打招呼。

几天不见的德古拉似乎有一些随意，如果说第一次的德古拉是个翩翩美少年，那现在就彻底是个风尘仆仆的背包客。如果用电影角色来做比喻，同样是吸血鬼，之前的德古拉是生活在《暮光之城》里的，而现在的德古拉则是《嗜血破晓》里的样子了，尽管这说法有点夸张，可前后确实有一定的落差。

"这几天晒黑了不少，"我打量着他起码三天没刮的胡茬，问道，"你的胡子以后都不修理了吗？"

德古拉摸了摸下巴，开心地反问我："Joy，难道你不觉得这样更成熟吗？卡特说我这样有男人味极了，这才是背包客的形象。"

"谁说背包客都不刮胡子了？"我有点乐了，但还是说出了我的疑问，"那你这样如果把咖喱粘在胡子上，不是会很难清理吗？"

德古拉认真思索了一下，下定决心："等一会儿我就去刮胡子。"卡特看德古拉意志这么不坚定，试图再次说服他："咖喱味才是正宗印度味道嘛。"

"静逸，这几天在德里，你都去了哪里？"德古拉没有接茬，而是问我。

"我去了甘地陵、德里门，还有贾玛清真寺和红堡。"在德里的这几天也不是

火车站台成了没有地方可去的穷人的栖息之地，他们带上自己的床单被套，直接睡在地上，留出一些供人行走的通道

白晃的,稍微有名气一些的地方,我都已经走过一遍了。

"印度就是这样一个不可思议的地方,这种感觉在居住过一段时间之后会更加,更加……"

"深刻?"我笑了笑,为他不错的中文点了个赞。

尽管我身边也不乏热爱旅行的人,有些人也是打着感受当地文化、看看世界这样的理由出发的,然而能像德古拉这样一边旅行一边做调查的人,却是很少见的。我一直很好奇他选择骑着摩托车辛苦地做调查的原因,毕竟这不是一个轻松的工作。

德古拉告诉我,那是因为他想尽量多地了解一个地方,而尽量少的对那里抱有偏见,在自己的世界之外能够看到另外的世界。我对"偏见"这个词语尤为敏感,创业到现在,身上的标签只增不减,见好也见坏。

虽然我一直是一个很难被外界因素影响的人,我也一直觉得一个活生生的人站在公众面前,有人喜欢,有人不喜欢,这很正常。但如果有更多的像德古拉那样愿意花时间精力去拆除刻板,我想世界上的很多事情都会变得简单。

快分别的时候,我拒绝了卡特送我回宾馆的请求,更让我惊奇的是他立刻很直接地问我要不要做他的女朋友,因为德古拉告诉他我还没有男朋友。惹事的德古拉在一旁笑得很开心,我看到他火红的头发和亮闪闪的鼻环,落荒而逃。

静语:印度男孩的热情让我有点难以消受,虽然知道是开玩笑,但是也还是有点尴尬。

就我自己来说,是没有办法接受异国恋的,感觉如果三观不同,很难聊到一起,对于另一半,我还是有遇到"soul mate(灵魂伴侣)"的期待。

包括我对朋友的选择也有点挑剔,一定找到至少某方面和我相似的那种,才能找到交心的感觉。

在这几天里,德古拉的聪明热情让我十分欣赏,再加上在仁爱之家一起经历的事情,我已经打心底把他当成我的朋友了。

于是直接告诉他,我不喜欢拿感情的事情开玩笑,结果他告诉我卡特是认真的,如果我愿意,他甚至可以和我一起去中国生活,这倒是让我不知道怎么接话。

我不知道印度人的爱情观是不是都是这样,如果爱,就可以追随,但是我很清楚他们有个极其强大的能力,就是能够把复杂的事情简单化,这项技能一出,往往也能出奇制胜。

中秋节的时候告别德里

　　第二天我和德古拉一起出发去斋普尔，这天又正好是中秋节，可是德古拉跟我不在一个车厢，于是我一个人吃力地拖着行李上了车。这次买到的卧铺又是上铺，空调风呼呼地对着脸吹，我旁边的阿姨教我用报纸封住出风口，这下才好一些。

　　尽管是印度，却因在火车上，所以没什么印度的氛围，倒是也没那么想家。不过想想也挺有意思，这大概是我这辈子第一次在火车上度过一整个中秋节吧。

　　火车哐当哐当地前进着，偶尔也会到小站时稍微停一会儿，但并不会报站名。大概是在第二次停的时候，我的对面下铺来了一个长得很帅的伊朗小哥，这对我来说也算是个惊喜了。他留着栗色卷发，背着一把吉他，一副行吟歌手的打扮。

　　帅气的伊朗小哥在火车上受到了明星般的礼遇，不时地还会有其他铺位的乘客过来跟他说话，还有很多小姑娘凑过来要跟他合影。小哥的脾气比较好，并没有拒绝。不过，我却被来来往往的人吵得有些脑袋疼。

车开了大概有一个小时，伊朗小哥就开始展示了，他拿出自己的吉他，在一群人期待的目光中开始弹奏起来。我从上铺看下去，感觉简直是小型演唱会现场，厕所把手上都坐着人。

没想到他的吉他弹得很棒，车上其他乘客越围越多，印度人热爱唱歌跳舞的天性在这里显露无遗，大家都开始随着节奏扭动，这样的动静很快就吸引来一位胖胖的列车员。我以为他是来维护秩序的，没想到他借着身份便利挤到"演唱会"中心以后却自顾自唱起歌来，和小哥的配合很是默契。

一曲终了，列车员掏出了他的酒递给伊朗小哥，伊朗小哥喝了好几口，列车员十分满意，"good，good"的赞扬声就没有停过。闹了半天待到列车员和乘客散了，小哥才收起了吉他。

他看到我坐在上面一直看着他，于是抬头跟我说话："你知道我弹的什么曲子吗？"我摇摇头，他接着说道："是印度民谣，这首本土歌太好听了。"

看到他吉他上还贴着卡通贴纸，我打趣他："你吉他上的贴纸好可爱，是不是你女朋友帮你贴的？"

他却突然变得严肃起来："你说错了，我已经结婚了。"这句话确实有点冒犯了，我赶紧表示抱歉。正当我内疚的时候，这位小哥却递给我一张照片。我认真看了一下，照片边角有点泛黄，背景似乎是一个农场，照片上的伊朗小哥搂着一个姑娘笑得很开心，姑娘包得严严实实，完全看不出模样。

小哥告诉我他叫赛义德·桑加尔，照片上的女孩叫简娜，是他的初恋，也是现在的妻子。两个人青梅竹马，从十二岁认识到结婚，在一起十五年了。他的妻子十分支持他环球旅行，他们每天都会分享对方的新想法。

我有点羡慕，再看向桑加尔的时候，发现他还真有几分像《怦然心动》里的布莱斯，而他们恰好都是在十来岁的年纪认识了生命中最重要的人。电影里的那对小孩那棵树，本是特别简单的故事，却被诠释得荡气回肠。

拉开车窗帘，远远看过去，月亮只露出了一点点。听完伊朗小哥的故事，我也想到我的爸爸妈妈。他们在一起很多年了，感情还是很好，爸爸总是说等我和我弟弟都成年了，就骑着自行车去环游世界，我问过为什么是自行车？爸爸的答案是一把狗粮："因为你妈妈晕车啊。"

静语：其实一路上有说有笑，也没什么独在异乡的伤感，但听到桑加尔的故事，我又有些感慨，第一次觉得有一个爱人相互依靠，也不失为一件幸福的事情。

除了《怦然心动》外的初恋影片，我最欣赏的是那部糟糕的法国小滥情电影《Melody》，电影本身的硬伤很多，剧情处理得不干净，镜头感也很平庸，却有着触动心灵的细节。

其实在1971年给孩子拍出这样一部电影足够他们开心就挺好的。孩子们听不懂那些成人笑话，也不懂什么是未来，有人想长大，有人不想长大，我想，如果可以，就请先不要强行让他们知道怎么去长大。

对于我们来说，最高级的感觉就是"简单"。人生就像画了一个圈，总要回到原点的，你为什么一定要强求你的孩子走直线，跑得更远？其实他会有自己的想法的，他知道他爱什么。

我想起了现在很火的一句话：这样的努力，是因为不想和大多数人一样，这样的正能量凸显出个体的存在和特别。

我也很努力，可我愿意跟很多人一样，我也愿意拿出一些勇气，和别人不一样，好像别人眼中的定义对我来说并没有什么意义，我愿意十分简单，也可以接受复杂，但我更多听到的是自己的声音。

就像女主角Melody说的，长大了什么就都懂了，何必要在意那些细节呢，你不能指望一个原本就空白的脑袋开出花来。是孩子，就需要《彼得·潘》《永无岛》这些有逻辑又没有逻辑的童话，这对他们很重要。

而对于我来说，这些在很多人眼中逻辑乱七八糟又无聊的童话，也一样很重要。

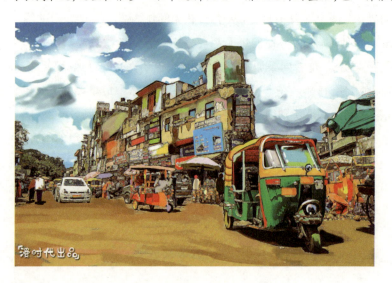

2
Two

印度的四季

生活的答案
常在远方盛开
我的所爱
是万里之外静默的花海
——《To 远方》

斋普尔、贾沙梅尔、焦特普尔以及乌代普尔，拉贾斯坦邦的这四座城市是我选择的第二站，我迫不及待坐上火车奔赴它们，就像完成某个仪式。

这四座城市因为颜色的不同，所以被称为四色之城。其实在我的世界里，每个人都是有颜色的。我看见有的人笼罩着淡淡的蓝色，这样的人大多比较冷静理性，有的人是深蓝的，这意味着严厉自律，而有的人则是红色的，他们说话做事都带着如火的热情。

但是我只在童话里见过有颜色的城市，这极大地满足了我的少女心，也是我选择这里的原因。大部分时候我们都在朝着一个目标心无旁骛地奔跑，可偶尔能够享受一场毫无目的的放逐，也不失为一件很美好的事情，至少我是这样感觉的。

我看过很多旅行者在印度的照片，不管是手机还是相机照的，表现的基本都是浓郁到快要溢出来的色彩，每一张都能让我细细考量很久。街边站着坐着的老人小孩，清澈得让人能够看到这些眼睛里的真诚；小巷的房屋、路边各式各样的水果、印度女人艳丽的纱丽，似乎都在告诉我印度人对于生命的热爱。

从小我对于彩色的东西总是抱有莫名的好感，大概是因为彩色意味着对于生活的激情和向上的力量，我无法忍受生命里失去色彩，这是浸透到我灵魂里的东西。

所以，我毫不犹豫地选择了印北四城，我期待他们即将给我讲述的故事，这让我心跳加速。

在我的想象里，粉色的斋普尔大概是娇嫩萌动的初春模样，而金黄的贾沙梅尔则是激情灼人的盛夏，幽蓝的焦特普尔仿佛深沉忧郁的深秋，而透着高冷气息的洁白的乌代普尔却该是肃杀萧瑟的孟冬。

如果说拉贾斯坦邦是一个巨大的画板，这四座城市就是四种不同颜料，它们会用自己的笔触和风格，描绘出一个多姿多彩的印度。

粉城斋普尔

从粉色里，我看到了春天的羞涩
从风声里，我听到了流年的蹉跎
这一夜的星空
让所有的美丽，都满是寂寞
　　——《斋普尔》

　　水上宫殿"斋普尔"，是一座很有诗意的城市，也有一个很有诗意的名字——"红粉之城"。人们还把斋普尔称为"玫瑰城"，因为最珍贵的玫瑰是粉红色的，斋普尔就像玫瑰那样惹人喜爱，让人易生梦幻。斋普尔城市布局严谨，分为新旧两城。旧城区呈长方形，四面有高大的城墙，街道宽阔笔直，两旁多为杰邦·辛格时代的粉红色建筑物，庙宇林立。新城区为火车站、汽车站所在地，主要的大酒店也多在此地。斋普尔是座传统与现代相结合的城市，豪华气派的小汽车和慢悠悠的牛车并驶在街上，而且汽车必须先让牛车。

夜晚中的斋普尔

　　到达斋普尔，又是在夜晚。出火车站的时候瞟了一眼火车站厅，那里全是横七竖八地躺在地上睡觉的印度人，只留出一条狭窄通道从站门通往站台。我看了看德古拉，他睡得很沉，手还不忘护在我俩的箱子上。

　　印度的火车以晚点而闻名于世。之前浏览旅游论坛，看见有个人花了许多篇幅哭诉自己从头天晚上等到第二天也没等来火车的悲惨经历。意料之中，我们也遇上了晚点，迟了整整八个小时。

　　好不容易上车，车子停在某站好几个小时一动不动，可是大家似乎都很习惯，整个车厢虽然闹哄哄的，却也没人吵着退票，乘务员懒洋洋地倚在车厢尽头，偶尔抬起手看看表。德古拉跑去打听，才知道火车出了一些故障，在临时修理，所以我们到达的时间已经是第二天的傍晚了。

　　也许正因为到达的时候是傍晚，我们才见到了这个城市毫无防备的一面：昏暗而杂乱的灯光，是我对这座粉色之城的第一印象。我和德古拉坐在出租车里，听到街角偶尔响起的几声狗吠,掺杂在出租车内嘶哑而断断续续的广播音乐声里,显得格外的清脆。

街道两边随处可见卖水果和各种小食品的摊贩,街上纷乱的人流,被不时驶来的汽车和摩托车冲散,随即又恢复成了原来的样子,似乎这街道本就该如此,因为最自然的东西是不会因为外界的干扰而被扼杀打破的。这番景象是如此地熟悉,几乎每一个在城市生活过的人都会油然而生一种亲切感。

虽然我在出门前父母反复叮嘱我"要注意安全,女孩子晚上尽量不要一个人出门,尤其是在旅游的时候",但是实际上他们对我一直都是放养政策,可能是由于血缘关系自然而然的信任吧。

这里的夜晚太亮了,夜晚的时候最容易触景生情。我看到了什么,听到了什么,在脑海里就会浮现出相似的情景,好像我真的经历过一样。

忽然我想起了三年前和丁果的成都之旅。凌晨两点的时候我正睡得迷迷糊糊,半梦半醒间感觉到有人坐在床边看着我,惊叫着坐起来才发现原来是丁果这个鬼。她哀怨地拉着我的手告诉我她饿了,梦境里有人指引她找到了一家特别好吃的抄手。手机的光照在她的脸上惹人怜爱(阴森森的),让我不忍心(并不敢)拒绝。

最后的情况就是我睡眼惺忪地跟她一起穿梭在成都的夜色中。跟我这个路痴不同,丁果在连地图和导航都不看的情况下,拽着我穿越三条马路和十多个小巷。在一条稍显破落的长街尽头,看到了一个卖炒饭和馄饨的小摊。我问她:"是什么指引你找到了这里?"她认真地眨了眨她灵动的小眼睛,回答我说:"当然是一颗吃货的心。"她故意拖起的尾音,让我真是又爱又恨!

摆摊的是一对中年夫妇,穿着虽破旧但也干净。这个时候夜生活也接近尾声了,女人趴在柜台打盹,头埋在手臂里,夹杂着几缕灰白头发的发髻也散了下来,男人坐在她旁边看着小说,神态略显疲惫。看到我们进门后,男人轻轻站起身,打起精神迎了上来,递菜单的时候憨厚地笑了笑,同时比了个"嘘"的手势,希望我们不要发出太大的声音。

丁果指了指抄手,比了个"耶"的手势,老板收回菜单。我们静静坐在小摊旁边的折椅上,看着街上稀疏的人流,感受着馄饨缓缓划过食道,在胃里融化成暖流。每一口汤下肚,都让我对成都的感觉亲切一分。吃抄手这中间,也会陆续有客人进来,应该大多都是熟客,他们进来后和老板默契地点点头,用手指指菜单,

摄于斋普尔

然后老板就走进小厨房，几分钟后，就端出一碗热气腾腾的抄手，再撒上一些细碎的葱花。

很少能静下心来去感受这样毫无防备的夜晚，也许是胃里的暖意传递到了内心，也许是深夜让人疲于伪装，就在那一刻，我看到了这座城市安静而真实的样子。

成都是如此，斋普尔也是这样吧。不管你在哪里，已经发生的事情并不会消失，不管是好的还是坏的。

到了酒店，德古拉建议我及时向孟买项目方交流自己的想法，我觉得这还真挺重要的，于是思考了一下这几天感受到的印度人的思维逻辑，给孟买的项目方发了一封邮件沟通工作事宜，并且很快得到了回复。

静语：我是一个典型的双鱼座女孩，有的时候会特别傻，会路痴，会小脑不发达到自己左脚绊到右脚摔个四仰八叉。从小到大，我的体内就像住了两个自己，一个是为了给世界看而塑造出来的骨肉，另一个大概是只会在我毫无防备的时候表现出来。和丁果他们在一起的时候就是这样。

大部分时候是被人照顾的，可因为特别喜欢拿主意，旁边的人还是很让着我。

也有人问我，你这么年轻，怎么管得了这么多人？我觉得这是个不成立的假命题，我确实管不了那么多人，也没有人需要我管。很多小伙伴们跑来这里跟我创业，也是需要机会成本的，但来这里的目的肯定不是为了被我管着。

创业之后，也有很多时候都是瞻前顾后，好听点就是责任感驱使，直接点就是市场驱使。越到后来才知道，这是不对的。其实，如果大家的目标能够实现，我才有价值，因为本身创业这个事情人才是最重要的。

也正是因为这样，我愿意毫无保留地信任，事实上这样的信任，也确实让我收获了很多惊喜。

继续走吗？当然！

如果你觉得幸福了，肯定是上帝麾下的魔鬼还没醒来。我忘记了这是什么定律，但是刚在斋普尔一夜好梦，第二天现实就狠狠给了我一个下马威。

我和德古拉吃过早餐，就开始瞎逛，他拿了一支录音笔去采访街边懒洋洋躺着的老大爷，我则跑到斋普尔的小店里边挑选纪念品边和眼睛大大的美少女聊天。

我用我的相机，拍下了很多印度姑娘的眼睛，有三四岁的，也有三四十岁的。我喜欢观察她们的眼神，有不一样的美感，有的闪着光，有的则溢满温柔，像是一潭春水。

有一次，我兴致勃勃给德古拉看我的特色作品，德古拉质问我为什么不拍摄全身的照片，这样才能够看到周围的环境。我对他这样不解风情的行为觉得十分无趣，所以之后我们一起拍照的时候，都是各拍各的，谁都无法理解谁的想法。

我走到一条安静的小巷的时候，发现有一个中等身材的男生一直尾随着我，然后我回头的时候，他又假装在看小摊上的货品，神色可疑。

他一直跟着我走到了一个安静的巷子里,我有点警惕了,想快速通过这个巷子,巷子的尽头是一条大马路,车水马龙十分热闹,我走得愈来愈快,心怦怦直跳却不敢回头。

我听到他的脚步声越来越近,然后感觉到有个人一把抱住我,一边摸一边说:"Do you like me?(你喜欢我吗?)"我开始挣扎,但是他的力气实在太大了,我能感觉到他在扯我的背包,我的肩膀被勒得生疼,于是大叫:"Wait! Let me do it.(等一下,让我做这件事。)"

不知道是不是我声音太大吓到他的原因,他的手松了一下,我成功抽出我的背包,然后趁他一愣神,从侧边掏出来我爸爸心心念念给我带上的粉红色小电棍,在他勒着我的手上狠狠电了一下。

他感觉到异样,一下弹跳开,但是完全没有预想中的倒地抽搐的现象,反而感觉愤怒值更高了,整个人从二级战斗状态升级为一级战斗状态。

我心里暗道不好,伸手就把电棍扔了出去,没想到正好砸到他的眼睛。他眼睛被砸以后伸手拽住我的手,我怎么也无法挣脱,这时正好看到墙上有一块尖利物突起的时候,于是一咬牙用全身力气把手往墙上砸过去,瞬间感觉疼到灵魂出窍了,还好手还有知觉。

因为他的手握着我的原因,所以撞上去的面积和角度,比我严重太多,血瞬间飙了出来。他一边捂着手一边哀嚎一边还是没有放弃追我。虽然我不知道他跟着我的意图,但是真的被他的坚持打败了,只能发挥出百米赛跑的精神,拽着背包一路狂奔准备绕回和德古拉一起做调查的地方。

果然德古拉还在那里十分耐心地和大爷聊天,他穿着一个戴帽子的黑大衣,阳光照在他身上就像一个神父在传教,这画面可真适合拍特写。

我用凄厉地呼救声打破了这个美好的画面,我感觉男青年已经失去理智了,人非常多的情况下他依然穷追不舍,等到德古拉抬起头的时候,他又追上了我,一个熊抱把我按在地上,这次是膝盖骨着地,疼得我眼冒金星。

周围的人群都停住围观,并没有人帮忙。德古拉应该是吓坏了,冲上来的时候还在颤抖,他又高又大,没有辜负我的期望,很快用绝对的体型优势反压住小青年,我终于呼吸到了新鲜的空气。

我深吸了一口气,看了看我青紫一片的左手,想了想教练教的自由搏击技巧,用右拳一边砸一边问:"Do you like me? Do you like me? Do you like me?(你

绰号"突突"的三轮摩的是印度街头一道独特的风景线

喜欢我吗？你喜欢我吗？你喜欢我吗？）"

德古拉晚餐的时候喝了一大杯红酒才开口跟我说话,他问:"你不害怕吗？"

我给他又倒满一杯,推到他的面前,反问他:"你不害怕吗？"

他告诉我他从来没见过被女孩子打得这么惨的男生,说小青年一脸血(他的脸没有受伤,是手上的血)跑过来的时候,他简直以为我抢了他的包。

我给他解释了一通之前的情况,并且告诉他:"他这是耍流氓,性质非常地恶劣。如果我不反抗,或者我没有跑到你这里来,还不知道会怎么样。"

德古拉严肃地点点头,认真地说:"那你为什么不狠狠踢他？如果知道是这样,我肯定也会狠狠揍他,你还是太心软了,这样的人一定要给他教训。"

我微笑着回答:"因为我的膝盖受伤了。"

说实话我对除了德古拉没人理会我的求助这件事情有点伤心,突然想起在契诃夫的小说《醋栗》里看到的那段话:

"幸福的人之所以感到幸福只是因为不幸的人们在默默地背负着自己的重担,一旦没有了这种沉默,一些人的幸福便不可想象。这是普遍的麻木不仁。真应当在每一个心满意足的幸福的人的门背后,站上一个人,拿着小锤子,经常敲门提醒他，世上还有不幸的人；不管他现在多么幸福，生活迟早会对他伸出利爪，灾难会降临——疾病，贫穷，种种损失。到那时谁也看不见他，听不见他，正如现在他看不见别人，听不见别人一样。可是，拿锤子的人是没有的，幸福的人照样过他的幸福生活，只有日常生活的小小烦恼才使他感到有点激动，就像微风吹拂杨树一样。一切都幸福圆满。"

如果没有德古拉，也许我能更深刻地体会这句"谁也看不见他，听不见他"吧，直到现在，我也依旧记得我边呼救边向前跑的时候，人群分开一条小路的场景。

如果你们看到这里，我希望在看到一个陌生姑娘呼救的时候，我们都能够是在人群里站住不闪开的那个人，我们都会爱这样的人，也祝福我们有勇气成为这样的人。

那么接下来要怎么样呢？继续走吧！

静语：这件事我很快就能够写完，因为它实在太短暂了，从发生到结束也只是短短的十几分钟，你问具体是怎么结束的？别忘了，印度也是有警察叔叔的，只是可能来得慢一点。

我在想要不要放一些干货在这一章里，比如"女孩要如何保护自己"、"被坏人尾随如何呼救"、"如何求救获得周围人群回应机率较大"等。

但是我想了想，又觉得没有什么意义，这件事情发生的时候，我完全感受不到这些干货能够起到什么作用，反而我十分感谢在教练指导下练出来的肱二头肌和反应能力。

灾难永远不会同情弱者，大部分的灾难也不会停下来等你百度一下，而平时的积累和沉淀，决定了能不能把这件有些糟糕的事情变成一个小插曲。

当然我也是非常幸运的，对方没有预谋，没有带武器，战斗力也不强，才可能这样有惊无险。这样的事情，大部分人都没办法承受这样的万一，我也一样。

我的爸爸妈妈看到这里，一定会觉得很想骂人，有点焦急，更多是无奈。但是我知道他们也很明白，如果我在走自己的路，就必须独自承受这些风险，当然，我也会享受这里面独一无二的快乐。

我依旧会在每一次回家的时候大喊："爸爸妈妈，我回来了。"但是我希望你们看到我在经历的过程，都是美好的。

琥珀堡游记

昨天的事情并没有带来特别深重的心理阴影，我们今天依旧起了个大早，相约一起去拍城堡。

琥珀堡和风之宫是斋普尔最出名的地方，德古拉打趣我："我们也许会碰见一个头上戴着'特笨'（TURBAN）的王子，会用黑色发箍固定住的鲜红格子长布的那种，你要拍特写吗？"我白了他一眼直接去买票了。

据说，在四五百年以前，斋普尔曾是印度北部最为繁荣的城市之一，琥珀堡就是在这一时期建立的，从1592年开始建设到后来建成，持续了百余年的时间，在当年这里更是君王威严的象征。

琥珀堡位于斋普尔城郊的一座小山上，整座城堡依山势而建，层层叠叠，远看起来十分壮观。可地势也非常陡，爬得十分费力。

在离琥珀堡入口处还有一段距离的时候，有不少人开始打开自己的背包，把照相机放进去，然后用衣服或者其他什么东西把相机遮盖住。我有点看不明白，直到买票的时候,我才知道原来在印度的很多景点,照相机也是要收门票费的。而在不远的入口处,琥珀堡的工作人员正在仔细地检查着游客们的背包,不时被查到有照相机的游客,就需要去售票处再买一张票。

我很不解,不知道为什么要给相机买门票,德古拉告诉我:当地人最主要的生活来源就是外来游客,他们不愿意错过任何一个收费的机会,但是你不给,他们也不会特别计较。

城堡由奶白、浅黄、玫瑰红及纯白石料建成,远看犹如琥珀,所以称之为琥珀堡。进入琥珀堡后,入眼的是颜色像沙子一样的建筑,走近看的话还会发现类似青苔的旧迹。琥珀堡不同于"粉红之城"的其他建筑颜色,据说这里曾经同时住着十二位王妃,平时争风吃醋的话还得跑到广场去,国王则在阳台上看笑话。

再往里走仿佛能感受到古代印度贵族的奢华生活。眼前出现的是大量的伊斯兰风格的雕梁镂柱、大理石板上雕刻的精美花卉、细腻多彩的伊斯兰拱门和历经几百年已褪色的墙垣,不论是在图案还是颜色上都有浓浓的阿拉伯风情。昨天发生的事情,任谁也不会是真的毫不在意,心里好像郁结着,做什么都提不起兴趣来,但这些亮堂的颜色让人觉得心都要被洗个遍一样。

在一根柱子底下,我遇见了一个小女孩,大眼睛,小嘴巴,酒窝深得快和眼窝一样了。穿着一身红裙子,领子带着荷叶边向上卷着,头发可能是玩累了,湿答答地贴在了鬓角那里。她拿着一块小石头在地上划来划去,在大人眼里毫无乐趣的事情他们却乐此不疲。

我走了过去,向不远处的女人说了声"你好",她应该是女孩妈妈。转过头想和小女孩也打个招呼,她很腼腆,一开始看我向她走过来,什么也不说,只是三步两步地跑着去找她妈妈,肉嘟嘟的腿肚子随着裙子的一上一下露了出来,非常可爱。我给她照了几张照片,然后和她妈妈聊了一会儿,大部分的话题都是小女孩。

小女孩今年四岁,一家人都是刹帝利种姓,属于印度的第二种姓。其实在印度,高种姓家庭对女孩子的约束没有那么严厉,反而在占印度绝大部分人口的低种姓家庭,女孩的命运都是一眼可以看到终结的。

印度女孩在小时候都特别美丽活泼,可大部分女孩长大了就会相对内向。除了随着环境的改变做出的改变外,最主要的还是教育——印度教育极不平衡,撇开种姓原因,16%的低种姓人口接受不到好的教育,重男轻女的传统也根深蒂固。

由于家长认识等多种原因，印度女性的社会地位、经济地位低下，这种不平等明显反映在教育上。印度目前有 2500 万适龄儿童没有上学，这占全世界辍学儿童人数近 20%。不再耽搁，我道别准备往上走的时候，小女孩凑上来吧唧亲了我一下，看着小女孩，真希望她在长大后也能够这么美丽和可爱。

整个琥珀宫依山傍河，居高临下。站在琥珀宫的高处，回望群山环抱的斋普尔城，整座城市都蒙着淡淡的粉色，心情顿时变得好了许多。也许我们都会因为经常迁移而苦恼，但生活总会以各种方式在不经意间去讨好你，好让你有勇气继续走下去。

跟着其他游客往下走的时候，你会发现琥珀堡的建筑很有特色，无论在细节还是整体的空间分布上都独具匠心，但唯独让我不解的是走廊的顶非常低，有的地方甚至需要低着头曲着腿才能通过，一时看花纹走了神，我还磕了好几次头。

之前我还在想这样的设计是不是因为印度文化里在教育贵族们面对无法改变的环境时要学会适当低头，顺便也让我这么顽童的人接受一下心灵的洗礼。可后来在和一对外国夫妻聊到这个的时候，他们笑得眼泪都出来了，他们告诉我贵族们出入都是坐轿子，走廊层高对他们压根就没有影响。

琥珀堡内最出名的宫殿是镜宫，斋普尔曾经在长达六个世纪的时间里作为印度的首都而存在，这样神奇而美丽的建筑也是其被票选的原因之一。

镜宫四周的墙上有无数的玻璃和小镜子，在阳光的照耀下显得异彩纷呈。据说，如果夜里在镜宫的中间点一根蜡烛，经过镜子的不断折射和反射，整个镜宫都会被流光溢彩的光线充满，就像置身于童话世界中。

镜宫是游客们拍摄最为集中的地方，留下了不少女游客披着纱丽的少女情怀。偶尔我也会搭讪一下赏心悦目的当地人，就像这次一样。

"我来自中国，你看起来真漂亮，我能和你合个影吗？"我伸出自己的右手（在印度以右为尊，左手被视为不干净的象征）对离我最近的女孩打了个招呼。

女孩坐在石阶上，她摇了摇头微笑着站起来，我愣了一下，随即明白了摇头是"Yes"、点头是"No"的表达习惯，就这样，我愉快地结识了一位叫萨库什的女孩，原来她的名字在当地语言中的意思是"见证"，或许这也是我积累足够的勇气后来到印度的见证吧！

在许多网站的印度游攻略里，都会提到一条这样的禁忌（忠告）：不要在景点跟印度人合照。这并不是因为印度人讨厌照相，恰恰相反，在景点旁，会有很多

摄于斋普尔城市宫殿

斋普尔的城市宫殿,于 1728 年兴建,是印度保存得最为完好的古迹之一

看似热情的印度人,凑上来跟你照相,然后问你要一些小费,要的不会很多,约合人民币一两块的样子,但是如果你不给,他们会很生气。

但其实在我的旅行中,印度人对于照相的热爱真的是超乎你的想象,大多数时候他们会欣然接受合影的要求,即使在忙碌中他们也能停下手边的工作,迅速面向镜头,表情自然而大方,一个接一个的 pose(姿势),完全停不下来。

即使遇到索要小费这样的人,拍照之前和他沟通清楚就没什么要紧的了,毕竟这事要征得双方的意愿才能进行,况且人因异而求同,每个人都有自己的价值观,互相尊重就好。

在琥珀堡边,就有一个头上裹着锡克族的包头布、留着白色胡须的拉琴老头,他似乎是这里固定的一个风景,攻略里几乎都出现过这个人。印度的锡克族男人大都很帅,他们会用白色的布包住头发,即便是五六十岁的老人,岁月的痕迹镌刻在脸上也只是会让他们显得故事性十足。

他的五官斧凿刀削般的深刻,眼睛深邃而明亮,不知道为什么,我总觉得他的眼神里流淌着一种深切的情意,好像随时准备着要向与自己深爱的人告白一样。和他拍照是收费的,并且明码标价,但依旧有很多人去找他合照,这算不算是任性地靠脸吃饭呢？

静语：今天是我来到斋普尔的第二天，算算时间到印度也有半个月了。这并不是我外出时间最长的一次，却是我最能体会"异乡人"感受的一次。在旅途的路上，你基本上碰不到一个会说国语的人，有时候你明明特别想向别人分享一件事却怎么也说不清，这是一种你无奈却也不得不接受的事情。在街头被不轨青年追逐，那种恐慌是在今后的很长一段时间里都会让我做噩梦的引子。

不过，我很庆幸自己懂得很多，庆幸自己敢于反抗。让我知道怎么样才能生存下去的每一段经历，都让我在抱怨后嘘声感叹：幸好，我是这样的黄静逸。

"Do as you would be done by（己所不欲，勿施于人）"这句话世界通用。像你自己希望被对待的那样去对待别人，只要用心去对待别人，总有一个人会给你回应。旅途中我总是习惯用微笑来对待每一个人，即便是抠得要死的行走的摊贩。

我不知道萨库什现在的心情是怎样的，但至少在她愿意和我朝着同一个方向行走的时候，我已经认定了这个素不相识的女孩是我的朋友。对于某些事情，我就是这样干脆，在创立漫时代的时候也是这样。

即便在这条还有很长的山路要走的创业之旅里我们会不断地被山顶上松动的石头砸中，但头破血流的时候看到依然坚守在自己身边的伙伴时，就像是眼睛穿过石头看见了海一样的惊喜，那一刻我永远也不会忘记。我们拥有最精彩的动画视频，我们可以为人们吹响最响亮的创业集结号，我们是一个拥有十足干劲的团队，所以当有人问我"你还要继续走下去吗"的时候，我只能说："为什么不呢？"

网名为 Wydkj 的网友 2005 年的时候在 CTRIP（携程）上写了一篇斋普尔的攻略，她说在她去琥珀堡的路上遇见了一个湖。湖的中心有一个宫殿似的建筑，由于好奇她无论如何要让司机停下来，因为这个湖心的宫殿实在很诱人，宫殿的遥不可及更是让它增加了神秘气息。

时隔十年，在我去琥珀堡的时候并没有看见这个湖，也许是因为时移物迁，又或者是因为选择的路线不同吧。但我能知道的是，不管我们的路是什么样的，我们最终都见到了属于自己那份独特的风景。

初识宝莱坞

　　中国人对于印度的印象,大部分都来自于宝莱坞的电影。我身边的朋友几乎没有人来过印度,可都不约而同地跟我说,到了印度一定要看一看宝莱坞的开挂电影。之所以这么说可能是都知道我没怎么看印度电影,因为多年前国内引进的印度片几乎都是千篇一律的爱恨情仇再加之大段大段的歌舞表演。

　　在我的记忆里,国产电影是"戏不够,武打凑",而印度电影则是"戏不够,歌舞凑",现在会如此受人青睐,大概是因为出现了很多像2011年上映的《三傻大闹宝莱坞》影片吧,片中三个好朋友用嬉笑怒骂的行为来对抗填鸭式教育制度的谬况。他们顶撞高高在上的老师,质疑传统的教学模式,对于成绩只重视过程而不看中结果。他们标榜人格独立,追求自己的人生。

　　不管是当摄影师还是公司员工,更或者是在一个极低的起点用善良去孵化梦想,这种努力和向往都让人感同身受,觉得信服。宝莱坞电影最大的特点就是"跳戏":让人觉得既精彩反转又有点无厘头,故事不复杂,情节却剥茧抽丝。或许正是这种贴近于现实生活的矛盾吸引了我，于是我也计划着等到了孟买的时候，一定要一探究竟。

出乎我预料的是，最终我不但进去了宝莱坞，而且还在一部电影中友情出演了一名黑社会。当然，这些都是后面的故事了。而在印度，我与宝莱坞的第一次相遇，就发生在斋普尔。

说起来，就整个印度来说，斋普尔并不算是一个多么大的城市，这里的生活质量和经济水平与孟买、加尔各答这样的大城市比起来，还是有相当大差距的。但让我意外的是，在这座并不大的城市里，居然有着印度最好的电影院：Raj Mandir 电影院，而且还进入了世界十大电影院之列。

据说 Raj Mandir 是印度最为知名的电影院，建设于 1976 年，有超过 1200 个座位和印度最好的大银幕影厅。虽然与世界许多以豪华著称的电影院相比，Raj Mandir 不是最豪华的，但在 Raj Mandir 观影也绝对会有不一样的收获。

到 Raj Mandir 看一场电影早在计划之中，好在电影院离我住的地方并不远，按照酒店的服务生以及地图的指引，我很快就走到了这里。而据我一路观察，发现印度比国内还堵车，堵的原因格外地人性化，可能是因为牛群要过马路，或者是人群根本不看红绿灯，所以选择走路还是十分明智的。

Raj Mandir 电影院的旁边是一座五层的小楼，电影院的上方跟楼顶齐平，所以目测电影院层高估计是在二十米左右。值得称道的一点是，整个电影院的外墙都是粉色的，与斋普尔城浑然一体。在我们看来，粉色总是出现在少女的梦里，而冷不丁出现在这个高大威猛的建筑上，却也增添了几分平易近人的可爱。

走进 Raj Mandir 时，门口贴满了各式各样的海报，其中有一张海报上中间是一个男主角，左右两侧各拥一个性感美女，身后是爆炸的汽车、直升飞机以及枪战的场面，如果只是看海报，还是挺有观看欲的，这对我之后拍摄的电影也有一些启发。

Raj Mandir 虽然名声响，但好像并没有因此而抬高票价。普通票位只需要100 卢比。即使是包厢，也不过是 300 到 500 卢比。而且一部宝莱坞电影的时长通常会在 3 到 4 个小时，几乎相当于国内播放两部电影了。这么算起来，Raj Mandir 的电影票真的是良心价位。

在买票的时候，我见到了各式各样的观众，其中有很多人是衣着破旧的，但这并不妨碍他们做他们喜欢的事情。原来，在印度，无论是穷人还是富人，城里人还是乡下人，看电影都是一项很重要的娱乐活动。这就是印度人普遍的生活态度吧，推崇享乐和解脱，永远活在今天。印度人对于电影的喜爱，应该也是宝莱坞电影产量极高的原因，因为"群众是基础"嘛。

距离电影开场还有二十多分钟，前来买票的人依然络绎不绝，售票处前面排着长长的队伍。可能是人太多的原因，我突然觉得有些闷，想要到电影院外面转一转。

当我走到电影院门口的时候，有五个印度小男孩正围在一张电影海报前面。这些人里年龄大些的应该有十三四岁，年龄最小的看起来只有五六岁，他们的衣服看上去大了很多，裤子倒是很合适，膝盖的部分却磨开了好几个洞，但这丝毫不影响他们对于电影的兴奋。他们看的海报，就是我准备看的这部电影。这几个印度小孩长得真的很可爱，大眼睛长睫毛，肢体语言丰富，表情夸张。模仿海报里影星的造型和表情的时候，眼睛一闪一闪的。

我看得有些入神，看着小男孩模仿男明星的踢腿动作，发出类似李小龙的声音，还差点被旁边的绿衣服男孩绊倒，我忍不住笑了出来。

几个孩子听到了我的笑声，纷纷转过头看着我，那个表演欲特别强的小男孩，却低下头露出羞赧的微笑，似乎是被人发现了什么难堪的秘密。

神情各异的印度男孩

气氛一时有点尴尬，我指着海报笑着问那个小男孩："你特别喜欢他吗？"

小孩愣了一下，好像没有想到我会突然对他发问，但是很快小声回答我："是的，他是个英雄。"

"你也是个英雄，"我觉得特别有意思，忍不住逗逗他，边说边把手里的爆米花递给他，"而且你很可爱。"

"我也会变成英雄。"小男孩也不羞涩了，直直地看向我，却没有接过爆米花。

旁边那个略高的绿衣服男孩抢过爆米花，笑得特别大声："他说他会演电影，还拉我们来看，但是他连电影票都买不起。"

我觉得我有点笑不下去了，忍不住想看看小男孩的表情，在他大大的清澈的眼睛里，我看到了自己的倒影。几秒钟后他把头垂下去，浓密的睫毛遮住了眼睛。

"你怎么知道他买不起？"我调整了一下表情，想去拍拍他的肩膀，可是他却往后退了一退，我的手落了空，在空中扬了一下，又尴尬地收回来，"你不是让我帮你买电影票吗？"

小男孩露出一脸的惊愕，仿佛听不懂我在说什么。

"人太多了，你还是自己去买吧。"我的语气里带了几分不耐烦，把钱塞到小男孩手里，想转身离开前，又回了头，指了指那个把爆米花吃得嘎吱嘎吱响的绿

衣服小鬼："他把我爆米花吃了,待会儿给我重新买一个。"

这几个小孩都愣住了,我也没等他们回过神,想着电影快开场了,就往电影院里走去。

其实看着这几个孩子,蹦在我脑细胞上的是曾经看过的《贫民窟的百万富翁》。那时候我就知道,快乐和物质,并不能画上等号。

如果生活贫苦,也并不是因为不够努力,也许只是起点差得太远,所以要很努力才能够做到别人轻易能够做到的事情。但是这并不会影响一个人快乐地面对生活。梦想是奢侈品,却也不是奢侈品,这是个很公平的东西,只存在于人心。

正如在《贫民窟里的百万富翁》里我们看到的那样,主人公在逆境中坚强地活了下来。设想一下,如果是你和主人公有一样的遭遇,你会怎么做?你会去向命运低头吗?你会放弃自己所爱的人吗?你会在众人沉沦之中去坚持吗?不要说自己什么都不能,而是要承认我们应该去奋斗了。

其实在中国并没有像印度那样严格的、不可逾越的等级阶层,所以我们自身的定位并不是一成不变的,需要我们用行动去改变。诚然,主人公是赢得了大奖改变了命运,可不是每个人都能这么幸运。成功或许有捷径,但最终那条路还是要靠你自己走过。

现在的我再回味《贫民窟的百万富翁》,心里五味陈杂。一方面,我不喜欢太理想化的东西,努力和成功之间肯定无法画上等号,如果这样想,那结局一定是失望;另一方面,由于我们太容易被环境所影响,我就觉得社会特别需要梦想这种东西。也许现实不可爱,但是不妨碍我们可爱啊,因为对身边的人来说,我们就是环境。

就像这几个孩子,他们可爱又真实。我不觉得我能改变任何人的一生,也许这个爱电影的小男孩,很快就把我忘了,顺便忘记了他的"英雄梦"。但是这又有什么关系呢?至少在我的人生里,有这么一个做着"英雄梦"的小男孩,有这样一个瞬间,我看到他眼睛里 bling bling(炫目)闪着光,让我在好一阵子里都被他散发着的光芒鼓舞着。

我走进放映厅,在自己的位子上坐下。在被几个超大音量充满激情的广告洗脑以后,电影开始了。这部动作片看起来还算不错,画面以及制作都很 OK,宝莱坞电影里偶尔也会有一些当地语言。听当地人说印度语言有一千六百多种,超过百万人使用的也有 33 种,而这些语言大部分都不相通,所以实际上的官方语言也还是英语。这部电影就既有英语又有方言,不过所幸是英文字幕,所以不时冒出的印度方言也不是很影响我的观看。

整部电影的大致内容是:一个警察卧底到监狱里,想从一个黑社会头领的嘴里套取有用的情报,期间各种被虐以换取信任感;后来黑社会的手下劫狱,把这两个人都救了出来,这个警察以小弟的身份跟着黑社会头领,最后把黑社会的人全部杀死。电影的剧情熟悉而亲切,让我想起小时候看过无数遍的《古惑仔》,标准的爆米花电影。

在 Raj Mandir,我深深感受到了印度人对于电影的热爱,每当看到好玩的镜头或者舞蹈的场景时,总有人跟着节拍动起来,中间还夹杂着对于电影的讨论,整个电影院的气氛颇为欢乐,捎带着电影也感人一些了。也可能是因为有这样可爱的观众吧,印度电影人才会有一种能把任何电影都拍成无厘头喜剧片的能力。突然,有人拍了拍我,递上了爆米花,我转过头,原来是刚才那个小男孩。他站了几十秒,应该在酝酿着怎么和我说,直到后排的人催他坐下,他才小声说了句什么然后跑开了,真是个害羞得可爱的孩子。

电影院挺大,虽然坐了不少人但因为是在通风口旁边,秋天的凉意还是阵阵飘来。不过爆米花是热的,味道也真的很不错。

一部标准的宝莱坞电影往往长达三四个小时,在电影放到一半的时候会暂停,给一个中场休息的时间。我松了口气从厕所出来的时候,看到了那几个小鬼,他们坐在后排盯着中场广告,看得十分入神,中间那个小女孩看到我,对我笑了一笑,眼睛弯弯的,咧出一排整齐的牙齿,真的是萌萌哒,心情瞬间更好了。

印度电影的重头戏往往在下半部分。当电影恢复播放的时候,没几分钟我就看到了传说中的印度神舞,到这个时候主角已经不开挂了,开始了与黑社会头领的几个手下对打。也许是需要先抑后扬一下,这一刻的主角没有以一当十,开始了被人追杀的心酸历程。终于,他努力跑到了一个水果摊的前面就开始发大招。

这真是一个神奇的逆袭故事,让我开始怀疑主角之前的被殴打都是演技。当他发现没有退路之后,小宇宙大爆发,启动逆袭程序,双手各抓起一把樱桃,扔向追来的人。这时候小李飞刀例无虚发这样的情节已经跪了,跟男主比起来那真是弱爆了。樱桃像子弹一样打在这些人的身上,凡是被樱桃击中的人开始喷血,四肢抽搐一翻之后纷纷倒地身亡。

此过程开始无限循环,直到所有的人都被打死。这时候,水果摊的主人、男

摄于斋普尔

主以及围观的路人开始一起跳欢快的舞蹈。对的,没错,在杀死所有反派之后,他们手拉着手跳起了胜利的舞步。到此,我总算领略了宝莱坞的神奇——

电影本身真是自带喜剧加成,即便电影的剧情再烂,也会让你捧腹大笑走出电影院,他们的感染力,简直要溢出屏幕了。

静语:曾经的我常常把梦想挂在嘴边,告诫每一个人包括我自己,"不要放弃梦想","唯一的失败只有一种,就是半途而废"等等,诸如此类,总是被网友们调侃发"心灵鸡汤",其实我想表达的不是你要相信我的"鸡汤",而是你要相信内心真正的自己。其实你也想做到,你也能够去努力,为什么总是找理由不去做呢?

我真的很怕自己人到中年,其实也并没有努力过,却在抱怨因为现实太现实,所以才错过了梦想。然后再把梦想放在下一代的身上,不停地抱怨这个社会的现实。

曾经我也为"我明白很多道理,为什么还是过不好"而沮丧,直到漫时代的到来,我才知道我所谓的明白只是在识字、语言结构和基本的逻辑上,真正应该明白的是你愿意去尝试,打从心底里相信自己能够做到自己想做的,那就够了。

你如果想要做一件看上去不那么实际的事情,总是会有人跳出来义愤填膺地喷。而这个时候他们会爆发出前所未有的才华,各种成语歇后语张口就来,最常用的词汇就是"白日梦",最常用的疑问句就是:"你以为你是谁?"可是你有没有想过:也许他们质疑的不是你,而是他们自己,是他们曾经被自己枪毙的梦想。

似乎在大多数时候梦想与现实更像是一枚硬币的正反两面,梦想只是现实在追逐的一个方向而已,只要在转动着,它们就处在同一个空间,如果停下来,总有一面会没入黑暗中,完全成为对立的两面。而只要在转着,距离就足够近。当我真的开始创业,独立地面对这个社会的时候,才意识到在很多时候,真正支撑我走下去的不是梦想,更多的是责任,梦想不是结果,只是一个出发点。

一个公司需要梦想,可更重要的是创造价值。很多创业公司之所以轻易地挂掉,一定是忽略了最重要的东西,就是价值。你追逐或者说创造的东西,在社会上是不是有存在的价值,一个没有价值的东西是没有存在的必要的,淘汰就是必然现象。

而我说的价值,某种程度上需要一种大爱来支撑。一个公司创始人的内心,如果只有自己,那一定做不成一个好公司。如果要做一家公司,那就不能只爱自己,要学着去爱很多人。

如果决定做任何事情,出发点都是因为爱,这该是一件多么幸福的事情。你爱的人需要,所以你存在;你努力去做的事情,可以让你爱的人的生活变得更简单一点,变得更美丽一点,变得更快乐一点。我觉得这样就一定很快乐了。

这不是资本的本质,但是在我看来这就是商业的初衷。我不止一次去思考创业是什么,但是在我的内心,这似乎并不是"商人重利轻别离"的无奈,而是:"我爱你,我想努力让你过得更好一点。"

话到此,我又想起了爸爸在得知我要创业的想法时,对我说的话:"如果你准备创业,那就不是和同龄人竞争,而是和同一平台的人竞争。"其实,我知道爸爸还有后半句没有说:没有人会因为你年龄小而让着你,没有人会因为你没有经验而包容你,你之后所有的东西,需要拿出来的都不是过程,而是结果,一切以实力说话。

而我并不这么想,结果如何尽力而为,过程未必不能动人。成功与否真的没有标准的定义,对于我来说,只要我做了,我就成功了,别人懂不懂,意义也并不是十分大。

那个绿衣小鬼叫哈克

等到电影全部播放完已经到了傍晚，我平复了一下心情，走出了电影院。感觉肚子"咕叽咕叽"叫了起来，可一想到没有筷子的印度餐，我就悻悻然觉得不那么饿了。

回酒店的路上我买了一些当地的小吃，就是那种三角形的裹着面粉炸的土豆，看上去金黄金黄，散发着的香味也很诱人。这种小吃是印度人大力推荐的，没有英文名字，印度语怎么说的我听过但已经不记得了。作为印度排名前十的"黑暗料理"，我也不知道吃完以后会不会有什么不良反应。

当我回到酒店的时候，又看到了绿衣服小鬼。他站在酒店的门口，气喘吁吁，衣服汗湿了贴在身上，四处地张望着，手里还捧着一个椰子。我想着这熊孩子真是会找时候，只要我手上有吃的，他就能出现。我走到他面前，说了一声"hello"，递了一张纸巾过去，想了想又把"黄金角"递给他。

因为印度的小孩特别喜欢让游客给买吃的，家庭教育也是这样，所以我看着小孩,也习惯性把吃的递过去。他讪讪地接过来,还没等开口,酒店的前台小哥就快步走了出来,递过我的护照夹和酒店的房卡。他说我把护照夹和房卡遗落在了 Raj Mandir 电影院,哈克发现了它,但没发现我,于是哈克就按照酒店的地址找了过来,把护照夹和房卡给我送了回来。

我脑子里突然回荡起我妈经常性的咆哮:"你怎么没把脑袋丢了!"不禁一个哆嗦,幸亏老妈不在这里。

也是这个时候我才知道,原来绿衣服小鬼叫哈克,我仔细打量了他,皮肤偏黑,大眼睛长睫毛,造型有点黏腻,但是也不失为一个帅气的小伙子。看着他气喘吁吁的样子,瞬间觉得他还是有点可爱啊。

不知道为什么——我想起马克·李维《第一日》里的那个小男孩哈里,对于哈里,离开而不留下一句话比抛弃他更加残忍,沉默本身就是一种背叛。

哈里是非洲穆尔斯人,属于奥莫山谷,他是个孤儿。哈里与女主人公凯拉相遇的那一天,他孤零零的,独自一人站在一间简陋的茅屋前。四周空无一人,小男孩紧紧地盯着凯拉,沉默不语。该怎么办呢?假装什么都没发生,继续赶路?

凯拉最终坐到了男孩的身边,他依旧一言不发,却把头扭向他破旧的家门。凯拉发现他的母亲刚刚去世。她询问小男孩是否还有其他家人、有什么地方能送他去,而小男孩继续保持沉默,明亮的眼神中满是固执。也许是眼神吧,哈克的眼神和李维描述得简直一模一样,虽然我并不知道哈克的家庭情况。

从电影院到酒店,这段距离并不算近,我晃悠着走了快半个小时。想着他这样走过来肯定也有点累,于是邀请他到我的房间小坐一会儿,他答应了。哈克将我给他的小吃用塑料袋包了起来,小心地放在口袋里,然后——他居然把椰子递给了我。我怔了一下,反而有点不好意思。"这是我自己家的椰子,送给你。"他好不自然地扭了扭头。

我接过椰子,上面已经打了洞,吸管也插在其中。虽然椰子并不是什么贵重的东西,但此时此刻从哈克手里接过来,还带着他淡淡的手温,我还是有点欣喜的。我调侃他:"你不会是喜欢我吧?"他笑了笑,腼腆地低下头,我也不好意思再逗他。

接下来有一句没一句的聊天中,我知道哈克的爸爸是在斋普尔城里摆摊卖水果的小贩,收入稳定,但家里有五个兄弟姐妹,所以整体的生活情况并不算好。

这个椰子是哈克从自己家里拿给我的,他还特别强调了是他自己拿给我的,为了谢谢我帮他弟弟买票,看着他认真的样子和赤裸裸的善意,我又觉得好笑。

孩子的世界真的很纯粹，是非对错只在于你怎么去做。想起来他吃爆米花的时候嘎吱嘎吱的声音和肆无忌惮的笑声，哎呀，怎么能这么讨人喜欢呢。

　　我问哈克以后想做什么，他说他想考上孟买或者加尔各答的大学，毕业后能有一个安稳的工作，或者是能去恒河边做祭司。我诧异地问他，难道他们的祭司都是大学生吗？他说是的，祭司都是很好的人。

　　在瓦拉纳西的时候，我查过很多关于祭祀的资料。恒河祭祀是那里每晚不变的民俗活动，祭司身着丝绸衣装吟唱歌曲，用法器和仪式表达对母亲河——恒河及印度教神的崇拜。如今，恒河祭祀已成为瓦拉纳西的标志性活动，吸引着来自世界各地的朝圣者和旅游者，当然也吸引着我。可这么小的孩子就已经对祭司有这么深的狂热，这让我觉得不可思议。

　　虽然我对印度的大学分布并不了解，但孟买和加尔各答这样的大城市，大学的质量肯定是要比其他地方好很多的。我突然想到了我的远房亲戚家的妹妹，她年纪和哈克差不多大，她的理想是成为影视明星然后肆无忌惮地环游世界，因为她觉得在国内上大学简直是太浪费时间了。

　　在当下的中国，如果有人说他的人生理想只是能考上大学，然后为了信仰而工作的话，肯定会被人当成神经病吧。但在喜马拉雅山脉的另一侧，却有许多人终其一生为之努力。甚至在我知道的距此万里的非洲，有很多人的理想甚至只是简单地活下去。很多时候，你所抱怨的生活，却是有些人穷尽毕生精力为之努力的梦想。所以偶尔也要问问自己，你向往的生活，你为之付出了多少努力？

　　我没有继续跟哈克聊信仰。因为我是个没有信仰的人，所以我在急不可耐地努力。在这一点上，我真的不如他，他做到了他想做的事情以后，也许就能平

静满足地度过这一生，像他 12 岁这一年想的这样，他的目标透彻而简单。而我不断行走也不敢停下来，也可能只是因为想看清楚迷雾后面的自己。虽然如此，从哈克的身上，我也已经看到了浓重的印度记号。

之后，我把哈克送出了酒店。本来想翻个速写本或者钢笔送给他，再留两句"心灵鸡汤"以示欣赏。但是无奈，本子放在房间了，这也只好作罢。

哈克走之前问我什么时候回中国，中国是不是很穷？他的邻居很早以前就是从中国逃难过来的华侨。我忍住掐他脖子的冲动，告诉他我国很久以前就改革开放了，欢迎好好学习政治之后来中国找我玩。

我去前台拿了之前让他帮忙代买的火车票，他迟迟不递给我，在柜子上翻来翻去，嘴里不停嘟囔着"top…top…"。这让我觉得有些莫名其妙。想了一会儿，我似乎明白了什么，问道"tips（小费）？"他兴高采烈地点点头。

我给了他 100 卢比小费。前台小哥立马抽出了车票，面对这样可爱的小聪明，我完全无法忍住笑意了。

看着他，再看看哈克留给我的椰子。这些印度人，还真是有意思。

静语:哈克走的时候，我有点难过。一方面是独在异乡的我好久没有和一个人聊这么长时间，哈克让我想到了我的童年，另一方面，我觉得自己一直在理想化的生活里，似乎只有更多地感受不一样的人和事，才能对这个世界的规则了解得更多。也许这也算是一种莫名其妙的使命感吧。

我的记忆可以追溯到很早之前，甚至幼儿园的小事也记得非常清楚。记得大概四岁的时候，幼儿园的老师因为我不睡午觉，用针扎了我的手指头，事后警告我不要告诉爸爸妈妈。而我已经有了模糊的维权意识，我认为她伤害了我，内心对她十分排斥，没等放学我就开始放声大哭。最后这件事以老师的上门道歉结束，其实我压根也不关注结果是什么，反正我坦诚地表达出了自己的意愿，所以并不觉得委屈，并且很快把这件事情带来的感受淡化了，最终也并没有给我的心灵造成多大的伤害。

所以我觉得在教育中，更多的应该鼓励小孩去表达自我意识，而不是因为什么所谓的社会规则去隐藏自己；做一个敢于表达的人，这样有利于减少自己的阴暗面，也会让小朋友更加地快乐。你以为小孩不懂，其实他们都懂，小孩无法区分善恶，但是依旧有鲜明的目的性。不要用你的规则不断地束缚他，恐吓他，直到把他教成一颗脆弱的玻璃心，然后还要告诉他这是他的个人性格，天生如此。

每个小孩诞生就知道需要生存下来，他会哭会闹，会去争取这个世界有限的资源，但是没有人天生会害怕。而我们的教育，实质上就是告诉小孩，什么可以，什么不可以。潜移默化的过程中，性格就被塑造出来。而这个时期他们喜欢的人，就会变成模仿学习的对象，也会很大程度决定，他们将来是怎么样的人。坚强，勇敢，善良，简单，幸福，至少我希望我是这样的人。

爸爸妈妈总是翻出我小时候的照片打趣我，因为我拍照是一贯的傲娇脸，用我爸爸的话说，就是眼角眉梢都是狂妄自大。其实我觉得，我只是一直都很相信自己而已，有时候眼神传达出来的，才是不加掩饰的东西。

爸爸说，小时候我经常在下雨天站在楼檐下用嘴去接水喝，说要感受天空的味道；会哭着闹着要他们告诉我生命的意义是什么，为什么我是我，而不是一棵树或者一块石头；会哭着让他们回答我人为什么要死掉，为什么会陷入无边际的未知里，而那又是怎么样的一种感受。但是即使我再好奇，也不会有人回答我，我只能自己找答案。

长大以后生活开始变得忙碌，似乎没有那么多的时间去好奇去迷茫去恐惧，生活变成了找到一个实际的目标然后用最有效率的方式完成它。偶尔也会想：世界为什么会将所有最初的思考从我们的脑海里抹去？为什么我们记不住我们初次遇见这个世界的心情？难道只有我们对生命的无知才会让我们产生对生命的敬畏？

或许我小时候也曾经像哈克一样立志成为一名警察、老师、医生、科学家……但我确实是不记得了，或者说早就改变了。回想起过去那个认真的小人，好像真的只是很琐碎的一个片段，但就是怎么也记不起来当时的心情，它就这样湮没在过去的时间里。你们是不是也会这样呢？似乎是慢慢地把重心放在了物质生活里，总是让物质左右我们的精神状态，直至逐渐迷失。这是很可怕的一件事，你知道你要去做，却失去了问为什么的能力。

七堇年的《尘曲》我没有看过，但却熟读了郭珊给这本书写的序，她说："往事历历终虚化，一场闲愁罢了。早晚，再深的痛也会散作阶前雨、袖底风；早晚，海水会填平沙滩上所有的凹陷，风会吹熄最后一丝颤抖的火焰；早晚，我们都会从不懂柴米油盐的毛孩子，变成人情世故的老掌柜。"但我相信我们都会像《哈姆莱特》中的人物，无数次着了魔一般对自己说："即便困在坚果壳中，我依然相信自己是无限空间的国王。"

德古拉的摩托日记

早上起床的时候正好接到了德古拉的电话，他说自己刚从斋普尔下面的村庄回来，下午就要接着去其他地方，所以现在想和我见个面。约好在酒店附近的咖啡厅里见面，我整理好自己就出门了。

可能是因为一路都是骑着摩托在做调查，德古拉整个人……呃……有点经历了荒野求生的感觉。我在想咖啡厅的工作人员是怎么让他进来的，或者是他和这里的工作人员也是朋友。这些我不得而知，也犯不着太较真，毕竟德古拉是一个神秘的人。

在咖啡厅里，我和德古拉聊到宝莱坞电影，也说到了哈克。听完之后，德古拉十分赞赏哈克。他告诉我，在印度这样的人并不多见，大多数的人只求安稳工作，如果睡觉也能让他们生活下去，他们也愿意就这样睡着。底层大众人民的懒散有时候似乎是可以理解的，那些三轮车夫、那些被人唤作仆人的家政人员、有些贫民窟里蹲在马路边无所事事的青年，一脸的麻木茫然。也许他们觉得无论怎么努力工作，都不会有改变，都不会有未来。

德古拉给我讲了几个他遇到的特别有想法的小男孩，其中有个男孩因为弟弟生病死亡，立志考大学到中国学医。因为他觉得在印度，医生的社会地位很高，但是印度学医非常贵（合人民币百八十万以上），这就使等级低或者家里条件不好的印度人无法成为医生。

在印度人的心里，中国人的医术十分好。而其实就世界而言，中国的医疗水平也比较高。中国对国际留学生的门槛不高，学医的费用也让大部分人能接受。我想这大概也是男孩选择中国的原因吧，不过更重要的是，他有那种愿意用知识对抗所谓的等级命运的勇气，这点让我很欣赏。

德古拉开始整理他的社会调查笔记，有一个带着图的笔记本从包里掉了出来，德古拉示意我可以看一看，我没有客气，打开翻看了起来。这个就是德古拉的摩托日记，他骑着摩托，翻越了很多的城市，帮助了很多旅途的人，也得到了很多人的帮助。本子里面写着的，是他在印度骑行的一路上记录的故事。他跟我说，他还有几本，是在其他国家记录的。

这些内容都藏在他随身带着的背包里——这可以说是德古拉版的"摩托日记"了。

我细细翻看着，为这笔记本的厚度所震惊——这里面不仅仅有德古拉自己的文字记录，还夹着许多他收集的资料（比如当地报纸的剪报、路上看到的有趣的宣传海报、路上遇到的人写下的文字、拍立得拍下的合影以及德古拉自己在零碎的纸片上写下的诗行），原本不过两百多页的笔记本，被他这样一弄，至少增加了一倍的厚度。

拿着这沉甸甸的日记本，我不得不仔细端详。这个笔记本不过是极普通的活页本，封面上也已经布满了黑漆漆的污痕。德古拉跟我解释说，为了省钱他买的是二手（或许七八手都有可能）摩托车，所以修摩托车是很经常的事情，当修完了摩托车再来写的时候，上面就会沾着摩托车的油污。

日记本一侧插着一只旧旧的万宝龙钢笔，据德古拉说这是他爸爸用过的，后来就传给了他，这可是他很重要的宝贝。得到允许后我看了看德古拉的经历，不得不说德古拉真的比我还能折腾，至少他的经历是绝大多数旅行者不曾有过的。

一张照片从日记里掉出来，照片里是一个小男孩抱着狗，然后一群人围着他们，可是却有种说不出的维和感。

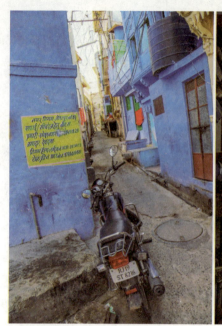

印度人天生擅长驾驭色彩,随处可见五颜六色的房子

德古拉看我十分好奇,于是给我讲这张照片里的故事:那是他从加尔各答骑着摩托来德里的路上,途径一个偏僻的小村庄,看到了一场他从没见过的婚礼。新郎是一个七岁的小男孩,新娘却是一只狗。当地人之所以让这个小男孩跟一只狗举办婚礼,是因为在当地的一位法师跟他们说,整个村子会在几个月内有大灾难,要想避免灾难,只有让一个七岁的男孩跟狗结婚,那个男孩就是被"神"选中的新郎。

德古拉告诉我,在印度,从来不缺这样的"神化"故事,只是缺少去深究的人。我突然想到很多因为迷信导致的灾难,我非常理解人都会有对未知的恐惧,可是一旦对信仰坚持到背离人性,是不是一种悲哀呢?

我和德古拉探讨了很久也没有结果,但是却坚定了我行走的决心。我想到了我的一个经历,于是分享给德古拉。

在德里北面一百多公里的地方,有一个在恒河支流边的小村庄。村民都很特别,因为他们是一群麻风病人。大家都知道,麻风病是很难根治的,因为生病的原因,他们的外表也有些可怕,这导致他们难以被正常社会所接纳,只能在远离人群的地方生活。

在那个村庄里，他们已经生活了几十年。虽然他们的生活多有不便，但由于这个村子的"恶名"远播，也少有人来打扰。所以，即便是在印度发生饥荒的时候，他们也能丰衣足食，而他们也避免了这几十年来的教派之间的争斗。虽然村子里的人信仰不同，却其乐融融。

我有一个女同学就得了这样的病，她十分爱美，长得很可爱，对人很友好。被传染了麻风病以后，脖子上出现了一些斑点。她十分不能接受这样的自己，变得暴躁，甚至几欲自杀。直到她在网上看到关于这个村子的新闻，并专程去探访了一次。

回来以后她重新回到了课堂上，有人因为她的病远离她，可是她仍然有很多的朋友。我最后一次见到她的时候，她的性格变得更好了，她给我讲她的经历，她说她真的很感恩那个村子里友好的村民。她告诉我：外界的人想要把他们驱赶到孤岛，却不知道自己正身处孤岛之中。

德古拉表示同意，很多时候世界的恶意反而能够激发出人性最美好的一面，这就是人性最神奇的地方，这也是他一路游荡并且始终充满激情的原因。

德古拉跟我用中文知识举例子，这就像是你隔着鱼缸在看里面的鱼，或许你有着十分丰富的鱼类学的知识，而且你也能看到那些鱼生活的环境，甚至可以精确地知道水温、气压、含氧量的变化，但你还是不能了解那些鱼的想法。我觉得他想表达的大概是"子非鱼，焉知鱼之乐"的典故。

坐在咖啡厅里，我们聊得很愉快，在涉及印度的社会、经济和人文时，德古拉总是特别认真，尽管也会出现一些语言和文化差异带来的问题，但大部分时候都十分有共鸣。

作为社会学专业出身的人，德古拉有着自己的调查风格和思维模式。如果说印度是一个大鱼缸，那么此刻的德古拉显然也已经变成了一条鱼游到了其中。对于印度，德古拉早就不仅是一个游客那么简单了。

在创业这条路上，尽管我还刚开始，也尽管我还站不稳，但我在不停地摸索着，创造我所说的价值。我始终坚信只要自己是真诚的、善良的，那么我也会感受到别人的真诚和善良，而这一切都是建立在真诚的基础上，这在和德古拉的交往中体现得尤为明显。

在印度游荡了这么久的我，第一次有想要成为一条"鱼"的冲动。

静语: 我在很久以前就在说我要每天都写一点东西,好让自己在忙碌的生活里再回头看的时候觉得生活是有迹可循的,可好像"记录"这件事需要特别大的勇气。

活在梦境中总是比活在现实里要愉快得多,而这些看到真实并且勇于记录下来的眼睛真的让人钦佩。我从小喜欢鲁迅,并不是因为他惊艳的文笔,更多的是他文字里透露出来的坚定和真实。

在印度,每天都有很多的故事在这些生活在社会底层的人群里发生,有的惊悚,有的残忍,有的感人,有的心酸。也许不仅仅是印度,这是每一个国家的心病。

我一直在寻找生命的意义,在这他人看来漫长而无意义的过程中我遇到了很多很厉害的人,他们都有着惊人的天赋或者极高的灵性。

反观自己,却是实在普通不过的一个人。也许因为一点小小的勇气,有一些不一样的机遇,从而显得和别人不太一样。但是我确实是特别的,因为我无法避免生老病死,可是却不会选择随遇而安。

这样我已经很满足了,在这样的年纪,似乎很少有人能够像我这样随心所欲地去做一些事情。如果可以,我很愿意一层一层剥开生命的保护色,看到躲在最里面的那个自己。如果有机会,我也愿意让你们看一看。

金城贾沙梅尔

沙漠,仰望星河
我不知道另一面的你
过的是怎样的生活
我想跟你在沙丘上喝啤酒
我想看着星星给你唱歌
　　——《贾沙梅尔,沙漠》

　　地处印度沙漠地带的贾沙梅尔,山顶巨大的金黄色古堡几百年来桀骜孤独地横卧在沙漠之中,日出日落时它闪烁着金黄色耀眼的光芒犹如神话中纯金打造的宫殿,云蒸霞蔚,又如沙漠中的海市蜃景。这里的人们相信贾沙梅尔原是天上的宫殿,只是中了魔法师的咒语,一夜之间从天上被贬到了荒凉的沙漠腹地。古堡内无数个雕刻精美的窗户、楼台、门楣点缀着古老的城墙、城门、庙宇、豪宅、府邸。这里的一切都在等待着。

沙漠之城贾沙梅尔

　　我从斋普尔坐火车到了贾沙梅尔，与刻意卖萌的斋普尔不同，贾沙梅尔位于沙漠中，带着与生俱来的寂寥气息。贾沙梅尔距离巴基斯坦的边境只有100公里，在苏伊士运河开通以前，贾沙梅尔曾是丝绸之路上重要的贸易中转站，故而贾沙梅尔虽然身处沙漠，却依然是印度非常著名的城市之一。

　　只是到了印度独立，印巴分治之后，由于政治的原因，贾沙梅尔通往巴基斯坦的道路被封闭了，原本十分兴盛的贾沙梅尔也就此衰落，由原来的10多万人变成了如今的一万五千多人。虽说是这样，但贾沙梅尔所处的塔尔沙漠依然是目前世界上居住人数最多的沙漠。

　　四色之城里，贾沙梅尔的规模是最小的，与其他的三座城市相比，与其说贾沙梅尔是一座城市，倒不如说是一个小镇更为恰当。

　　漫游在贾沙梅尔的街道上，可以看到头顶是凌乱的电线，这些电线像是巨大的铁丝网，把贾沙梅尔低矮的房屋笼罩起来。贾沙梅尔的人口不多，这里的人们生活环境相对较差,大多数房屋都比较破旧,垃圾以及动物的粪便也随处可见。

在这里最为知名的城堡是贾沙梅尔城堡,因为金黄色的外观,被称作黄金城堡,这也是贾沙梅尔被称为"金城"的原因之一。贾沙梅尔城堡的历史非常悠久,据说至今已有 800 多年的历史,也就是说,贾沙梅尔城堡开始建立的时候,苏轼和岳飞大概都还活着。这么一想,我对贾沙梅尔城堡也隐隐有了些向往。

街道上很脏,空气也夹杂着沙漠的味道。摆摊的当地人倒是随处可见,因为印度没有大超市,很多印度人都是以摆摊做点小生意来维持生计,所以走几步就有一个小卖部。而贾沙梅尔的小摊主们的表现实在对不起生意人的身份,他们总是安静地坐在那里,当你在挑选东西的时候,依旧安安静静地看着你,在你走过去以后,还是一副思考人生的状态。在贾沙梅尔,知足常乐这一点被表现得淋漓尽致,我能感到印度的慵懒气息浸入到这里的每一块砖石里。

下午两点多的样子,我到达了酒店。酒店前台的肤色比一般的印度人还要黑一些,一说起话来露出的白牙和一动一动的肚子让人觉得很亲切。办入住的时候,他告诉我我的隔壁住了两个中国女孩,我特别开心,因为很久没见到过同胞了,甚至在心里演练了一遍开场白。当然,最终却没有派上用场,因为我压根就没看见人。

我不知道这个地方的沙尘暴厉不厉害,但是被风吹过一遍感觉满头满脸都是沙粒,以至于我走到房间里的第一件事就是把脸洗一洗。我把水龙头打到最大,看到浑黄的水一滴滴地"Duang"下来,最后连成一条细细的线的时候,突然觉得,不管了,先下去看看再说。

尽管黄金城堡这个名字听上去很霸气,实际上它的面积并不大,造型也很普通,气势上更是难以与琥珀堡相比。不过,黄金城堡最值得称道的一点是,它保持着数百年前的样子。甚至至今,贾沙梅尔还有四分之一的人生活在这座城堡里,因而黄金城堡可以说是一座活的城堡,这一点上让人觉得真实可爱。

城堡屹立在高地,有些已经坍圮,像是一个废墟,走进去才能看到城堡内涌动着生动的生活浪潮。这里虽然游客不多,很多人也还是靠旅游业为生,所以在黄金城堡的前部,也就是接近城门、庙宇以及王宫的许多街道上,商业化气息比较浓重,各种纪念品商店、特色餐厅随处可见,但是每家店铺都是小小的一间。

顺着街道向上的走势挤成一条斑斓的商业街。老板对在店铺前驻足的客人是热情的,热情但并不过火。街上随处可见吆喝自家皮具的小贩。骆驼皮具算

阳光映衬下的沙砾如宝石般耀眼

得上是贾沙梅尔旅游纪念品的一大特色。这里商品种类繁多，一眼看过去有皮包、皮鞋、水壶套，甚至有一家的地板上竟然竖着一块圆形的皮盾牌等等。

在看这些出现在城堡内的小商铺时，我遇见了一对年轻的韩国夫妻，很友好地问我是否能帮他们拍照。我一边拍一边调整他们的姿势。男孩很稳重，没说几句话，反倒是女孩很活泼可爱，她告诉我她叫Sunny，是和老公来蜜月旅行的。

我们结伴一起往城堡里面走去，Sunny不时在男孩耳边耳语着什么，男孩表情酷酷的，可是手始终环在Sunny的肩头。看着他们，就觉得爱情也是一件很美好的事情。

城堡越向里走，狭窄崎岖的小路便越多，视野被局限在大约只够两人并肩行走的宽度里，仰望天空的时候便觉得那抹蓝色仿佛要从临街两侧房屋的间隙中倾泻下来。仿佛是《一千零一夜》里被施了魔咒而降落于沙漠中的天上宫殿，即使坠落凡间也难以掩盖它在阳光下古朴而华美的侧脸。

走来走去差不多走了半个小时，我们发现自己还在原地，Sunny翻出之前我给他们拍的几张照片，仔细看起来，她老公却低头看着手机。照片显示半个小时前经过的走廊和我们现在看到的是一模一样的摆设，大家都开始紧张了。

说实话这个还真像传说中的鬼打墙，转一个弯，还是和之前一模一样的地方，再加上一路走来只有我们三个人，空旷的走廊上还时不时吹来一阵凉风，让人心里发毛。

我突然想到之前看过的书里好像有写过，印度古王朝为了保护贵族，有些城堡内部会设置环形通道，通道的外观只有细微的差别，用以迷惑敌人。

于是硬着头皮劝着Sunny夫妻再往前走，等到大家腿都快软了的时候，果然柳暗花明。我松了一口气，气氛顿时变得轻松起来，Sunny赶忙提议去吃饭。

吃饭的时候，Sunny的老公喝了几杯啤酒，话多了起来，开始给我们讲述韩国的一些灵异事件。他说的灵异故事也是和照片有关，我曾经看过一则新闻，说是济州岛一个男孩在拍摄的旅游照片里发现了20年前死去的一个女生。因为我平时拍照比较多，这样的故事代入感还是蛮强的。他讲的故事也和这个大同小异，但是却十分真实，所以他第二个故事还没讲完的时候，我的脸已经白了。

Sunny看我有点被吓到，偷偷笑着告诉我刚才其实她老公也吓出了一身冷汗，都不敢看相机里的照片。我再看着这个一本正经讲着灵异故事想找回一些面子的男孩的时候，还是觉得有几分可爱的。

静语：贾沙梅尔确实不是我心中理想的城市，现代化程度很低，城市街道又不是很干净，好在人还是比较友善的，再加上几座有名的城堡，所以游客也不少。

贾沙梅尔是印度最西边的城市，靠近沙漠，再往西100公里就是巴基斯坦了。相当于中国的西部，物质相对贫乏，可是住在这里的印度居民却十分满足。宗教在很大程度上约束了他们"非分"的物质追求，印度的传统文化是苦感文化，也就是内心坚信人越受苦，精神越升华，离神就越近，来世也就越幸福。

所以在前往瓦拉纳西朝圣的路上，随处可见苦行僧，他们抹着五颜六色的颜料，褶皱遍布在轮廓深邃的脸上，睁开眼睛的那一瞬间亮得惊人。他们经常会向旅人伸出手要食物，并不会给人乞讨的感觉，他们的态度单纯得就仿佛自然而然

要求我帮他们合照的建筑工人一家，最小的只有8岁

被天地供养。所以这些表面上的脏、乱、无序，反而将更深层次的人性真实地暴露出来。也正是这些文化特质，使得印度包容了那么多不可思议的冲突与矛盾后，仍能平和安静，充满人性。这就是信仰的力量。

我想起了某汽车广告中的文案——

这个时代，每个人都在大声说话，每个人都在争分夺秒。我们用最快的速度站上高度，但是也在瞬间失去态度，当喇叭声遮盖了引擎声，我们早已忘记，谦谦之道才是君子之道。你问我这个时代需要什么，在别人喧嚣的时候安静，在众人安静的时候发声。

印度式智慧是十分值得人深思的，我在这里找到了一些认同感，在大学毕业进入社会的时候，我的个性签名是：你只需要安静地看着，如果你不擅长表演。有点傲气，更多表达的也许是孤独。

但我是非常合群的人，我一致认为，在大千世界，我们只是十分渺小的一员，是最平凡的存在。而每个人融入世界的方式都有无数种，只要内心足够坚定强大，就不会无措地站在人群中，从而成为独一无二的自己。

老司机的骗子经历

　　昨天在游览完黄金城堡后，在贾沙梅尔的城区走了几圈，城区非常小，当我两小时内第三次路过同一家香料店的时候，我开始后悔自己为什么要在贾沙梅尔停留两天。还好贾沙梅尔地处沙漠之中，这反倒让我有几分亲切。

　　上学的时候我曾经在沙漠里徒步过四天，白天走在火热的沙丘上，晚上搭上帐篷点着篝火看星空，我们躺在渐渐凉下来的柔软的沙丘上看着遍布星星的穹顶，那一瞬间我才觉得人和沙漠是可以无比亲近的。当然，前提是有足够的水和食物，才能享受这份闲适，不然没有做好保护措施，每年被沙漠吞噬的生命也不知道有多少。

　　明天决定去沙漠度过一天，我开始在街道上搜索租车公司，但是无果。于是回酒店找到前台给了一些小费，果然车很快就找到了。

　　车主主动联系我，说再加一些钱可以给我当司机和导游。因为之前没打算在国外租车，也就没有在国内做好中英文驾照的公证。再者贾沙梅尔本身交通就不方便，道路大多数年久失修，昨天一路随着大巴车过来的时候，主路上的标识一点也不清晰，路也很难认。所以我欣然同意车主的提议，并谈好了价格，约定了明天出发的时间。

早上吃完早餐收拾好东西，我就在酒店大门口等车来。天气很好，台阶上睡着一只慵懒的猫咪晒着太阳，我逗一下，它就动一下。

我玩得入神，车开到酒店门口都没注意到，直到车主在车里喊我，猫咪夹着尾巴一下就蹿了出去，一抬头看见一个很典型的印度大叔，络腮胡子，脸上挂着露出一排牙齿的微笑。

说起性别歧视，我在印度倒是没有十分感受到，反而是在韩国感受明显。在韩国，司机或者服务生对着我爸爸总是十分有礼貌，笑得真诚而标准，可看到我的时候却大多都是无视，这让我十分记仇。所以这个胡子大叔对我笑，从浓密的胡子里露出一排牙齿的时候，我觉得好感倍增。

我站起身打量这辆车，是一辆白色的丰田霸道。可从型号来看，应该是90年代初的流行款，看起来这车的年龄比我还大，说不准被倒了几手。好在车内有一圈裹着海绵的防护杆，用来保持在撞击的时候车体也不至于变形。多年的风霜摧残让这辆车遍体鳞伤，随处可见刮痕与掉漆。用郭德纲相声里的话来说，很有可能"这车倒到第七手的时候苏联还没解体呢"。

不过，这辆车也有着印度人一贯的乐观和无厘头，车身上有各种奇怪的贴纸，也有用油漆画的动物和印度的神灵。虽然这车看起来已经很破旧，但在整体生活水平并不高的贾沙梅尔，车主人应该也算是中上生活水平的人了。

拉开车门准备上车的时候发现车后面还坐着四个中国人，我吓了一跳，爬上车的动作也停了下来。我瞪着眼睛望胡子大叔，他有点不好意思，摸着胡子解释道这些人想要和我一起拼车去沙漠。

时间接近中午，换车肯定来不及了，我深吸一口气，在胡子大叔一叠声的"安慰"中挤上车坐了下来。车上的四名乘客似乎对我突然的到来也不太热情，打量我几眼之后，就自顾自聊起天来。

我听了一会，发现口音很像江西人，于是出声询问，果不其然，都是老乡。老乡的身份拉近了我们的距离，让大家也不再那么介怀胡子大叔的"骗术"，胡子大叔见我们开始攀谈，也松了一口气，点上一根烟抽了起来。

我了解到四个人中，年龄最大的人姓金，约四十多岁的样子，体型相当健硕，脖子上挂着一条筷子粗的金链，套着一条不那么合身的花裤衩，一副黑社会大哥打扮，话也特别多，其他人都称呼他为大金哥。

他坐在副驾驶位，因为和我们说话，整个人反趴在座椅上，把整个空间塞得满满的。除了大金哥，剩下的三个人年龄都在 20 岁左右。唯一的男生穿着白背心，叫作猩猩，皮肤黝黑黝黑的，看上去确实很像一只活泼的猩猩。剩下的两个女孩穿着短 T 牛仔裤，一副学生打扮，很腼腆的样子，猩猩介绍道她们分别是莎莎和晓雯。

这辆车的车内空间还是很大的，可车座除了我们，还堆着帐篷和一堆乱七八糟的东西，散发出一股浓郁的机油味，就像是使用中的车间的味道。

胡子大叔懂一些简单的中文，见我想要帮他整理，连忙告诉我不要乱动，这可全是他的宝贝，都是按照顺序摆放的。我却看不出什么顺序，只觉得乱糟糟的一团，但是他既然这样说，我也不方便乱动，就尽可能坐得离这堆"宝贝"远一些。

这样一来，车上空间就变得非常紧张。晓雯往旁边坐了坐，希望给我多挪出一些位置，可我发现那一侧的车门晃了两下，她又往车门上倒去，于是一边抓住她往回拽一边大喊停车。胡子大叔似乎是早就知道会出现这样的情况，慢悠悠停下车，从那堆"宝贝"里面精准地翻出一根尼龙绳，让我和大金哥把车窗摇下来，然后绕过中柱，用绳子把前后门的车窗框绑在了一起。

我的脑海里一片空白，内心闪现了无数个飞出车外的姿势，心里默默响起"忐忑"的节奏。我问胡子大叔，车子的门都没修好，为什么要装防护栏？他真诚地回答我："为了你们的安全啊。"

这个小风波结束后，晓雯惊魂未定地拉着我，大金哥和猩猩粗线条地聊着天，莎莎怒视着胡子大叔，似乎想说点什么又忍住了，我把尼龙绳打了几个死结以后拉在手里，手心全是冷汗。

胡子大叔好像并没有发觉车上气氛诡异。他心情依旧很好，边喝着咖喱味可乐，一只手开着车，还不时给我们展示沙漠开车的技巧，偶尔还加入大金哥的话题中。大金哥坐在副驾驶上眉飞色舞地和胡子大叔搭着腔，不时飘一两句英文，虽然他的英语带着一股大碴子味，但是并不影响他强大的自信。

他们似乎一见如故，大金哥打开随身携带的二锅头给胡子大叔分享，胡子大叔呛了一口，脸都憋红了，但是却像发现了什么宝贝，一直大喊着："Amazing！

Amazing！（太神奇了！）"大金哥一边大笑一边拍着胡子大叔的肩膀，表白道："我喜欢你！"

他们边喝边开，没多久已经开始称兄道弟了。在后来的聊天里我得知胡子大叔今年四十五岁，和大金哥差不多年纪，年轻的时候在孟买跟美国人做生意，而现在他的主要身份却是当地一家宝石加工作坊的老板。

说是宝石加工作坊，实际上就是把普通的石头用各种药剂染色，然后充做宝石卖给到这儿旅游的游客。也许是游客分辨能力提高了，也许是这些年生意并不是很好，于是胡子大叔在淡季的时候顺便做起了司机兼导游。

虽然说有些骗子让我恨得咬牙切齿，但是在后来的印度之行中，我已经对被骗这件事情习以为常了，因为一路上遇到的各种类型骗子真叫层出不穷，骗人的手段也是五花八门，充满着印度式"智慧"。其中有相当一部分都是在兜售假宝石的，胡子大叔开始滔滔不绝地讲起如何染出以假乱真的宝石，看我们听得入迷，他停下车来，坚持要送我们一些他的"作品"，给我们留作纪念。

"如果你们把我的'宝贝'拿到中国去，一定可以卖个好价钱！"胡子大叔十分得意，我还是第一次遇到这样诚实而骄傲的"骗子"。

莎莎拿到一串五颜六色的宝石项链，细细研究着，我则收到了一枚精致的红宝石戒指，周围镶着一整圈碎钻，大金哥告诉我，这些碎钻可能是真钻，我有些吃惊，向胡子大叔求证，果然是这样。

印度的宝石代加工行业十分有名，全世界大部分的碎钻都是运到这里组合成各种各样的饰品，所以在这里，碎钻做假的成本比用真的还要高。

大金哥的知识渊博，一度让我认为他是做生意的。后来才知道他居然是一个老资历的厨师，而猩猩是他的大徒弟，这让我感到十分意外。

车子逐渐驶出贾沙梅尔城，一望无垠的塔尔沙漠在眼前缓缓铺开，大家的兴奋劲也过了，逐渐安静下来。随着不断地深入沙漠，视野开始空旷起来，广阔的沙漠中只有我们乘坐的这辆车在徐徐行驶，让人打心底里浮现出一种对大自然的敬畏。

车轮卷起的细沙打在玻璃上，车门缝里漏进来的风开始变得干涩，我压了压帽檐，内心突然迸发出几分悲壮。远远看去，无边的黄沙似乎要把天都染成昏黄色，不断有带着被烤焦的沙石气味的风从车窗里钻进来，跟后座的机油味混在一起，形成了一种无法描述的奇异味道。

偶尔有蜥蜴跳到车窗玻璃上,又掉下去,仿佛预示着这趟沙漠之行的不平凡。

静语:这是我数不清多少次的印度式骗术,所以已经能适应得很好了。"拼车"这个小插曲,并没有影响我的心情,反而让我有些庆幸。

庆幸遇到了这些可爱的同伴,庆幸有这趟不一样的经历,很多事情确实是这样,当你心怀感恩的时候,总能发现一切都是刚刚好。

在异乡遇到同乡的情绪是非常微妙的,哪怕并没有什么共同点,只是来自同一个地方,就足够让人有亲近的欲望,就能够感受到在一起的安全感。旅行就是这样奇妙的事情,永远都不知道下一秒会发生什么,会遇到什么人,会身处什么样的故事中。

在旅行的过程中所有人都放弃了社会上所谓的"身份",选择成为一个相对自由的个体,从而能够了解更真实的自己。

我曾经告诉我的朋友们:我的自由十分重要,比我的工作重要,比我的爱人重要,甚至比我的生命还要重要。现在却对自由有了另外一种理解。它不是我想象的空中楼阁那样的概念,而是十分接地气的给予和接受。

自我主义不能算是绝对的自由。我现在理解的自由的真谛是只要求自我,而不去要求天地万物抑或他人,并了解如何施予,如何心怀感恩接受。人生而自由,也只有自己才能够塑造出桎梏自己的枷锁。

胡子大叔和大金哥某些相似点让我十分羡慕,因为我感到他们都是能够直视自己欲望的人,也就是我们所说的"性情中人"。

我意识到拥有这一点很重要,非常重要,世界上大部分快乐的人并不是因为愚蠢而学不会伪装,恰恰是因为聪明而选择不伪装。

其实我是个工程师

　　渐渐熟悉后，大家都会做一些事情来分散注意力，因为一路上裸露的地表和热带季风气候下的那种腻闷感真的让人很难受，原来留下来的长河落日的浪漫要经过一路上沙尘的忍受才会得到。

　　胡子大叔可能也觉得有些闷热，拿出了几瓶咖喱味可乐分发给我们，大金哥倒是豪爽的一口瓶子就见了底，一直沉默着的晓雯喝了一小口，被呛得不断咳嗽，我问她感受如何，她哀怨地用纸擦了擦嘴："我的胃都快炸了，这才是真正的重口味。"

　　我平时几乎不喝饮料，所以把我的那瓶递给了大金哥，大金哥边瞪着晓雯边接过去，用他一贯的大嗓门抗议："哪这么夸张，我喝着挺好，深得印度料理的精髓。"

　　随着车子的颠簸，大家都有些困了，大金哥的声音都明显小了下来。胡子大叔打开音响，问我们"radio or music（广播还是音乐）"，莎莎回答"music（音乐）"，话音未落，一首以前从未听过的印度音乐就从音响里面炸出来。

虽然我听不懂歌词的内容是什么，但旋律并不难听，节奏感也很好。胡子大叔慢慢来劲了，一边开车一边晃动着身子，嘴里也跟着哼唱，表情丰富，充分表现出印度人爱演的天性，如果这时候他不在开车，一定跳了起来。大金哥一改活跃的特色，歪在旁边打起了呼噜，我们就这样在后排看着这两个体积差不多的胖大叔，一个手舞足蹈唱着歌，一个歪着头十分规律地打着呼噜，居然有一种奇特的和谐感。

两首歌之后，音响就出了问题，不时冒出铁丝划过铁板的杂音。大金哥似乎习惯了，把音响关了不在意地摆摆手，掏出一个步步高说要给我们欣赏几首好歌，随着旋律冒出来，我们就这样在异国他乡听到了熟悉的《小苹果》。

胡子大叔凭借着天生的节奏感，展露出惊人的广场舞的天资，那架势，要放在广场上一定是领舞。没想到我们的流行音乐已经流行到了这里，在异国他乡，我终于忍不住沦陷了，车上的人都跟着音乐唱了起来。要知道之前我还发过一篇文章抵制流行音乐，拒绝被这首歌洗脑，但是在这里，还是没能经受住诱惑。

也应了一句话，简单的才是有力量的。就这样简单的几句歌词，却火遍了全世界，也许是因为这首歌拥有让人感到快乐的魔性吧。

就在我们唱得正高兴的时候，汽车的速度忽然变慢，然后停了下来。我一直因为这辆老爷车的零件也在跟着我们的节奏响感到不安，车一停，精神更是一下紧绷了起来。

大金哥惊醒，问胡子大叔车子情况，胡子大叔两手一摊就下车去了，我们只得在车上等着。

我真的不得不佩服印度人的乐观精神，遇到事情永远不紧不慢，不慌不忙，虽然绝大部分时候都解决不了问题，心态却非常棒。想到这里，我掏出手机，开始透过车窗上的灰尘拍天空。按照行驶时间看，我们离贾沙梅尔城应该已经有快三十公里了，现在车开不了，又是在烈日灼人的大中午，急也解决不了问题，还不如欣赏一下沙漠里中午独特的阳光。

过了十几分钟，胡子大叔把我们都从车里赶下来，边说边比画，意思是让我们帮忙推车。我整个人都不好了，这三十公里的沙漠啊，得推多久才能遇着个人，这也不像在国内，谁知道沙漠里有没有休息区。

莎莎还好，晓雯却是水土不服，身体状况肯定跟不上。我们商量了一会，决定还是逼着胡子大叔修车。胡子大叔大概宁愿用几十倍的体力劳动，也不想费

这个脑子,所以磨蹭半天才苦着脸打开了引擎盖,回到车里搬出那堆工具,敲敲打打了十几分钟,又微笑着摊开了手。

我无奈,最终还是掏出了300卢比小费递给大叔,他摇摇头拒绝了,这是我第一次遇到被拒绝小费的情况,才意识到他可能也确实没有办法了。

大金哥蹲在一块石头上,我们一行人则站在引擎盖的前面,满脸愁容,莎莎用英语嘟囔着:"这怎么办?我们明天还要走呢。要不要报警啊?"

"没用的,"可能是天气太热的原因,胡子大叔也有点沮丧,"印度的警察很少,这种事情他们更是不会管。我还是打电话给我的朋友,让他们把我们接回去吧。"

那一来一回,少说也要一个多小时了,抬头看了看正午的太阳,脖子也开始火辣辣地疼。我想着自己原来自驾也换过胎,而且好歹也是下过车间的,不如试一试,也算死马当作活马医。于是推了推大金哥,问道:"不然咱俩一起修吧?"

在烈日的灼晒下,大家都有点懵,大金哥听到我点了他的名字,回过神来:"什么?我拿个菜刀锅铲炒个菜还行,你让我修车?那还真是有点太突然了。不过想当年青春年少的时候,我也是修好过我们单位的微波炉,那一次我们单位的姑娘啊,都对我崇拜得,我老婆就是那时候……"

我看着他又准备开始一本正经地胡说八道了,赶紧制止他:"别别别,我就是让你给我扛个引擎盖,又不是要上战场。"

晓雯忍不住上前一步扯着我,小声提醒:"引擎盖多脏呀,味道还这么难闻,把你衣服弄脏了可怎么办?还是等一等吧。"

我拍拍她的肩:"没事的,我先看一看。我还不一定能修呢,再说这不是还有大金哥吗。"

我跟一脸不好意思的大金哥眨了眨眼睛,绕着车转了两圈,看了看车的大致情况;接着,走到引擎盖前面,俯身去看零件的情况。我拿着扳手在发动机和周边的地方轻轻地敲着,又拿钳子和改锥挑起导线。想了一会儿,问大叔:"这辆车前段时间是不是被撞过?"

胡子大叔诧异地瞪大了眼睛:"是的。你怎么知道?"

"撞的是左边吗?"我没回答他,只是边绑头发边接着问。胡子大叔一脸惊奇地给了我肯定的回答,我心里大概知道是什么情况了。

于是看着车子左侧一个明显变形的配件,掏出了手机。沙漠里信号虽然时有时无,但是还好能连上网,我百度了一下这类型配件的维修方式,觉得这真的是上天给我的考验。如果给我一把电焊枪,也许还能修好,现在只能靠大金哥的蛮力,把它掰回到勉强可以使用的状态了。

得到胡子大叔的肯定之后,我喊大金哥爬了上来,让他想办法把变形的地方还原一些。他犯了难:"静逸,你确定这个掰直了车就能开了?你不是在逗我玩吧?这玩意再脆弱也是个钢的,你大金哥再结实也是个肉的,你确定我们真的要这样吗?"

"只要思想不滑坡,办法总比困难多,事在人为嘛,这就是你英雄救美的机会了。"大金哥开玩笑倒是很溜的,可如果掰零件不给力,可能真的要在沙漠里烤肉干了。于是我一边逗着大金哥,一边翻着胡子大叔那堆宝贝,想着还是找个趁手的东西给他。

没想到的是,还没等我翻到扳手,大金哥真的开始用手掰起来,等到他停下来的时候,手都红了一片,零件也稍微复位了一些。我没想到大金哥这么实在,对之前逗他的玩笑话感到十分不好意思。于是赶紧把找到的扳手递过去,和他一起弄了起来。

掰了一会我感觉零件已经到极限了,如果再强行用力可能会断掉,虽然并不能完全吻合,至少也不像之前那样松动了,于是把零件归位,和大金哥一起爬了下来。

我告诉胡子大叔:"这样的话,我也不知道是不是能开,但是可以试一试了。我判断的情况应该是前几天撞车的时候撞坏了一个配件,另外发动机的温度也过高,水位又过低。可发动机的问题我无法解决,所以一会儿尽量放慢车速,30公里以下开,再把水箱加满。"

胡子大叔一脸茫然地点着头,我想了想还是补充道:"这个撞坏的配件肯定得换了,不然真的很危险。虽然现在没法换,也不知道能撑多久,反正只能试试尽量撑到营地了。"

胡子大叔看着我,嘴里发出"woo"的声音,这一个单词蹦出来转了好几个调,不得不佩服印度人的表演天赋,他接着说道:"Yeah,mystery Chinese girl.Are you a autobot?"(耶,神秘的中国女孩。你是汽车人吗?)

我忍俊不禁,说:"No,I'm Optimus Prime。"(不,我是擎天柱。)

一旁帮我们背着装备的猩猩用不可思议的眼神看着我:"你……你确定你是

女生吗？"

"这个，你们猜呢？我上个月刚去过曼谷哦。"我笑着爬上车，又伸手把晓雯拉上来，猩猩背着晓雯的包，嫉妒地看着晓雯靠在我的身边，一遍递给晓雯水一边嘟囔："我对你这么好，也没见你多喜欢我。"

莎莎利落地爬回车里，拿出了一支"晒后修复"递给我，大大咧咧说道："看看你脖子，都晒红了。再晒你这肤色，可真黑成当地人了。"

我有点感动，努力地抹着"晒后修复"，只恨手生得不够长。最后还是晓雯细心地给我抹完了，那一瞬间感觉身侧射过来的猩猩的视线都燃烧着火焰，心情突然好了起来。

在大金哥期盼的眼神和胡子大叔小心翼翼的操作下，车子抖了几抖，终于发动了，大家都松了一口气。

"小黄，你说你在创业，开的不会是个汽修公司吧？"大金哥确定车子发动以后，回过身认真地看着我问道。

我觉得这一刻我说什么他都会相信，于是也不敢开玩笑了，就告诉他我确实在4s店学习过一段时间，是我第一次自驾西藏之前。

"西藏？是去净化心灵么？"莎莎打断我，"我一直想去一趟西藏。"

"哈哈，不是啦，就是一伙人毕业旅行。再说净化心灵不在于人处的地段，而在于心处的地段。"看到莎莎兴趣来了，我赶紧打着哈哈。

猩猩听得有点茫然："真搞不懂你们这种文艺小青年的世界，不过这个修车，我回去可得好好研究下，太有用了。"

莎莎又忍不住插嘴道："你大学学的这个专业么？看你刚才轻车熟路的，我除了知道车门打哪开，别的还真是完全不明白。"

我看大家都在认真看我，有点不太好意思："我大学本科是学工业设计的，又总是喜欢自驾游。其实今天这辆车的问题也不大，如果是那种伤筋动骨的问题，我也没法修。"

猩猩说："我一直以为你是学表演的，也有可能是学艺术的，或者音乐。但是你说你是学机械的这也太奇怪了。我以为学机械的都该是大金哥那样的，再不济也得是我这样的啊。"

话音未落，满车人哄堂大笑，我也跟着笑起来。

之后的时间莎莎一有机会就追着我问我为什么创业，看到大家都很好奇，就和他们分享道:"其实啊,在刚上大学的时候我也没想过创业的事情,父母希望我找个稳定的好工作。后来去的国家多了,发现其实个体是很小的,关键是选择成为什么样的人吧。"

"后来,比我早一届毕业的画室同学参加工作了,有次见面,就感觉原来特别活跃有想法的人,被社会磨得小心翼翼的。我就问自己,难道工作就该是小心翼翼的吗?也许对大部分人是,但是对我肯定不是。我希望能够大胆地、自由地发挥个人价值,苦一点,累一点也没关系。再加上一伙朋友也愿意跟着我干,就创业了。也许改变不了太多人,就从自己和身边的人开始也不错。"

我很久没有说这么多话了,猛然间都讲出来,却有种说不出的失落感,大家也都逐渐陷入了沉思。

"刚才修车太耗体力了,现在有些困。"我揉着眼睛,莎莎和晓雯赶紧劝我休息,也不再说话了。猩猩还要开口,被晓雯一个眼神制止了。

车上重新回归了安静,胡子大叔依旧小心翼翼地开着车,我听着汽车碾过沙石的声音,让身体尽可能放松。从小,我爸爸就说我是个爱折腾的人,长大了更是带着一伙朋友变本加厉地折腾,似乎好像这样,才能感觉到自己是活着的。

按照正常的逻辑,一个女孩子到远隔万里的异国他乡,没必要这样折腾,报个旅行团,一切都有人帮忙打理,但是这样,也许就遇不到这么多有意思的人和事了。所以即使让我再选一次,应该还是会选择一个人横穿印度吧。

记得大约2014年的时候,我在一本杂志上看到过对京东商城创始人刘强东的访谈。当记者问他公司面临如此大的竞争压力,他会怎么样排遣压力的时候,刘强东回答的是穿越沙漠。

他说,每当遇到巨大的压力或者要做重要决定的时候,他就会找一辆越野车,到内蒙古、甘肃或者新疆的沙漠里去做穿越。在穿越沙漠的三五天时间里,他会慢慢地建立起对自己的信心,凭借穿越沙漠的勇气来为自己打气——或者说,用征服沙漠的方式来鼓励自己。

也许有一天,当我的勇气足够多,野心足够大,我也会爱上这种征服自然的感觉吧。而现在,就这样和一伙新朋友一块漫无目的地体验生活,也未尝不是一种幸福。

静语:从小到大,很多人都说我不像女孩子,当然也跟我从小被剃成光头有很大关系。反正我妈妈的同事直到我四岁扎起辫子的时候才相信我是个女孩。

我总是尽可能地折腾。小时候我的女性朋友们喜欢看琼瑶、亦舒、席慕蓉，而我酷爱看金庸、古龙和梁羽生。倪匡的卫斯理也让我迷了好一阵子，我迷恋那种关于力量的特质描述。

我的爸爸总是说："女孩子，一定要有深度思考的能力。"这句话对我之后的影响特别大，正因如此，我一直相信自己是个不一样的人，这样的不一样，并不是来自于某方面的优越感，而是来自于坚定。

有个朋友这样评价过我：就算全世界都不相信你，你也会相信你自己。我很难被任何人改变想法，说得不好听一些也就是固执。

我以前总会觉得，有人诋毁我就言辞激烈去辩驳，有人误解我就气急败坏去澄清，有人不喜欢我就会去质问到底为什么，有人辱骂我就会用更加恶毒的语言去回敬。

我也曾经有过很多负面的能量，也曾在心里记恨一个人，也会无法理解这个社会。我会冷淡，会悲伤，会恐惧，有欲望，会愤怒，也会骄傲。但是却不妨碍我追求勇气、淡定、宽容、明智、平和、爱。

有一位前辈告诉过我，带着锋芒去行走，会刺痛到别人和自己，只有收敛起自己，才会散发出光芒。而我总是锋芒毕露，总是尝试打破规则，总是孤注一掷，而现在我终于学会了不急不缓，坚信着厚德载物，这又未尝不是一种收获。

沙漠之夜

  汽车缓缓地开了一个多小时，等我睁开眼醒来的时候已经是下午了。其他人怕打扰我，一路都没怎么说话，声音一停暖风一吹大家都昏昏欲睡。我醒来的时候，除了胡子大叔还醒着，其他人都睡得正香。我坐在后座上，倚靠着车门，透过玻璃看着黄色的沙漠在身后疾驰而去，人才慢慢清醒起来。

  飞奔的沙漠让我想起我刚刚学会开车的时候，我总是会紧盯着前方的道路，想开得又快又直，但每每听到身后的鸣笛声，却又十分紧张。坐在副驾驶的爸爸告诉我，开车只看前面的路是开不好的，你要留意后视镜，多看看身后的路，让回顾变成你的一种习惯，这样可以减少很多危险的情况。

  没过多久，汽车缓缓地停下，胡子大叔叫醒了沉睡的其他人，告诉我们宿营地到了。我们陆续爬下车，稍稍活动了一下有些麻木的四肢。

  环顾四周，这是沙漠里难得的一片平地，几百米之外有一处小小的绿洲。就在我们站立地点的周围，可以看到不少应该是此前宿营的人留下的帐篷钉，有些

还牢牢地钉在地上。

　　胡子大叔告诉我们，其实贾沙梅尔沙漠有一些特色的旅游，比如骆驼骑行，但那些都是在沙漠的外围边缘，像我们这样深入沙漠腹地来宿营的人并不是很多。车子勉强开到了沙漠营地，要明天才会有配件和修理工过来，今天我们得在沙漠露营。

　　说完了这些，他开始帮我们搭帐篷。在这件事情上，胡子大叔看起来颇有经验，很快就帮我们把几顶帐篷扎好了。

　　我已经不是第一次住在沙漠，晓雯和莎莎却感到十分新奇，猩猩更是兴奋起来，跳来跳去给胡子大叔打下手，大金哥则去寻找水源去了。

　　我们几个女生则负责整理东西，这时又有两辆吉普车开到了这里，车上走下来的是一群肤色各异的外国人，他们看到我们以后就走过来，饶有兴趣地看着我们搭帐篷。

　　聊了一会后知道，原来那些人同样是来贾沙梅尔的游客，他们通过Facebook约到一起，像我们一样向当地人租车而来到沙漠宿营。这些人中有英国人、法国人、瑞典人、美国人、韩国人、西班牙人、澳大利亚人和格鲁吉亚人。现在想起来，这些原本住在地球各个角落的人居然能在印度一个荒凉的沙漠里聚到一起，还真是一件不可思议的事情。

　　或许是因为贾沙梅尔城太小了，又或许是贾沙梅尔城拥有越野车的人本就不多，我们的司机跟另外两辆车的司机一见面就围到一起抽烟聊天，看起来十分熟络，好像此前就已经认识了。几个外国人提议，既然能在沙漠中遇到，不妨聚到一起，做一些好玩的游戏。我们都表示同意。他们几个人也把帐篷扎在了我们的边上。

　　他们在安营扎寨的时候，我也忙着把帐篷下的沙子堆成枕头的形状，这是我之前在沙漠露营养成的习惯，沙子虽然柔软，可是却不是十分平整，在沙子里睡一个晚上，很容易腰酸背痛。

　　我走出帐篷，看到猩猩他们在跟那些外国人躲在帐篷围成的荫翳里聊天，大金哥英语不是很好，一个人忙前忙后，从车里往外一趟趟地搬运着煤块和木头。

　　等他忙完，我凑上去和他聊天。他坐在沙地里，却示意我坐在他旁边的木头上，然后递给我一个面包，这才点燃了一根烟。

　　"这次多亏了你会修车。如果我女儿像你这么听话，我也一定让她去学学修车。"打趣完我，大金哥才深吸了一口烟，烟圈飘荡在沙丘周围，他叹了口气，"可惜她有自己的想法，我们又老了。"

"修车可不是什么好玩的活。"我觉得大金哥提到女儿的语气带着一点怅然，于是安慰道，"您这么能折腾还能算老了？我看您这玩的劲头可不比我们差。"

"哈哈，你这是哄我老人家呢。"大金哥爆发了招牌式爽朗的笑声，"不过说实话，如果我再年轻个十几岁，那可比你们强多了。你们现在年轻人的身体素质都不行。"

"那确实，我们吃的都是转基因嘛。"我也不介意大金哥的评价，反而觉得十分有道理，"平时也没有什么锻炼的机会，时间都花在电脑和手机上了。"

大金哥对于我的观点却不太认同了，有点激动地说道："你们吃的是转基因，我们小时候还没得吃呢，你这还真是身在福中不知福。"

我撇了撇嘴，这论调简直和我爸爸一模一样，我忍不住问他："大金哥，您一定很爱您的女儿吧？"

"天下有不爱儿女的父母吗？"大金哥把烟头掐灭埋在沙子里，目光看向远方："我和我女儿从来都没有好好聊过天。她性子倔，随她妈，一个小姑娘家家，什么心思都埋在心里，又好强。"

我没有说话，看到大金哥的眼睛里逐渐蓄满了泪水，然后听他接着说道："我不是个称职的爸爸。她小时候我总在忙工作，想给她一个不差的生活条件。她长大了要填志愿，我不愿意她再像我一样干技术那么辛苦，又逼着她改志愿。"

大金哥顿了一顿，看向我："小黄啊，有时候我真不知道你们这些小丫头在想什么，看上去柔柔弱弱的，可是却老爱些男人的活儿。打不行骂不行的，最后我丫头听我话改志愿，眼泪又刷刷往下掉，我这心里真是……"

"大金哥，你不要太自责了。"我的眼眶也有点发红，不自觉想到了我爸爸，"可能男人都不太擅长表达吧，只要这一切的出发点是爱，就没有什么解决不了的。"

大金哥的眼泪最终没有掉出来，他假装用袖子抹了抹脸上的沙子，微微抬起头又点燃了一根烟，他的声音变得有些沙哑："小黄，今天看了你我总算明白了，我不应该太拘着丫头了。你爸妈都能让你出来满世界折腾，以后她想干嘛，我就尽量支持吧。"

我有点惊讶大金哥能说出这样的话，可是他接下来的话让我觉得心里一酸："你们都有想法，以后也比我们有能力。再担心，也不能用我们的视野去限制你们的未来了。姑娘长大了,有些心想操也是不能操了。"

我没有再接话,似乎有一点点了解父母的心了。很多时候我们兴高采烈于父母的妥协,其实他们的心理也并不像我们想的那样简单。

也许长大了进入社会,就意味着不是大哭就能得到一切,我们大哭得到的一切,都是因为父母心疼儿女,倾尽全力却又轻描淡写地拿出来的。

静语:春节的时候在行驶的列车里刷微博,无意间看到一个叫作"最想给爸爸妈妈说的一句话"的活动。

热门评论里写着:

——快三年了,我这是头一次回家看你们,我总对你们说"很忙"、"没时间"、"回不来",你们也总是说:"没事,忙就好。"我没算过这条回家的路有多长,我只知道,我让你们等了很久。今年,我不会再让你们的爱,成为等待。

小时候看到一句话哭了半个小时,爸爸妈妈怎么哄都哄不好,这句话叫作:"子欲养而亲不待。"

这天晚上我在沙漠里失眠了,想起了《剩者为王》里金士杰饰演的如熙爸对白医生说的那段话:

——对很多人来说爱情和婚姻不是百分百对等的,这我相信,但是对我的女儿来说,这就像是我为她坚持了很久很久的一个准则,作为一个父亲,我应该和她一起去守护她所有的坚持,只要她认定了我就陪着她。那她如果是受挫了,我会等她回来哭一场;如果她忍着不哭,那我可以给她烧一桌子好吃的。她不应该因为父母的婚姻而想着不去结婚或者因为外面人的疯言疯语而结婚,她应该和自己喜欢的人白头偕老地去结婚,昂首挺胸地、特别硬气地、憧憬地,好像赢了一样。有一天突然带着男方,出现在我面前,然后指着他说:"爸,你看,我找到了,就是这个人,我非他不嫁。"我觉得我都能想象到那一幕——她比着胜利的手势让我跟她妈妈看,那个表情,多骄傲啊,然后告诉她妈妈说,我就说我找得到的吧。

爱是让人最接近于神的情感,父母用最无私的付出,教会了我们如何去付出,这又何尝不是一种文化的传承?

爱也许并不一定是自以为是的付出,它也会有更深层次的含义。也许将来在"我爱你,你是自由的"和"我爱你,你是我的"之间选择,我们都会选择前者,爱不应该是占有欲,应该是希望我能够让你的世界更美好。

我记得我的外婆在我很小的时候因为我把饭洒了一地而责骂我："你小心一点妈妈就不用弯下腰打扫了。你妈妈心疼你，我就不心疼我女儿吗？"

我们即使活到 60 岁，也是两个人心目中最珍惜的大宝贝，这真是让人感觉到幸福。

人生就是一段一段的告别

第二天一大早我们离开了沙漠,我起得晚了一些,帐篷里弥漫着水汽,温度也在逐渐升高。我们并不是唯一一个行驶在沙漠里的车队,远处的沙丘上也偶尔驶过一些车,带着黄色的尾巴呼啸而过。

回程的路上大金哥的徒弟依旧没心没肺,大金哥也大大咧咧到让人甚至觉得粗鲁。可看着他,我的感觉已经完全不同了,也许是旅途让人感性,所以更容易暴露出柔软的心吧。

我相信昨天的夜聊对于我和大金哥都十分地有意义。因为他也挂着两个厚重的黑眼圈,一看就是失眠的样子。车子很快驶出沙漠,来到一排石头房子前,早晨的沙漠带着一丝凉意,让人神清气爽。

如今贾沙梅尔的人们都住在雕刻精美的石头房子里,每天拜庙祭神,开门做着小生意,和熙来攘往的游客打着交道。在这里本土印度教的传统文化和伊斯兰文化交融在一起,形成了贾沙梅尔五彩绮丽又充满神秘魅惑的色彩。

在城堡门口我告别了大金哥一行人，大金哥送了我一个他在印度买的精致的小烟斗，让我带给我的爸爸。胡子大叔也送了我们一人一个小的加工过的宝石串，感谢我们帮助他修车。

早上不到十点，城堡入口晒太阳的老人，狗狗在一旁睡着了，进入城堡后会感觉时光一下子变得很慢，脚步也不自觉地放慢下来。穿梭在贾沙梅尔古堡的小巷子里，建筑物老旧，显得寂寥落寞；可一旦太阳照在这片金色的城堡里，整个世界都温暖了。

喜欢自由旅行的人往往把一段旅行看作是一次心灵感知的过程，越是内心丰富的人对旅行的感受会越深刻，不是走过、看过，而是想要去了解、去融入，想要与之达到精神的契合。站在古堡的酒店里收拾东西，望着远处的沙漠，莫名的敬畏感油然而生。

挥手道别一个城市又能够遇到一个新的城市，也许这就是行走的魅力。那些个万人敬仰伟大不朽的建筑，还有与自己擦肩而过不经意间走进视线的人们，等你再回来的时候，他们不在，也还在。

人生就是一场又一场的告别，可是告别之后的遇见，才是生活能给予的最慷慨的惊喜。

城堡是这座城市最具代表性的建筑，其特别之处在于它不是供人瞻仰的历史遗迹，而是百姓居家的栖息之地，可谓名副其实"活着的城堡"

蓝城焦特普尔

蓝色
所有人都爱你的理性
我却能听到裹在海潮里忧郁的风声
——《焦特普尔的城堡》

焦特普尔是当今印度拉贾斯坦邦的第二大城市,人称"蓝色之城"。大大小小的房子似无数让人着魔的蓝色天使,沿着塔尔沙漠的边缘铺展开来。印度教里,创世主梵天用其身体的不同部位创造了四大种姓及其两千多分支,故拉梭尔人将自己家刷成蓝色——梵天的颜色,以示其出身高贵,而且据说这种蓝色的涂料还能防蚊驱虫。

据说，这座城市可以驱蚊

焦特普尔留给我的第一印象并不是很好，也许是因为我不喜欢匠气太重的地方。在以颜色闻名的印北四城里，粉城斋普尔、金城贾沙梅尔和白城乌代普尔的颜色源于建造房屋的石材，只有焦特普尔，是硬生生刷上去的涂料。更让我不能接受的是，很多地方的涂料都已经脱落，涂料的颜色也深浅不一，所谓的蓝色之城显得颇为斑驳，就好像是一个年轻的女人染上了老年斑。

至于为什么要将整座城市涂成蓝色，流传最广的一种说法是蓝色原本是印度最高种姓婆罗门的象征色，当年婆罗门为了彰显自己身份的与众不同，把房屋的外墙全都刷成了蓝色，那些非婆罗门的百姓对此有所不满，于是也将自己的房屋刷成蓝色并且要比婆罗门的墙更蓝，长此以往整个焦特普尔就变成了蓝色的海洋。

这个说法的真实性已不可考，想来应该只是一种美好的传说。另有一种说法是蓝色可以驱蚊。这种说法应该是没有考证的，在我的理解里，蚊子应该是色盲吧。

焦特普尔的蓝色虽然并不那么纯粹，但这还是无法阻挡无数的文艺青年对蓝色之城的喜爱。毕竟这是天空的颜色，远观也确实让人心旷神怡，平心而论焦特普尔的文艺范儿着实比之前的三座城市要多得多。

走在低处的上坡路的时候，偶尔会遇见几个顶着重物的人慢悠悠地经过。这里的人很爱笑，一笑就露出闪着光的牙齿。由于总是觉得牙齿不整齐，我很少大笑。最近因为整牙拔掉四颗牙齿，更是唯恐笑得太夸张露出缺牙的部分。但是在这里，我觉得，似乎没有比笑容更好的表达。

这里的居民很淳朴，没有人缠着你不放，也没有人胡乱抬价，有序得简直不像是印度。

我住在老城区一个五口之家开的旅店里，天台可以俯瞰整个老城。房东是个有着三个孩子的妈妈，她告诉我房顶最上面有一间茅草屋，顶和墙壁可以卷起，到了晚上就可以躺在草席上仰望星空。

说是旅店，其实算是民宿。妈妈负责做饭，她的两个儿子照看生意，而她无时无刻不抱着她的小女儿。奇怪的是，直到我离开这里，也并没有见到她的丈夫。

城堡似乎是印度古城的标配。在印北四城，每一座城市都有一座或者多座城堡，焦特普尔也不例外。焦特普尔最大的城堡是位于山崖上的梅兰加尔城堡，从梅兰加尔城堡建成的时候算起，至今已经过了 500 余年。即使是在城堡林立的拉贾斯坦邦，梅兰加尔城堡也称得上是最宏伟的城堡。梅兰加尔城堡借着山势而起，高到你在焦特普尔的任何一个地方都能看到它，堪称是焦特普尔的地标。

焦特普尔整个城市并不大，梅兰加尔城堡又位于远处的高山上，看上去似乎很容易到达。可我看着地图几乎走遍了整个城市，在无数混乱的大街小巷中，与牛羊擦肩而过，又转上盘山公路，才来到城堡脚下。

站在山脚向上看，在 100 多米高的岩壁上，一座 30 多米高的古堡冲天而上，黄色城堡与黄色的山崖融为一体，给人一种城堡就是从山里长出来的错觉，这也让梅兰加尔城堡更显得固若金汤。从山脚达到城堡之中，一共要经过七层大门。这七层大门并非在一条直线上，每一道门到下一道门之间都是 90°角拐过去的。据说这样设计的目的是为了防止敌人的大象队伍冲击大门后一路直上，从而延缓敌人的进攻。

七重大门分别建立于不同的历史时期，象征意义和功能也不尽相同。站在梅兰加尔城堡之上俯瞰焦特普尔城,无数的蓝色房子星罗棋布,随着连绵的山峦与蜿蜒的河流排列开来,星星点点的蓝色掩映在树木的翠绿之中,偶尔有几只不知名的鸟儿从眼前掠过,让人觉得心都醉了。

我和门卫聊天,知道焦特普尔曾经是玛瓦尔王国的首都,梅兰加尔城堡是焦特普尔的核心。原来他的地位就如同故宫之于北京啊,因此梅兰加尔城堡内才会有着众多美轮美奂的宫殿和不计其数的珍宝吧。这些珍宝大都放置在由原来的宫殿改造而成的几个博物馆里。

这里最有趣的展品,是藤和玻璃做成的轿子,是供王太后从汽车中出来时所用。末代的王太后在伦敦时就使用这轿子,绝对禁止其他男人见到她的容貌。据说好奇的小报记者最多只能拍到她的脚。虽然由于时间关系,难以把展品一一参观,但仅仅从宫殿来看,梅兰加尔城堡的价值就已经难以估量。

在城堡顶部的一个位置,放置着许多当年铸造的大炮,黑洞洞炮口对准着四面八方,拱卫着城堡的安全。让我颇感意外的是,据说其中有一尊大炮是1900年从义和团的手中缴获的,那时印度还是英国的殖民地,焦特普尔曾经派人作为英国士兵参加了八国联军,这让我觉得有点不适。

贫民窟老人的微笑

对于梅兰加尔城堡，还有一点不得不提的是，这是整个印度极少的提供中文解说服务的景点，这应该也是许多中国人愿意来焦特普尔的原因之一。

对我来说，焦特普尔的建筑让我十分有灵感，还没到晚饭的点，我就跑回住所，在客厅里画起速写来。房东家儿子就待在我旁边安静地看着我画画，特别乖巧。

晚上的时候，房东妈妈邀请我和他们一起吃饭，还教我做了咖喱土豆汤，让我在异乡感觉到了久违的温暖。

静语：关于印度人认为蓝色可以驱蚊这件事，我得辟辟谣。因为我就是那种夏天永远被蚊子咬得一头包的人。

有一段时间我待在泰国，被蚊子纷扰得太狠，就向自己一位对昆虫有着变态喜好的朋友 C 求助。

C 告诉我，蚊子最爱叮的是爱出汗又不洗澡的人，因为蚊子的头上和腿上长着触角和刚毛，有感觉作用，对湿度、温度、汗液都很敏感。那些皮肤娇嫩、新陈代谢活泼、皮肤上的毛孔挥发汗液快的人是它们的最爱，尤其是小孩子。

蚊子对弱光也很喜欢，如果你穿上一件黑色的衣服，对于蚊子来说，简直就是挂上了"欢迎品尝"的牌子；而蚊子最讨厌的是橘红色的光，如果不想成为蚊子的大餐，最好能在卧室的床头上绑一块橘红色的布。

蚊子对强气流也很敏感，所以尽量不要待在一个地方不动，电风扇之类的也有很好的驱蚊效果。

蚊子生存所必需的营养主要是胆固醇和维生素，但它们不能自产，恰好大多数化妆品中都含有硬脂酸，所以能为蚊子带来丰富胆固醇和维生素的人最受蚊子青睐。我一直以为化妆品可以毒死蚊子，听完 C 的讲解，才知道很多化妆品其实是蚊子的补品。

从此以后，我很少在夏天的午后穿着深色衣服到处溜达。不知道是不是我长大了的原因，还是弟弟的出生让蚊子转移了目标，这样的困扰确实少了。

可是每当我想到小时候，住在山里面的外婆家，外婆打着扇子帮我赶蚊子的场景，却十分怀念。所以对于我们来说，很多时候，困扰又未尝不是一种幸福。

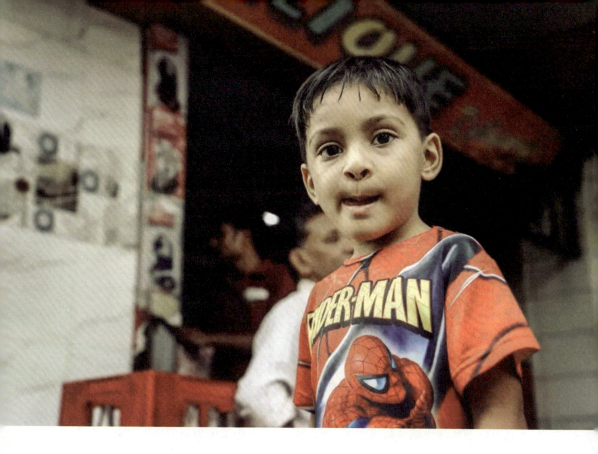

带着松鼠去扫街

从中国女性的角度看，印度似乎并不是一个好的旅行目的地。

一方面是因为近年来印度频发的各种强奸案，另一方面网上无数的照片和视频总是告诉我们，印度是一个"脏、乱、差"的地方。我的印象里，似乎印度的污染很严重，由于恒河的污染，"饮恒河水"反而被大家当成了调侃的话题。

我记得小时候，跟着爸爸妈妈回乡下，乡间的土路上随处可见拴在外面的牛羊，走在道路上也会闻到一阵阵原生态的味道，所以很小的时候我就知道，每个地方就像人一样，有着属于它自己的气味。

而印度的城市味道标签十分严重，湿湿的，热热的，混合着一股黏腻的咖喱味。而且印度的厕所很多是露天的，但是只有男孩才会去上，经常走着走着就能够看到男孩们上厕所的背影，偶尔画面再香艳一些还能露出股沟。起初十分尴尬，到后来却习以为常了，只是偶尔飘来一阵阵的味道，实在不太好闻。

对于印度的卫生问题，大家都有着共识，反倒是在追溯气味的来源的时候，可以换个角度考量一下，比如成为一只生活在印度的小动物——因为这里真的是动物的天堂。

或许是出于宗教的原因吧，印度人对待动物很是和善。在斋普尔和贾沙梅尔，随处可见在街上游荡的狗、猴子和鸡，它们似乎并不怕人，有些还会主动凑到路人的面前，撩拨一下，做一些互动。我在斋普尔的时候遇到过胆大妄为的猴子和闲庭信步的野狗，在贾沙梅尔的下午常有着虔诚的印度妇女在街上喂神牛，在河边帮牛洗澡。

动物作为城市的一部分和印度人共存着，而在国内，动物们似乎都小心翼翼保持着和人类的阶级感。所以，尽管印度会有这样那样的不好，小动物的存在也成为我爱上印度的一个理由。

特别是在这里，焦特普尔，这个印度文艺范儿最浓的城市里，我遇见了一只呆萌傲娇的小松鼠，和上次庙祭上的匆忙不同，我有足够的时间和它一起去扫街。

早上起床吃过早餐，我就顺着旅馆旁边的树林散步。焦特普尔的街道上，已经有许多比这座城市醒得更早的人。印度很多小卖部出售的饼干，都是怀旧的味道，让我想起十年前，奶奶带我上集市买菜，慈爱地给我买过的一袋袋饼干。我买了一小袋边走边吃。

在街角的一堆旧房子前，我惊奇地发现有一只小松鼠站在一栋房子门前的台阶上，脑袋晃来晃去。那优雅的样子，仿佛自己是一个贵族。这样独特的气质让我忍不住想凑上前去看一看，于是我缓缓走过去。松鼠似乎觉察到了我的存在，转过头看了一眼我，又慢悠悠地把头转了回去，似乎对我并没有什么兴趣。

我走到松鼠身边坐下，它也没有跑走，感觉这只小松鼠还是挺有个性的。它的皮毛光滑，有着墨绿和金黄构成的纹路，小眼睛黑黑的，爪子不时动一下。我轻轻地伸出手，想去摸一摸它，小松鼠则一脸警惕地再次看向我，感觉毛都竖起来了。

我有点好笑，于是放了一块饼干在它前面，一开始它试探地闻着，然而最终却没能抵御过饼干的诱惑。小松鼠埋头吃饼干的时候，我轻轻地摸了摸它松软的尾巴，它没有反应，我觉得这个小家伙大概已经接受我了吧。

我假装去抢它的饼干，它抱起饼干转过去对着我，在整个过程中，小松鼠无论变换什么表情，两只前爪都一直紧紧抱着那块饼干——我立即想起了《冰河世纪》里那只为了一颗松果从恐龙时代一直奋斗到冰川纪的小松鼠。看来，这吃货

街头的小吃可不是什么人吃都可以的，肠胃不好的朋友还是老老实实选择餐馆吧

的基因，还真是遗传的。

我拿出手机，给小松鼠拍了几张近距离的写真。小松鼠似乎被相机的咔嚓声吸引了，转过头两只小眼睛一动不动盯着我。我把拍摄的照片放在它跟前，它看到自己吃饼干的样子，整个人——哦不，应该说整只松鼠都呆在了那里。看来，它也被自己的吃相吸引了。不过，它显然不知道这就是自己。它一步步地走向手机，看样子是想把那只"松鼠"手里的饼干也抢过来。在它快走到手机前面的时候，我把手机的锁屏键点了一下，手机屏幕立刻黑了。小松鼠被吓得跳了起来，连忙爬到我的腿上。

我想制止，小家伙"嗖"的一下就冲到了我的肩上，我不敢轻举妄动，呆了一会，看它也没有爬下来的意思，我试着缓缓站起来。小松鼠也并不慌，还是静静地站在我的肩头，饼干也不要了，大有我今天跟定你了的意思。

既然松鼠不怕我，那我就当我在印度又多了一个小伙伴。我拿出手机，切换到前置摄像头，愉快地和我的新伙伴合照了一张，然后放慢脚步，在焦特普尔的大街上穿行。

我不知道这只小可爱和我的遇见是不是缘分，还是我在不经意间闯进了它的世界，又或者是它今天可能"失恋"了，只想在暴饮暴食后找个地方静一静。但

餐馆老板让静逸放轻松，不要害怕

是无论什么理由，它都是焦特普尔送给我的一份小礼物，是我印度旅途中的一个惊喜。

　　伴随着太阳的升起，焦特普尔从昨夜逐渐醒来，街上的人开始多起来。带着一只小松鼠的造型让我充满了喜感，收获了路人各种各样的微笑。这只可爱的小松鼠让笼罩着我的氛围缓和了很多，也收获了很多印度人温柔的照顾。

　　此时，街道两边的店铺零散地开着，少数开了门的店铺也大都还在收拾铺面，还没有进入到做生意的状态。而印度的街边，无时无刻都有着坐成一排的人，年龄跨度十分大，他们大多数喜欢坐在路边，不说话也不玩手机，神奇的是这样还可以安静地待一天。但是如果你停下来坐在他们身边，他们愿意夹杂着手势跟你聊他们的故事。印度人很爱钱，但是他们会给你很多时间。

　　晚睡早起对我来说是非常正常的事情，即使到了焦特普尔我的生物钟也没有完全改过来。对于我来说，毕业之后，最宝贵的就是时间了，我的下意识总是很匆忙，有时候还有一些浮躁。因为总是想要跑在时间前面，似乎这样就能够多得到一些机会。而到印度之后，好像一切都在告诉你，不要急，慢慢来。

　　在这样的环境里，我也逐渐学会了让灵魂自由。

　　走到街道尽头的时候，我和小松鼠遇到了一个被欺负的小男孩。他穿着背

靠板车赖以为生的老人面对镜头一脸疲态

心短裤，一只手扶着墙，另一只手擦着眼泪，要不是看见了眼泪，那个故做成熟的姿势倒是让我很想笑。

我走过去，开始和他攀谈。他一开始并不愿意理我，看到我的小松鼠以后，才抹了抹眼泪，问我："它是你的吗？"我笑了笑，调侃他："你告诉我你为什么哭，我就回答你的问题。"

原来，欺负他的男孩们要结伴去和这条街上的猴子决斗，要他加入。可是他曾经被猴子挠伤过，非常疼，而且伤口发炎了，过了很久才好。那一次他的妈妈伤心死了。可是他的小伙伴们都不理解，觉得他不勇敢，小伙伴们一起嘲笑完他，就丢下他去找战斗武器了。

"是不是决斗就代表勇敢呢？"他鼻子一抽一抽，表情十分失落。

"那你想去和猴子决斗吗？"我认真地问他。

他狠狠地摇头，我看着他，突然像看到了很多人的童年，忍不住上前拍拍他的肩："你敢于拒绝自己不想做的事情，在我看来这就是勇敢。"

"真的吗？"小男孩抬起头，眼神亮晶晶的，"你真的觉得我勇敢吗？"

在得到我肯定的答复以后，他逐渐开心起来，开始逗弄起我肩膀上的小松鼠，并压低声音让我跟他来，他也要告诉我他的秘密。

我跟着他穿过一整条脏兮兮的小巷子，到达一个废旧小黑棚子门口，棚子上有个木头门，上面的木板已经腐朽了大半，被用一层层的报纸糊起来。他大叫了几声"哩哩"，从黑暗里蹿出一只瘦小的黑影，摇摇晃晃跑到我们脚边，用脑袋蹭他的小腿。

"这是我的小羊。"他有些得意地告诉我，"它陪着我有三个月的时间了，羊妈妈被拉去吃掉的时候，我偷偷把它藏了起来，没有人发现。"

小男孩蹲下来亲昵地亲吻他的小伙伴，我站在他身后，想起了我小时候偷偷救下的白色小狗，这段经历我从来没有对人说过，但是此刻却忍不住想要和他分享，我问他："你愿不愿意听我的故事？"小男孩大大的眼睛看向我，不停点头。

于是我们在棚子门口的石头上坐下来，他抱着他的小羊，小羊趴在他的腿上十分安静地看着我。

"我一年级的时候在河里救下来一只小狗（小白），那是一个雨季，每天的雨都特别大，我家里离学校有十分钟的路程，每次到学校裤子都会湿掉一大段。

"我看到小白的时候，他在公园的池塘里，努力想要爬上岸。不知道是因为他太小还是已经没有力气了，怎么都无法成功。

"我犹豫了一会，还是下定决心把它抱上来，心怦怦直跳，仿佛藏起了一个天大的秘密。我觉得我的爸爸妈妈一定不会允许我养一只来历不明的小狗，而我又要去上课，我很紧张，也想不到任何好办法。

"但是小白趴在我怀里瑟瑟发抖的时候，我又实在无法放任它不管。于是我找到一个纸箱子把它藏在了校门口的废弃报亭里，用我的校服把它包起来。

"我到学校的时候早读已经结束了，我又没穿校服。那天我在教室后面罚站了一个上午，却完全无法集中注意力，甚至老师骂了我什么我都不知道。

我每天都去照顾它，给它带吃的，给它上药。是的，它受伤了，肚子那里有一道长长的伤口。它那么乖，一点都不闹，眼神永远是湿漉漉的，摸它的时候它会伸出软软的舌头舔我的手。"

我说不下去了，于是停了下来，把脑袋埋在膝盖里。我可爱的两位小听众有点迷惑，小男孩伸出手拽了拽我的衣服，问道："然后呢？"

"我见小白最后一面的时候，它的身子下面爬出了好多虫子，我特别生气，想要踩死它们,可是虫子不断爬出来,怎么踩都踩不完。我又很害怕,小白在发抖,可是还是睁着眼睛看着我,没有痛苦,特别平静。我一边摸它一边哭,它伸出舌头来舔舔我,然后再也不动了。"

"我觉得,"我抱了抱小男孩,想要和他告别了,"说真的,你比我勇敢,也比我聪明。"

听完我的故事,他抱着他的小羊,嘴唇咬得死死的,过了一会,像是下定决心一样把小羊递给我:"你别伤心了,我把我的小羊送给你,你要对它好,我让它陪着你。我没有朋友,你们都是我的朋友。"

我刚憋回去的眼泪又涌了出来,红着眼睛打趣他:"那你不是一个人了吗?"

他故作轻松地摊摊手:"我是男人,没关系的,只要你们经常来看我就好了。"

我忍不住笑了:"小男子汉,我有我的小松鼠,小羊和你在一起才会快乐。等你长大了,你会有越来越多的朋友,我希望你会记得我是其中之一。"

离开男孩和小羊后,我带着小松鼠在焦特普尔的街道上又走了一个多小时,松鼠大多数时候还是像个安静的绅士一样在我的肩膀上不动,偶尔也会跑到我背包的口袋里,像睡吊床一样躺着,好像我的背包是它的豪华"房车"一样。

傍晚的时候我把它带回了我们初遇的街角,我把它放在台阶上,和它道别以后离开。忍不住回头看它的时候,发现原地已经没有它的踪迹了。

这一天对于我们,都是一次人生中的冒险,我收获了很多小伙伴,不知道它收获了什么呢。

静语:小时候,妈妈帮我养过很多动物,有小兔子、小仓鼠、小金鱼、小乌龟等。之所以我用的是"养过"这个词,是因为我妈妈把它们都养死了,当然小乌龟是失踪,但是估计也没什么幸存的几率。她总是天真地按照自己的方式处理事情,我觉得我能活到现在真的是个奇迹。

到现在回头看,印象最深的却是那只小斗鱼,那是我大一暑假在长沙学习的时候朋友送给我的。

大二的时候我选择了别的城市的实习机会,和别人的抱团实习不一样,我的同事都是陌生的,由于员工宿舍都是满员的,我也只能一个人住在宾馆。

白天会主动去听企业管理和股权架构方面的课程,晚上就一个人待在房间里,处理公务,再趁着吃外卖的时间看看书看看新闻。那一段时间,对于我来说难度十足的工作量和对自己贫乏能力的认知,使得我的压力十分大,时而崩溃大哭。

然后朋友送了我一只小斗鱼。灰红的身子和三叉分开的蓝色鱼尾,游起来优雅、飘逸,战斗的时候会张开绚丽的尾巴,骄傲而有力量。

我会跟它说话,聊天,每天给它喂食,换水。在一个完全陌生的城市居然找到了些许归属感。我开始慢慢适应工作的节奏,开始因为面临挑战而更努力地学习。

实习结束的时候我把它带回家了,我不敢把小斗鱼和猫放在同一个房间里,只是偶尔会让它们聚一聚;可是后来发现猫会偷偷跑到我的房间来到缸前,这时鱼儿就会过来用头顶猫爪,但是小猫并不抓它。

然后小斗鱼被我妈妈撑死了,猫没有了玩伴,还沮丧了好一阵。现在想起来,就好像那是一种再也回不去的无聊时光,也是我成长中好像什么都没有发生却十分重要的岁月。

我之后养过很多的动物,可是这只小斗鱼给过我的陪伴,却让我一直难忘。可能是正好处于那段最孤独的时光吧,被夹在学校和社会的间隙里,努力地学习和适应着。

直到现在我能够落落大方站在人前,却还是记得那时候看到陌生人还要去交流时候又恐惧又忐忑的心态。

那段时间很迷恋王小波写的《一只特立独行的猪》,他在书的结尾写道:我已经四十岁了,除了这只猪,还没见过谁敢于如此无视对生活的设置。相反,我倒见过很多想要设置别人生活的人,还有对被设置的生活安之若素的人。因为这个缘故,我一直怀念这只特立独行的猪。

我也很怀念那本书,而且羡慕那只猪。

对于设置和被设置这个问题,好像只要生活在这个世界上的人都或多或少经历过,谁都不例外,无论你是否走在被设置的路上,或者你是否会感觉到深入骨髓的孤独,这都是必经的过程。

以前我总是会想在更久远之前遇见的那些人,他们现在在哪里,在干什么,过得好不好,有没有找到属于他们的野马和草原。现在我也还在想,但是我更希望他们在最孤独难熬的时光里,回头就能看到属于自己的那只"小斗鱼"正在闪闪发光。

白城乌代布尔

乌代布尔的月亮很圆
乌代布尔的月色很凉
路远天寒,万水千山
候鸟不懂北方的孤单
归来,季子平安
　　　——《在乌代布尔想家》

　　泰姬湖宫酒店"乌代布尔"的建筑物以白色大理石为主,故称"白色之城"。老城是印度的古都,创建于16世纪,城内有多座大大小小的宫殿。虽然拉贾斯坦邦在印度被视为沙漠之邦,但唯独乌代布尔城内多水,湖光水色妍媚可人,素有"沙漠中的威尼斯"之称。

火车上的一家人

从焦特普尔到乌代布尔如果不坐汽车，就必须去艾哈迈德巴德转到乌代布尔，这是我刚到焦特普尔就知道的事情，所以预先在网上订了票。

早上很早就去焦特普尔火车站等车，坐在站台的长椅上，有几个印度人十分热情，带路问路或搭讪，但都是为了把我带到他的店里买东西。有时候会面对赤裸裸的好奇的目光，和一些很直接的搭讪，让我想起一些不好的传闻。

坐了 11 个小时在艾哈迈德巴德火车站下车之后已经是下午，来不及去看这里盛名的"最美丽的台阶井"就要按照票上的时间等下一趟车。

坐稳之后我开始找火车上的厕所，在厕所的门边站着一个小女孩，六七岁的样子，很大的眼睛，笑嘻嘻地看着人。其实这一路上还会发现印度人的眼睛好大，大到有时候错觉他们的目光能够穿透肉体直达灵魂。

我和她慢慢聊起来，十几分钟以后就很熟悉了，她开始好奇地问我一些问题，我一一回答，她又牵着我去找她的妈妈。

女孩的妈妈是传统的印度妇女，廉价的纱丽，身材并不好，但目光很和蔼。女孩的两个哥哥很瘦，也是大眼睛，可能是个子比较高，看起来有点营养不良。

聊了一会儿天以后，女孩妈妈告诉我他们要去乌代布尔找孩子的爸爸，因为他们已经很久没有见面了。为了省钱，他们买了两张坐票，两张挂票，如果被列车员发现，哥哥们就轮流挂在外面，场景会十分有趣。

他们邀请我和他们一起挂出去感受一下，我试了一下，五十码的风速，吹在脸上很舒服，让人感到了一种从未有过的自由。

我乘坐的硬座车厢是印度高种姓或者有钱人才会乘坐的，从上车开始每两个小时就送一次餐，有冰淇淋、土豆咖喱、卷饼、炒饭，各种印度的特色食物。回到自己的车厢之后，我把食物和小女孩分享，她却小心翼翼地问我，可不可以也拿些食物给她的哥哥们，因为她的哥哥们正在长身体，总是觉得很饿。我心里酸酸的，赶紧把东西递给她。

最开始待在普通车厢能看得出来，为了保护妹妹不被踩到或者挤到，大多数时候两个哥哥都是护着妹妹照顾她，可是他们对她的态度却并不是很尊重，呼来喝去，让我感觉到印度女性地位好像还处于中国上个世纪的水平。

因为到乌代布尔也已经是半夜了，他们的两个位子根本不够四个人坐下来睡着，女孩妈妈在火车对座中间铺了点东西，让女孩睡在地上，我也回到自己的座位休息着等待。

火车靠站时，我又碰见那一家人。好像出了什么事情，她的哥哥们正在站台那里骂她。我走近才发现是因为小女孩拿着的东西丢了，哥哥们觉得她很没用，在训斥她，妈妈也没有要插手的样子，好像这是很正常的一件事。

我试图和两个男孩说妹妹的善良，会在第一时间想到分享食物给他们。同时也很严肃地告诉他们女性和男性一样，都有自己存在的价值和意义，并不是像他们所说的那样没用。两个小男孩若有所思不说话了，好像觉得我莫名其妙，又似乎是有些道理，也可能是看在食物的分上所以没有反驳。

因为是深夜，气温已经从白天的三十多度降到十几度了，可能是因为空气有点湿冷，女孩妈妈催促他们离开。我不知道这么直接地说，能不能稍微改变两个男孩对女性的看法。反倒是临走前，小女孩眨着她大而清澈的眼睛问我，长大以后她可不可以和我一样。

我没有回答她，或者说不知道要怎么回答她，于是只摸了摸她的头，又把随

印度火车被塞得满满当当

身携带的漫画书送给她,希望她能够有一个美好的未来。

静语:印度20世纪90年代(没看到更新的数据)在网上公布的一组不同年龄组婴儿死亡率是这样的——

0~1岁年龄组——女婴:83.9‰;男婴:88.6‰

1~4岁年龄组——女婴:42‰;男婴:29.4‰

0~5岁年龄组——女婴:122.4‰;男婴:115.4‰

基本上可以得出的结论就是印度女婴死亡率比男婴死亡率高不少。另外,出生性别比这项数据也显示印度女婴出生率的异常。通常说来,103到106个男性对应100个女性是社会男女比例的正常空间,但印度社会这样的比例达到了110:100,在北方地区达到了120:100。这本身能够反映的一个问题就是性别选择性流产。

在印度社会这是非常普遍的一件事情,甚至时至今日,北方不少地区的孕妇都被夫家强制进行性别检查,如果是女婴就会被强迫流产。

在印度,经济基础决定社会地位的论调比中国更甚,这也是女性地位低下的一个原因。农业主导的国家让重男轻女成为传统,但和中国不同,传统观念在今天的印度社会仍然有很强的控制力。女性在就业机会和收入水平上与男性有明显差异。而印度恶劣的工作环境实质上给印度女性进入劳务市场也造成了极大的阻碍。另外一方面的原因就是土地所有权。在继承中，女性几乎得不到土地，寡妇的土地通常也是由其儿子控制。

印度社会绝对是一个失衡的社会，在女性问题上没有良知，底线特别低，针对女性的刑事犯罪率居高不下，而且多数男性都有严重的大男子主义倾向。2012年轰动一时的公交车轮奸案中，施暴者乃至不少律师和高官都认为"被强奸是女孩的错"。

在许多传统女性心中，男人处在较高的地位，甚至相当于主人；而年轻的女权主义者却在这个社会遭遇了来自宗教、舆论和男人多方面的压力，她们的主张往往无效。

按照一个中国女性的观念来看，印度社会对女人的心态是"失衡"的。我无法用理论来形容这种失衡。在斋普尔的酒店里一对中年夫妇，丈夫无数次呵斥妻子，并且当着她的面大说特说"女儿不如儿子"；这段时间在公交车上，我不止一次看到过小哥对女性动手动脚不规矩；在火车上，在那么点的孩子的身上也能看到这样的社会心态。

其实在印度也有旗帜鲜明的女性至上的宗教传统，世俗领域中，女性在政府中占据或曾经占据过统治地位。辛格在当选总理后做的第一件事情是向索尼娅·甘地鞠躬。从《往世书》以来的各类宗教文献和民间文学作品中都有对女性极高的尊重；而且有意思的是，印度教三大教派之一萨克蒂教派（多被译为"性力教派"）是一个完全的女神崇拜的独立教派。

从文学和宗教生活中来观察，女性的地位并不低，大家最熟悉的泰戈尔说过这样一句话：物质文明的发达使人、特别使男性陷入了权欲的陷阱，而女性由于其天然所处地位的特质，成为平衡男性文明的力量。她们是人的本性与泛自然神的纽带，成为神的体现者。

但是印度就是一个充满矛盾的地方，不同于印度文化在宗教领域对女性的崇拜，现实生活中女性地位极其低下。在女神崇拜发展盛大的地区，女性却在生活中受到各种不平等的待遇。在印度，如果真的要改变女性的地位，需要的是破坏性的力量，让传统的大厦坍塌，让那些该有的权利得到救济的力量。

但是总有勇敢的女性挺身而出，就像我们现在拥有的权利，是被无数女权运动者努力推动的结果一样。自古以来女性总是被当作男性的私有物，被保护的同时也被肆意伤害着，现在我们已经习惯生活在自由平等中，可看到这样的现象，有几分感慨，也有了几分站出来的勇敢。

小心！鳄鱼！

出了火车站，已经有酒店的工作人员在等我。我对乌代布尔的 Lake Palace 是没有抵抗力的，这可是货真价实的宫殿，坐落在皮丘拉湖上，用于古时候藩王避暑。酒店十分有名，所以房间也很紧俏，提前好几个月才预定上。

据说印度独立以后，缺钱的王室把宫殿出租，才改成了 Lake Palace Hotel 酒店。在《007》系列的《八爪女》中，我就记住了它。此外，据说当年因电影《飘》而享誉全球的好莱坞女星费雯丽造访此地时，由于饭店刚开放不久，一切尚未走上正轨，只是将佐餐音乐粗粗地划分为早、中、晚三类。费雯丽到达时，饭店恰巧正放着《飘》的主题曲。听着熟悉的乐曲，费雯丽望着窗外的湖光山色顿时大为感动，当即泪流满面。

这是一个有故事的酒店。小哥接到我以后，驱车到了湖边，带我改乘船。船上酒店的接待人员则是位二十多岁的年轻小哥，虽然按我的审美来看并不算帅哥，但五官棱角分明，要是当个模特应该也挺合适。

他非常幽默，守在我身边给我讲了不少有趣的事情。而当我想把手伸进水里的时候，他表情夸张地说："No,No,crocodile over here.（不要，不要，这里有鳄鱼。）"他故意把"here（这里）"的音拖得很长，吓得我把手赶紧缩了回来。

"这儿真的有鳄鱼？"我望着碧蓝的湖水问他，心里有些怀疑。

"有的。但你可以放心，印度的鳄鱼从来不吃美女。"他笑着对我说。

我对湖中有鳄鱼这样的说法将信将疑，因为在我的记忆里，只有《八爪女》中詹姆斯·邦德在皮丘拉湖底伪装成鳄鱼出场的情景。

他告诉我印度有两类地名，尾音是"布尔"的，属于印度教地区；尾音为"巴"的（比如"海德拉巴"），属于伊斯兰教地区。布尔在印度语中是城市的意思，所以这个城市就叫"乌代之城"。

而在很久之前，毫无疑问，这里与所有的蛮荒之地一样，是一片闷热的荒凉原野，在北方战败的梅瓦尔王朝的君主乌代·辛，垂头丧气来到现在的乌代布尔，他在这片风景如画的土地上修建了以自己名字命名的都城。不得不让人慨叹这位帝王的眼光，他一眼就发掘出了这么美丽的地方，皮丘拉湖圣湖荡漾，一片祥和。

来过这里的人都说，如果乌代布尔没有了湖泊，就像一个城市没有了灵魂。乌代布尔城市的建设精华部分，正是围绕着皮秋拉湖，这个城市也像新德里一样，不断地向外蔓延，至于它的边缘在哪里，也许只有印度诸神知晓。

而现在，在凌晨一两点我是绝对不会去亲自试试看湖泊有多大的，这一天两夜的坐车经历，大概也是够神奇的吧。到房间以后我很快睡死过去，一夜无梦。

静语：在这个美丽的酒店里，即便不出门心情都十分愉快，鳄鱼湖在全世界声名远播，我却还是没有看到鳄鱼。

只是曾经坐船经过马来西亚的长鼻猴岛上近距离接触过鳄鱼。还记得船经过河边，我伸手去摘树枝，然后下面那截像是枯树一样的东西动了一下，船家赶紧制止我并立刻开船走人。后来才告诉我，那个是鳄鱼，如果再晚一些，可能我们就要被攻击了。

我相信大多数人对于鳄鱼的阴影都是来自于一些血腥的动作片，然后里面总是有人被鳄鱼撕碎的场景，让人看得心惊胆战。

湖宫酒店的家庭伦理大战

第二天我还是按捺不住,穿过鳄鱼湖来到了城区。耐心穿过老城拥挤的小巷、嘈杂的民居,眼前便豁然开朗。蓝天白云下,一汪清澈的湖水如长轴画卷铺在眼前,浩浩荡荡向天边延伸而去。

岸上看向湖中,无数野鸭和水鸟要么三五成群,踏着绿波,惬意地游弋,不经意间把如镜的湖面划出道道波纹;要么展翅翱翔长空,高亢回旋的啼声使寂静的皮丘拉湖平添了无限生机。

也许正是拥有了皮丘拉湖,乌代布尔才成为干旱的拉贾斯坦邦戈壁沙漠里的绿洲,焕发出勃勃生机。在湖畔有一座规模宏大的城市宫殿。殿外花木扶疏,湖水相伴;殿内曲径通幽,宝石镶嵌。傍晚的时候,当夕阳从青青的山麓慢慢沉下,余晖开始照射在湖畔西侧浩大威严的城市宫殿上,黄褐色的宫殿此时越发显得层次分明,靛蓝的湖面也被晚霞染成了橙色。

其实光在圣湖的周围坐着,也能待上一天。夜幕低垂,站在湖宫饭店的每个角落，迎着微熏的湖风，顶着璀璨的星光，抬眼就能望见对岸被无数灯光簇拥得近似辉煌的城市宫殿，好像让人进入了一个童话的城堡世界。这两座浓缩印度建筑精华与智慧的建筑，就这么隔着一汪清清的湖水，默默地相互注视了数百年。

不管是白天还是夜晚，几乎走几步就能看到拍婚纱照的新人。在和当地人的交谈中得知，乌代布尔是印度的"蜜月之城"。的确，白色最容易激起人心里那隐藏的浪漫情结，而乌代布尔的湖光山色又显然是给新人打造的专属美景。湖宫酒店作为乌代布尔皇冠明珠一样的存在，也是众多新人举办婚礼的不二之选。

午饭过后我回到了酒店，在酒店大堂美丽的风景里开始回复邮件。没多久，我旁边的位子也坐下了人。我听到他们用中文在交流，于是赶紧抬起头，看到了两个身穿印度纱丽的中年妇女，肤色和发型却不像是印度人。大约过了十分钟，又走来了一个穿西装的帅哥，年龄大概三十岁，戴一副金边眼镜，十分儒雅。他坐在那两个女人的旁边，一开口却吓了我一跳，嗓门巨大，飙着一口流利的东北话，语速又很快。

我已经没心思回复邮件了，就一边随意点击一些网页，一边听着他们的谈话。他们的谈话内容基本是围绕着婚礼，似乎这场婚礼的问题还比较大，因为太临时，所以缺少很多东西。

那个男孩不知道说了什么刺激到我旁边的阿姨，她一下蹿了起来，头巾飞到了地上她也不管，声音都激动得有些颤抖了，她喊道："这个老头，不来就不来，说啥鬼话呢？他也不想想他当年一穷二白咋娶到的我。何况女婿可比他强多了，哼，给我闺女没脸，就是给我没脸，看我回去不收拾他。"

阿姨这一跳，正听得兴起的我鼠标一下没拿稳，飞到了地上，帅哥反应过来立刻捡起鼠标递给我，阿姨也一叠声跟我道歉。我因为听了别人家的八卦有些不好意思，于是立刻表示没关系。

听到我也说的中文，东北帅哥激动得话都不利索了，递鼠标的手还没收回，转眼又握住了我的手："哎呀妈呀，太好了。老姨刚才还说怎么酒店里找不到中国人呢。老妹儿，你从哪儿来的？"

"我从武汉来的。"面对这家人欢脱的性格，我有点不太适应，于是不留痕迹地抽回手，问道："你们是在这里参加婚礼吗？"

这位大哥一点也没把我当外人，用东北人独特的亲和力和我拉起家常来："哎呀，老妹，这是没办法。你看啊，你是江西姑娘，我是东北人，咱们在国内还

乌代普尔的皮丘拉湖

隔着三千多公里呢，在这印度能碰上面，你说是不是贼拉有缘分？"

"啊？怎么了？"他的热情让我觉得有点云里雾里，又想着别人一家远赴千里之外来结婚，人生地不熟，内心也不由得多了几分亲近之意。想着如果不是什么大忙，就还是帮一下。

果然东北大哥没能让我失望，跟我讲述了事情的前因后果之后，热情地对我提出了请求："妹儿，你来印度带单反了没？可不可以借给哥用一下。不不不，是租给我们用一下。"

原来这家人是来参加闺女的婚礼的，坐在我身边的两位阿姨分别是新娘的妈妈和姨姨，但是由于新郎是个印度小伙子，新娘爸爸一直没同意，直到婚礼前几天还在闹别扭。

这个东北帅哥叫Kevin，是新娘的表哥，在这家酒店做酒店管理工作，也是他好不容易给妹妹争取到了酒店的档期。可因为爸爸生气没来，临时挑起了娘家人这边的重担，一边要劝说姨夫，一遍还要抚慰不时激动的大姨，婚礼这边除了场地十分顺利，其他东西都乱七八糟。

Kevin 还告诉我这俩阿姨本来带了单反来，但是因为大咧咧的性格，直接掉到船下喂"鳄鱼"了，现在他焦头烂额的，但是为了妹妹的幸福，还是希望婚礼能够圆满一些。

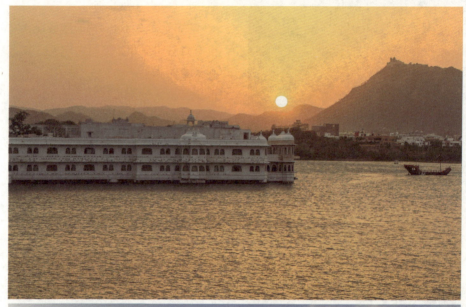

皮丘拉湖中央有两座岛,其中一座叫 Jagniwas,整个岛就是一座超级豪华的酒店,只有预订房间才能上岛,而酒店最便宜的房间要 25000 卢比(2500 元人民币)

我想着这几天一直都在这家酒店，而躺在我箱子里的单反也没怎么发挥过作用，再加上无意中又看了这么一出大戏，旁边还有两位期待地看着我的阿姨，于是笑着开口道："相机没问题，如果这几天有什么需要我帮忙的也都可以。"

话刚说完，感觉Kevin的眼泪都快飙出来了，他一遍点头一边说道："那可太好了，有句话怎么说来着：老乡见老乡。那啥，老妹，啥都甭说了，这几天早餐哥请了。"

阿姨也一脸感动地邀请我来参加后天的婚礼，并且告诉我如果帮忙拍照一定要给我酬劳，这对他们来说简直太重要了，她因为弄丢相机也十分内疚，再加上新娘爸爸还在闹脾气，他们现在已经乱成一锅粥了。我有点奇怪为什么他们这场婚礼能用的了这么好的场地，却策划得乱七八糟的，于是问道："阿姨，你们没有找婚礼策划师吗？为什么这些基础的东西都没有准备呢？"

阿姨一拍大腿又开始滔滔不绝："我家那个死鬼，说是不想闺女嫁外国人，可又要指手画脚的，婚礼策划师都被他气走好几个。眼见婚礼要开始了，这可咋整？女婿那边相信我们，全权委托我们来办，我这心里啊……"

"老姨，别老整那些没用的。"Kevin赶紧打断新娘妈妈的话，递上一张精致的请柬："不好意思啊老妹，让你见笑了，我大姨就是脾气急，人是特别好，我妹妹和妹夫人也特别好，别的你不用管了，后天你一定来喝酒啊。"

"阿姨，我理解，我也有爸爸，这么远嫁女儿的心情那肯定不好受。"我安慰阿姨，可想到远在异乡的爸爸，心里也有些酸涩。

"哎，女大不中留啊，这远是远，架不住姑娘喜欢啊。"阿姨好像也意识到我的情绪也有点低落了，于是叹着气又补充道："你这姑娘心真好，阿姨不影响你心情，你玩得愉快啊。"

我突然想到我的一个做婚礼策划师的朋友，他叫秦胜桥，在武汉婚礼策划界也有一定的名气。因为每个女孩都有一场婚礼梦嘛，所以我们还曾经约定要一起做一家婚礼策划公司，就叫作"梦想家"。

他也带我做过几场非常有个性的小众婚礼，其中有一场让我记忆最深刻的是"爱丽丝漫游仙境"的主题，他的团队在东湖边直接搭建了一个爱丽丝漫游奇境的场景，新郎新娘和他们的爸爸妈妈都打扮成故事里角色的样子，引来了半个东湖边散步的人的围观，交通几近瘫痪。

想到这里，我给秦发了一条微信，问他是否能够远程指挥这场婚礼，而我则给他做执行调控现场。然后又把Kevin叫到一边，告诉他我曾经做过婚礼策划师,能够帮助他把控婚礼秩序,问他是否需要。

这次Kevin的眼里是真的飙出了泪花,他差点冲上来抱住我,我往后退了一步,他的手赶紧收回去交握住,一边快速点头一边磕磕巴巴说道:"那,这太不好意思了老妹。你不知道,这场婚礼可要了我半条命了。你等着你等着,我这就把我妹叫来你们认识一下。"

说实话我对这位远嫁他乡的新娘还是十分好奇的,不知道要多果敢才能不顾家人反对嫁到千里之外的印度,据我判断能做出这样事情的应该是个豪爽的姑娘。

果不其然,没等多久,一个娇小的女生就飞奔过来,看到Kevin身边的我,直接扑了上来一把抱住,嘴里喊道:"Kevin跟我说过了,Joy,你可真是我的大救星。"

我等着这位待嫁的新娘站好以后,斟酌了一下才开口:"我虽然不知道你们婚礼策划进行到哪一步了,但是我肯定会尽力帮助你们维护现场秩序的。"

新娘一个劲点头,她自我介绍她叫萱萱,今年25岁,和她老公认识才几个月,算是闪婚,但是还是希望婚礼能美好一些。她的声音倒是十分娇柔也没有口音,温柔地跟我说道:"虽然爸爸不同意,但是我还是决定嫁给梓高了。这辈子我希望就结这一次婚,我爸爸又像小孩子一样,可不是把我哥给累坏了。"

Kevin在旁边搓着手,眼睛又红了,他插嘴道:"老妹,千万别这么说,咱们一起长大,你这一嫁,还好咱们还是在一块,哥就希望你美美的,别的都交给哥,别操心。"

萱萱拍了拍Kevin的肩,对我说道:"让你笑话了,这次我结婚,可是真把家里闹得人仰马翻了。如果你能担任我婚礼的现场策划,我真的十分感激,酬劳我们也会按照市场价来的。"

这时候正好接到秦的回复,他说有任何问题都可以问他,这无疑又给我吃了一颗定心丸,我安慰萱萱:"酬劳也没什么,就是帮帮忙,一切都会好的,你这两天可得好好休息,后天当个最美丽的小新娘。"

萱萱跟我聊了一会,就去找她妈妈了,我跟她一起走过去,发现两位阿姨正紧张兮兮地帮我看着电脑,一步也不敢离开,见我来了赶紧冲我招手把电脑递给我。

把电脑放回房间以后,我又和Kevin了解了一下情况,其实也没有想的那么糟糕,每个部门都分工明确,唯独缺少的就是一个现场协调的人以及伴娘和伴郎,所以需要找到酒店两个灵活一些的服务生,让他们帮忙照看新娘新郎,当然这点Kevin也能轻松搞定。

互道晚安之后,我就回到房间睡觉。

手忙脚乱的婚礼策划师

昨天萱萱带我把酒店玩了个透彻，晚上又和她的朋友们喝酒闹到很晚才睡，导致凌晨三点我在 Kevin 巨大的叫门声中惊醒时脑袋疼得快要炸开。

我赶紧去化妆间看情况，萱萱像是一夜没睡，正仰在化妆椅上被化妆师抱着脑袋化妆，领完一个房间，新郎那边一切正常，和萱萱的困意十足相比，他却十分精神。

看完新郎新娘，交代好服装和道具，就去准备彩排婚礼事宜了，所有设备都过了一遍以后再回来看萱萱，她似乎也醒了过来，梓高的姐姐正在给她画海纳，细腻美丽的图案画满了整只胳膊。材料干了以后萱萱使劲抖了一下，感觉有点像一些姑娘纹上的花臂，娇小的萱萱增添了几分野性的美感。

萱萱自己画完，看到我以后又自告奋勇给我画。我不好意思拒绝，于是手臂上多了两只可爱的大象，我苦笑着把袖子赶紧扯下来，萱萱还一脸惋惜地念叨："这么可爱，你遮起来干什么？"

在画海纳的空当，梓高姐姐向我介绍了印度的婚姻习俗。与国内结婚多只是半天不同，印度的婚礼大概要持续一个星期。婚礼的开始是在女方家里举办的宗教仪式，这就需要一天的时间。而后，在男方家举办各种宗教仪式和庆祝活动。这些事情办完了，还需要再回女方的家里办酒宴，随之而来的是一系列的祭祀活动，包括祭拜天地、祭祀神灵、祭拜祖先和祭拜性神。

当然，这场婚礼的流程是之前就确定好的，结合了印度和国内的一些风俗，采用了几场意义重大的仪式，除了缺少互动，其他都是很棒的。

婚礼正式开始的时间是下午两点，我把所有流程反复确认了三遍以后，距离婚礼开始还有三个小时，这时候 Kevin 带来了一个让人意外的消息。

他偷偷把我拉到角落，我看到一个叼着烟的中年男人板着脸站在那里，看到我以后用鼻子哼了一下。我有些奇怪，Kevin 给我介绍道这个人是萱萱的爸爸，他是来参加婚礼的，并且问我有没有办法把他安排进婚礼的流程里。

婚礼都快开始，时间都跟各部门确认好了，如果更改流程的话一切都要变动，三个小时不可能来得及，这可是给我出了个大难题了。还没等我拒绝，新娘爸爸的烟抽完了，不知道是不是烟熏的，他的眼睛有点红，虽然表情还是很生硬，但是他终于开口了："萱萱是我女儿，不管怎么样我还是要参加她的婚礼的。"

这下我拒绝的话再说不出口了，只得说我去想办法，然后电话向秦求助。他让我找找是否有可替换下来的人，把新娘爸爸插进去，现在改流程再协调是肯定来不及的，只能想办法把人换进去了。

他的建议让我豁然开朗，想到新郎新娘交换戒指的时候，确实是有个送戒指进去的服务生能够换下来，也不容易出问题，想到这里我赶紧找到 Kevin 让他帮我找个人偶来，让新娘爸爸穿上，给他们一个"惊喜"。

好在酒店正好有人偶，居然还是 Hello Kitty 的造型，不知道萱萱爸爸黑着脸在玩偶里会是什么样子，我心里多了几分恶作剧式的期待。

安排好以后仪式就快开始了，印度的婚礼谈不上奢华，但相当地隆重和热闹。他们在酒店门口搭了几顶大帐篷放着自助的食物，会场也布置得十分梦幻，围观的人特别多，大家见到带着花的梓高走来走去，纷纷对他表示祝福。

但是我万万没想到的是，新娘上场的时候还是出现了 bug（漏洞），等了半天也不见萱萱来，我冲向新娘房间才发现萱萱这货居然睡得正香，我几乎原地爆炸，一把把她拽起来就冲向现场。她倒是不急，一边被我拽着跑，一边不忘整理头上的纱丽。

冲进礼堂的时候，我绊在门槛上飞了出去，还好Kevin正在门边被我撞到了地下，我紧张得回头看到萱萱优雅地跨过了门槛，心脏差点没跳出来。

仪式顺利进行着，我问Kevin萱萱爸爸有没有安排好，他一边揉着被我撞痛的鼻子一边抱怨："你让我搞这个粉色小猫，差点没给我姨夫打死。但是老妹你交代给我的事情你放心，保证办得妥妥的。"

得到他肯定的回答，我的心才放回肚子里，今天这个真是太刺激了，还好一切都是顺利进行，都是小问题，不然我还真是没法跟萱萱交代。

很快到了交换戒指的环节，梓高深情款款望着萱萱，去接Hello Kitty手中的戒指，但是不知道是不是卡在爪子上了，又或是梓高太紧张了，手抖着拿了两次也没拿过来。他有些急了，粉色大猫更是着急，Kevin正准备冲上前帮忙，只见萱萱爸爸一把摘下了猫头，一掌就拍在了梓高头上，还一边说道："傻小子，拿个戒指都不会拿，你还能干啥？"

说着三下五除二把戒指摘下来，套在了萱萱手上。萱萱整个人都惊呆了，完全没有任何动作，梓高认出是岳父，也不生气，傻呵呵笑着，一边还用有些生硬的中文说着"谢谢"。萱萱爸爸看到梓高这样也没了脾气，直接拿过话筒开始讲话。

讲话的内容我记不太清楚了，无非是希望梓高照顾好萱萱，他有多么爱这个女儿。说着说着，眼泪就掉了下来，他的身上还穿着粉色大猫的衣服，看上去还带着几分滑稽。梓高递过去一个手帕，被他又是一掌拍开，骂道："没看到萱萱在哭吗？给她擦！你这个老公怎么当的。"骂得梓高晕乎乎的，赶紧去给萱萱擦眼泪，还没擦几下，萱萱却开始号啕大哭，扑向爸爸的怀里。

看着这样的场景，我想到爸爸曾经偷偷跟妈妈说："以后一定不让我的女儿找一个很帅的，因为那样会累死我女儿，以后跟我女儿在一起的人一定要对她好，照顾她，让她平安幸福。"

其实我的爸爸，也是一个非常不善于表达的人。他从没有在我的面前表现出大喜大悲过，也没有对我表露过太多的情绪，但是我知道，他一直在我身后坚定地站着。

我也开始想哭了，还没哭出来，身后却爆发出一阵剧烈的哭声，我回头一看是萱萱妈，她抱着萱萱阿姨哭得那叫一个激动："我就知道这个死老头子要抢风头，你看他躲在那里，连我都不知道。我昨天还难过了半宿，这个死老头子，气死

国内好友"梦想家"策划的婚礼现场

我了。我的萱萱哟……"

在阿姨的带动下，几个萱萱娘家的亲戚也开始抹起了眼泪。我觉得这个好像煽情得有点过了，不能一场婚礼整得大家都在哭，这也太不合适了。好在Kevin聪明了一回，他放起了动感的印度音乐，开始喊起麦来，节奏感十足，让大家无法拒绝地跟随他扭动起来，现场再次被完美hold（把控）住。

每个女人对于未来的幻想，必然包含着一场浪漫的婚礼，和一个真诚的爱人。无疑萱萱在今天，都收获了。我确定她是幸福的，她的爸爸妈妈也是希望她幸福的，只是不知道这样的愿望背后，是不是隐藏着更多怅然若失。

我也无法想象在未来的某一天，为一个对于我爸爸来说完全陌生的男人穿上婚纱、说出"我愿意"的时候，他是不是也会红了眼眶。

卢梭说，人生而自由，但无不在枷锁之中。我想，对我们来说最大的困难不是我们被枷锁所束缚，而是有些枷锁我们究其一生无法打破也不忍打破。

对于我来说，这个充满挑战的小插曲绝对是个happy ending（完美的结尾）。因为收获了萱萱和Kevin这两个好朋友，在之后的时间我们也常有联系，Kevin还帮我联系了好几次婚礼场地。而酷酷的萱萱爸，在回国之后却罕见地邀请我几回去他家做客，让我十分受宠若惊。

静语：大双鱼是一个很爱幻想的星座，尤其是对爱情和婚姻。

我到最后也没有问萱萱她和梓高有着怎么样的故事，但是从他们的眼神中我确切地感受到他们是相爱的，我也真心希望这对跨越种族的伴侣能够白头到老。

还好有秦的帮助，我才完成了这场带着闹剧的喜剧，这让我觉得十分开心，也有信心在未来的某一天成为一名真正的"梦想家"，为无数对爱人造一场浪漫的梦。

其实在感情的世界里,我伤害过人,更多时候被人伤害着。也盲目过,也被欺骗,但是更多的时候感受到的是美好和感动。

到现在我依然确信,虽然不知道未来会怎么样,虽然一个人亦步亦趋地走着,但是我还是相信爱情。

整个乌代布尔都睡着了,窗外远处的霓虹灯已经熄灭,只有近处几盏照明映着湖水一闪一闪的,似乎想照亮夜归人的道路,世界安静得像是没有小朋友的幼儿园,但依然有人隐藏在这世界的深处,放肆地哭,放肆地笑。

也不知道会不会有人像我一样,在异国他乡的夜色里,平静地望着这个奇妙的世界,心里存着一份化不开的深情。

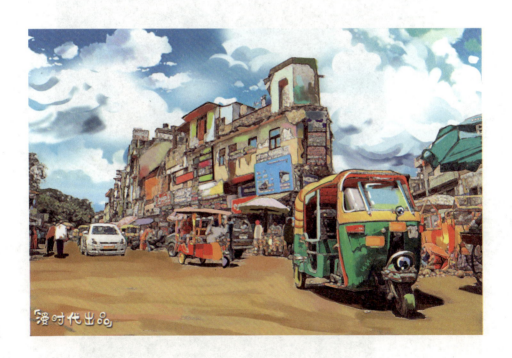

3
Three

到南方去，到南方去

南方，是海浪的故乡
海岸的每一个贝壳里
都住着诗人的忧伤
　　——《南方的忧伤》

在《阿尔的太阳》里，海子写"到南方去，到南方去，你的血液里没有情人和春天"，从此我对于南方充满了无尽的想象。"南方"总是有情人和春天的，"南方"也总是浪漫的，甚至于"南方"这两个字都充满着太阳的灼热。

我热爱那些自由而美好的事物，热爱闷热却鲜活的空气，我没有拒绝南方的理由。与历史厚重的北方相比，南方的印度更加恣肆和热情，一如印度洋蔚蓝却汹涌的海水，灌满礁石的每一个罅隙。印度的南方是蒸腾在咸腥的海水气息里的。

如果把目光放到历史之上，南方带给人的也是另一种感觉。如同中国南方的许多滨海城市因为最先与外国接触而展示出与内地和北方截然不同的气质一样，印度南部也是英国人最早涉足的地域之一——无论是西边的孟买还是东边的金奈，较之于北方印度更为开放和现代，这里留下的英治时代的遗迹也比北方要高得多。若用中国的城市进行类比，德里与加尔各答更像是北京与天津，而孟买与金奈则是广州与上海。显然，不到这里去看看，印度之行很难说得上完整。

孟买

乌鸦夜飞,海水低洄
月亮在城市里破碎
每个人都做着残缺的梦
每支歌都唱着思念的谁
我在马达的轰鸣里
听到了久违的安慰
此刻,我正陪着孟买入睡
　　——《陪着孟买入睡》

被困的德古拉

印度的火车票实在是不好买，所以从乌代布尔到孟买，我选择了飞机。在乌代布尔的最后一天，我联系上了孟买的项目方，告知了我的行程。

乘坐印度捷特从乌代布尔到孟买，早上六点五十的航班，晚点了三个小时，大家好像都不急不慢地等待着，可能是已经习惯了，我也正好利用这个时间处理了一些 email(邮件)。

作为印度南部屈指可数的大城市，孟买北面有高大的喜马拉雅山脉作屏障，阻挡了来自北方的冷空气，所以这里的气温比同纬度地区要高一些。但是因为刚下过雨的原因，空气比较湿润，让人感觉呼吸顺畅。

预约的酒店在海滨大道(marine drive)，从机场到酒店，中间大约有半个多小时的路程，在把行李箱和背包都放好之后，来不及休息，和项目方约好见面的时间，就开始准备资料。

我和客户约在一个咖啡厅见面，走进去的时候他礼貌地起身和我握手，并自我介绍他是甲方的负责人 Mike。Mike 看上去是一个标准的印度人,一丝不苟地穿着西装,表情严肃,讲着一口流利的中文,还带着一点北京腔。

在半个多小时的交流中,我们对项目内容以及工作后续的发展做了一个简单的规划,效率十分高。并且我发现了一个细节,他在开始发言之前和结束发言以后,都会在一个小本子上记录一些东西,虽然不知道是什么,但是让人感觉十分严谨,连带着我也开始紧张。

在沟通完工作的细节以后,我开始找话题和他聊起来,我问他:"Mike,你和中国人合作是什么感觉?"

"哈哈,"他没料到我会这么直接,认真思考了一下回答我,"其实我刚去中国的时候,发现中国人有很多骗子,当然,印度人也有很多骗子,但是中国人的骗子要厉害很多。"

我觉得 Mike 讲得很在理,但是心里还是有种怪怪的感觉,他见我呆住了,于是补充道:"当然,中国人都特别勤劳,也很会学习,很厉害。"

见我笑了,他讲得更起劲,从口袋里掏出手机举给我看:"你看我的手机,华为的,很棒。我的同事们都用华为的。"说完还和我自拍了一张。

一瞬间我突然觉得对面的 Mike 似乎没有那么严肃了,距离一下拉近了很多,于是也跟他分享了我在印度的一些经历和一些我的人生目标,虽然和工作无关,但是他也听得很认真。

当他得知我已经在印度居住了大半个月,并且几乎横穿了整个印度的时候,他很惊讶。我告诉他我的一些故事和想法,最后他用和德古拉一样的词来形容我 'amazing girl'(了不起的女孩)。

分别的时候,Mike 和我约好要一起去埃及看金字塔,这是我们都想去做的一件事情。对我来说,认识 Mike 也是这次印度之行意外的收获。

本来以为这个单子至少还要再接洽几次才能确定下来,没想到 Mike 在第二天就把合同传真到公司,直到此时我才真正松了一口气。

之后我回到酒店,联系了德古拉,他告诉我自己正在来孟买的路上,但因为暴雨被困在了一个小镇,大概是骑着他的小摩托,所以速度比较慢。

在斋普尔分别之后,德古拉先去了焦特普尔,接着是乌代布尔,最后是贾沙梅尔,他一路骑行,我一路闲逛,虽然不是在一起,却有一种距离很近的感觉。

我给德古拉打了个电话,告诉他我在孟买的酒店地址,想问一下他到了哪里。在电话的那一头，接通了电话的德古拉用撒娇式的口气对我说："静逸，我遇上了大麻烦。印度的大雨不想让我跟你见面，我讨厌它。"

我被德古拉逗笑了，笑过以后才问他："你离孟买还有多远？你来了我可以带你去吃一家中餐厅，是一个中国人开的，还算是正宗。"

"我现在在一个小镇上，浑身上下都湿透了，我感觉你再见到我的时候，我可能都已经发芽了。"在情况不是很理想的时候，德古拉特有的英式幽默总是能发挥作用。

"你的小摩托怎么样了？"我觉得这样的天气，比人体更脆弱的应该是机械类的交通工具，于是问德古拉。

"别提了，它罢工了，怎么都动不了。"德古拉的语气透着小孩子式的郁闷，"我准备把它卖掉，然后换乘别的交通工具过来。"

"这样也好。"我从新闻上得知这次暴雨可能会引发洪水，于是对德古拉的决定十分赞同，"你可以先到孟买来，我陪你到孟买再买一辆摩托车。"

"好的，那也只能这样了，孟买见。"我还没反应过来，德古拉已经潇洒地收线了，我一个人去了和德古拉提到的那家中餐厅。

夜晚，金奈的 mombalam 步行街人群熙熙攘攘

孟买宝石和印度老料

我没有想到的是，在贾沙梅尔遇到的黑胡子大叔，在孟买又遇见他了。

出了酒店，徒步走在海滨大道上，却仿佛离开了印度。整洁有致的滨海大道上，是顶级奢侈品品牌专卖店，是装饰考究的殖民建筑。远处是波涛浩瀚的阿拉伯海，是乘驭海风翱翔的飞鸟，是风帆鼓荡即将远航的海船。这让我立刻想到巴塞罗那，想到戛纳，只是把孟买忘得一干二净。

第一次在印度看到大海，海洋的诱惑在于制造出一种连通的意象。正是通过眼前这片海洋，中亚和欧洲连通在一起，古老的印度文明和西方工业文明连通在一起。发现这种连通优势又把它转变成商业价值的，是那个掌控印度大半现代史的东印度公司。

孟买被殖民的历史从500多年前就已经开始。那时孟买只是7座连接紧密的岛屿。已经在果阿安营扎寨的葡萄牙人兵不血刃地占领这里。后来葡萄牙凯瑟琳公主嫁给英国国王查理二世，慷慨的葡萄牙国王把这距离欧洲大陆远得像天方夜谭的7座孤岛（当时苏伊士运河还未开通，从欧洲到这里必须绕行南非好望角）作为嫁妆送给英国。英国政府又把地图上比指尖儿还小的地方作为奖品发给拓疆有功的东印度公司。

随即，东印度公司在孟买进行大规模开发改造。第一座深水良港开工兴建，围海造陆工程也终于把7座岛屿连成一片。再后来，苏伊士运河通航，孟买成为亚洲通往欧洲的必经之路。这战略位置的特殊无法不让它重要。于是，殖民和移民纷至沓来，人才和钱财接踵而至。孟买终于成为印度通往世界的门户。

在这座世纪门户之城里我要找的东西却迟迟不肯现身，每次坐在出租车上，司机除了说自己的服务优质，就是说一些自己以前的客人的淘货经历。在德里是印度神油，而在孟买是老料和宝石。

司机将我带到位于维多利亚火车站北面的一个市场——克劳福德市场（Crawford Market），宏伟的哥特式建筑，并且融合了印度的传统风格，怎么看都不会觉得她是一个集市，我问司机是不是来错了，他笑着指了指入口，便开始打开发动机，我想如果要追上去还是可能的，因为这里人真的很多，出租车的速度压根就提不起来。

People Mountain People Sea（人山人海）——真的是人山人海——这西式风格建筑附近还有很多庙宇，有个庙前面站了无数的女人，身穿色彩非常艳丽的纱丽，雷打不动地虔诚地排着几百米的队。因为男女授受不亲，男女分开排队。我在想那些一对对的，进去之后怎么才能找得到对方呢？因为排队造成的交通堵塞，我和身边的一个印度朋友聊起了天。

印度朋友说，参加庙会的人即使进了庙，也就只能停留几秒钟，或者根本不能停留，里面会有管理员维持行走速度，因为外面等待的人实在是太多啦！！！确实是这样的，抓住空隙，我没来得及和那个印度朋友告别就挤过了"这条人造减速带"。

这里几乎所有的印度穷人，都不信政府，不信自己，只信印度教，或者其他什么宗教。他们都相信自己这辈子过得不富足，是前世注定的，只有这辈子跟着他们心中的神走，听从神的指示，得到了神的宠爱，也许他们下辈子才有不同凡响的人生。不管怎么样，心中有自己坚持的信仰，特别是这个信仰能消除自己心头的痛苦和悲伤，也是个幸运的事吧。

到目前为止，印度是我在旅行中见到穷人最多的一个国家。

正午时分，炎热的印度街头一切都在冒着赤铁般的热度

　　但是这里，却也是我见到街头人们笑容最多的一个国家。

　　也许是印度人眼睛大，眸子黑白分明，而且大都闪烁着无比直接的眼神，所以，他们的笑容，真的特别能嵌入我这样一个普通游客的内心深处。

　　拐过七七八八的人流，终于走进了这个市场。大多数的果菜摊子已经快售罄，一些小商品店还是五花八门地在那儿等待着。金银线刺绣软皮皮包，做工精致，看起来不错；摆在店里的木雕工艺品带有浓厚的民族和宗教色彩，特别是象雕，更让人有虔诚敬仰的心；印度的饮食都会添加浓浓的香料才能展现出其风味，可我好像不太能适应这种味道，所以满大街的香料对我并没有什么吸引力；还有很多产自大吉岭和阿萨姆的红茶也能看到；看到"阿萨姆"的时候，真的没有违和感，但显然这不是同一种。

　　再往里走就是一个通铺，上面全是首饰和装饰品。这就是传说中的宝石？对于宝石我没有鉴别真伪的能力，宝石商铺老板一直在给我热情讲解，并信誓旦旦地保证一定是天然的！一定是真的！听着他侃侃而谈，我想起"买的永远没有卖的精"这句真理，转头就接着去了另一家。没想到看到了一个熟悉的面孔——黑胡子大叔！

　　在贾沙梅尔的沙漠上，我们也算成了朋友。之前听他说起过自己在孟买也做过宝石，没想到居然真的在这里遇到他。

"见到你真开心，你来这里做什么啊？是做宝石生意？不过你不是做宝石加工吗？"我一股脑地问出了我的疑惑。

"你从擎天柱变成好奇宝宝了？"面对他的调侃我竟然无言以对。

"宝石加工生意不好做了，所以我想批发一些宝石去其他地方卖，刚好我有一个认识的朋友有进货渠道，就过来了。"他打量着我问道，"你要买宝石？"

"我来给自己长点知识，也不见得要买，碰上自己喜欢的就收藏起来。"

"这里有红宝石、祖母绿和蓝宝石，红宝石主要有含杂质的透明宝石、不透明的红宝石、星光红宝石等。"胡子大叔指着铺位上的样品告诉我，"友情提醒，这些基本上都是假的，你可以找那种在阳光的照拂下现出五角光的红宝石，那有可能是真的。"

"祖母绿和蓝宝石也是基本没有透明的，都是里面有很多杂质的，有的人喜欢，也有人说是假的，看你自己喜不喜欢。这里还有一些来自尼泊尔的碧玺，一般来说杂质多，不便宜，不过基本是纯手工制作，有兴趣的话我可以带你去看看？"听了一大堆大致有点明白了。我点点头跟着他来到一家手工饰品店。菩提子、手串、衣服上的挂饰，还有他刚刚说的碧玺。有一种很特别的手串，佛珠的颜色很漂亮，我问他那是什么做的。他告诉我，是一些仿制的小叶紫檀木刻的。

我知道小叶紫檀是制作手串最好的料子，也是如今文玩玩家比较追求的一个热门品种，但随着见识的增长，很多玩家都喜欢老料，也就出现了许多新的名词，如拆房老料、马车料等，商家为了迎合市场以及玩家的需求，也会说自己的商品是老料做的，在印度也是这样的吗？

黑胡子大叔告诉我，拆房老料是从房子上拆下来的小叶紫檀木料，年份很高；马车料是从牛车或者说马车上拆下来的印度小叶紫檀木料。拆房老料都是比较大的，不太适合加工佛珠，不然会得不偿失，所以更多的选择是做摆件或者是雕刻把件。

带我走了几家商铺后，黑胡子大叔接到电话，之前约好的那位朋友已经到了，需要他过去。黑胡子大叔给我科普了很多宝石和手工品的知识，这一趟还真是来长知识的。

告别了大叔，我又随处逛了逛，买到几个喜欢的手串，心满意足。

可怜的吸血鬼

晚上的时候暴雨如期而至。密密匝匝的雨点编织成瀑布泼洒下来，雷电化成火龙，在漆黑的海湾上起舞，颇有点国内沿海城市台风过境的感觉。

第二天早餐的时候，从当地报纸上看到昨晚的暴雨中，有三人在海滨大道上被雷击身亡。我拿着报纸向服务生求证，她淡然地回答："这是经常有的事情，每年雨季都会发生。"

我有点担心德古拉，他从昨天到现在都没有回我的微信，我不确定他是否平安。但是想了想他的战斗力，这些小问题应该影响不到他，于是我回到房间等他。

也许因为雨天的原因，等待的过程中却迷迷糊糊睡了过去，直到德古拉特有的敲门节奏把我惊醒。看到狼狈的他我居然有点惊喜。

"怎么比预计时间晚这么多？"我把毛巾递给他，"是发生什么事情了吗？"

德古拉没有回答我，一边擦着头发一边从衣服里掏出一个东西，黑黑的，也看不出是什么，他眼睛闪亮亮地看着我："静逸你看，这是我救下的小朋友送给我的。"

如果是救下了人的话，我猜想他可能遇到了十分危险的事情，但是我也不知道怎么开口问，于是静静等他说。

果然他给我展示了一番他的"战利品"以后，给我描述了他遇到的情况。因为道路上有积水，德古拉在去车站的路上看到了一个车侧翻在路边，车里有人的声音；于是他不顾司机反对下车去看，就救上来一个女人和两个孩子，但是也导致整车人都误了火车。

"有人受伤吗？"他描述得很平静，我却听得心惊肉跳，忍不住插话。

他见状安抚我："没有没有，只是侧翻，人都很平安，小孩被救出来以后都没哭，只是把手上的十字架递给我，还问我：你是上帝吗？哈哈哈。静逸，你说我哪点像上帝了？"

我看他兴高采烈的样子有点无奈，但是转念一想，也只有这样无所畏惧的德古拉，才能把生活演绎成这个样子，于是对他说："不知道像不像上帝，但是你这样两三天不睡觉，可能真的要去见上帝了。"

德古拉一开始没听明白，还在镜子前快乐地凹造型，想明白以后悻悻然对我说："原来你是关心我，但是你都不能夸我一下吗？"

我把他房卡递给一脸不满的德古拉，然后把他推出房间："你真是我见过最善良的男孩，晚安。"

"黑社会"智取宝莱坞

印度很少有东西能称得上世界一流,如果有的话,那一定是印度人开挂的能力。在国内的时候,经常会在朋友圈或者微博里看到印度人"开挂"的动态图,一个摩托车上面挂了十二个人,几乎是人类极限了吧,可是他们总能把这招玩的轻松随意。

作为一个不怎么玩游戏的人,我对于"开挂"的认知,就是从印度电影开始的。而从电影的数量上来说,宝莱坞一年的电影产量是 1000 多部,这个数字比中国和美国每年的电影产量加起来还要多,让人觉得很不可思议。

宝莱坞的正式名称是电影工业基地,之所以被称为宝莱坞是为了模仿好莱坞而把"Hollywood(好莱坞)"的首字母替换成了孟买(Bombay)的首字母"B",宝莱坞的名称也就一炮而红。这也意味着这个开挂民族硬生生在国际电影市场杀出了一条血路。

孟买则是印度的电影文化中心,这一点从遍布于大街小巷的电影院就可以很容易看出来。之前在斋普尔的 Raj Mandir（印度最好的电影院名称）电影院我已经领略过了宝莱坞电影的"魔性"。

我之前以为买票就可以进入宝莱坞，就像好莱坞一样。后来才发现是我太天真了，规定上说明宝莱坞非工作人员不能进入。

我有点沮丧，但还是不想放弃，于是联络上丁果让她帮忙想办法，然后又给几个印度朋友发了消息，希望能够借到工作人员的工作证。

"你去宝莱坞干吗？你还想扮演印度公主吗？"丁果还没把我的话听完，就忍不住笑出声音。

我不知道怎么回答，本来想骂丁果几句，但是想到当时的情况，也忍不住笑了出来："哎你有办法就说，没办法我挂电话了，哪那么多废话？"

丁果说的印度公主事件发生在我们青春无敌的高中时期，年底学校的戏剧社团组织了一场戏剧演出，丁果喜欢上了我们高大帅气的戏剧社长，导致那段时间酷爱出风头，拉着我干了不少现在想起来都想把头蒙住的事情。

因为丁果小时候在国外待过一段时间，所以英语优势碾压我们。从这个优势出发，她花了半个月时间跑关系，然后在写好的剧本里硬插了一个印度公主的角色，全程英语，扮相美丽。

只是临近演出的时候就 bug（漏洞）了，也许是排练用力过猛，反正最后丁果因为声带的问题住院了，然后这个坑爹的印度公主就落到了我的头上。

临近演出，大段的英语台词让我想掐死丁果。不提过程的话，丁果还是很讲义气的，因为我盯着她趴在病床上可怜兮兮改了三天剧本，终于又把所有的英语改成了中文。社长无奈，让我只要能记住大概意思，然后在台上的时候用外国口音说出来就行了。

"印度人说话什么口音啊？"我问被丁果坑惨了的帅哥社长。

"印度离哪儿近你还不知道吗？不知道就百度。"他似乎一提到这个事情就很焦躁，看上去也不愿意和我多说话，于是我只能待在丁果的病房里一边削苹果一边揣测。

在我有限的知识储备里，似乎印度的北边和巴基斯坦都有信仰伊斯兰教的人，而我身边的信伊斯兰教的只有小区里卖拉面和烤串的新疆大叔。

我尝试用不同的状态排练了好几遍，然后问丁果，你觉得哪种状态更合适？丁果把耳机摘下来，慢条斯理地说道："嗯，都挺好的，再活泼一点就更好了。"

很快，轮到我出场了，丁果带病观看，混在观众席里一脸无害。

在学校的礼堂里，所有的人都听到了一位操着新疆口音的印度公主的演出，那台下的笑声简直不忍回忆。至于丁果，她在我下场以后认真地给我写了一封道歉信，诚恳到我完全没脾气。

只是散场后社长彻底崩溃了，他有气无力地安慰我："隔着大半个舞台，我都能从你的口音里闻到孜然味，但是没关系，如果我们把它当成喜剧看，大概还是成功的吧。"

想到这件事情，我觉得我最近大概是吃了太多咖喱，智商有点降低，才会对丁果给我出的主意感兴趣。其实这个事情本身也不是很难，我决定先去吃饭再想办法。

"静逸，你今天不是有事情吗？怎么还在酒店？"在取餐的时候听到德古拉叫我的声音，我转过头去，看到他一身运动套装大步迈进酒店，大颗的汗珠顺着脸颊流到脖子上，似乎是刚运动完。他站定以后语气十分温柔："如果你想出去玩，可以等我洗个澡。"

"我在想办法进宝莱坞。"我对德古拉说，有种他能有办法的预感。

"宝莱坞？丁果刚跟我说完。"德古拉笑道，"为什么要去宝莱坞？想去扮演印度公主吗？"

果然丁果在给我拉外援的同时，连黑历史都打包奉送了，我猜想德古拉应该是接到丁果的紧急求助电话赶回来的。

德古拉笑过以后认真起来："静逸，如果你真的很想去，我会帮你安排的，但是结果如何要你自己去谈。"这一瞬间我觉得德古拉不断散发出智慧的光芒，帅气程度直线上升。

"怎么安排？"我振奋起来，也感觉不到饿了，这真是解决了我的一个大难题。

"秘密！"德古拉做了个帅气的手势，头也没回地朝楼上走去，"中午十二点到二楼咖啡厅来。"

我心不在焉地看了一部印度电影，终于等到十二点，选了一个靠窗的座位等待着他。可是将近等到快一点，德古拉才带着一位印度人姗姗来迟。

我打量着德古拉带回来的印度人。他的个子不高，皮肤是特有的红黑色，衣服质感不错，虽然很简单，搭配起来也有时尚的感觉。他左耳戴着耳钉，手腕上文着一只跃出水面的海豚，神情十分高冷。我感觉整个餐厅都因为他的到来变得温度下降。

冰块哥跟着德古拉坐下来,德古拉介绍说他叫达拉齐,是宝莱坞的一名副导演,现在正在宝莱坞拍摄一部间谍题材的电影。

"你好,我是 Joy,很高兴认识你。"我热情地站起来伸出手,对德古拉的效率感到十分惊奇。

冰块哥懒懒起身,迅速地和我握了一下手,力度不轻却不会让人感觉到不礼貌。

德古拉点完单以后,告诉达拉齐他觉得我是十分适合这个角色的演员,而他是我的经纪人,希望这次能够有一个良好的合作开端。

听到这我才明白,德古拉为了让我进宝莱坞,直接把我说成了专业演员,并且附加了一系列善意的谎言。我有点慌,又有点感动。

其实这个时候我并没有任何演艺经历,也从来没有想过自己之后可能真的会走上演员和制作人的道路,回过头来看,这似乎是我电影事业的一个起点,虽然当时的我并没有意识到。

"哦,我记住了,看起来你非常喜欢 Joy 小姐的表演。"达拉齐对德古拉笑了笑。我心里默想:冰山总算融化了,可他看着我说出的下一句话又让我觉得阵阵寒意:"那么,我想看看你之前的作品,可以吗?"

我呆住了,完全不知道要做何反应,只能保持得体的微笑,在桌子下踹了踹德古拉,心想:你倒是接着编下去啊。

"当然,Joy 是非常专业的演员。"德古拉淡定地找出了一个片段给到达拉齐,我偷瞄了一眼,是一个中国女演员的一个演戏片段,达拉齐看得连连点头。

看完以后,他就直接进入工作状态,但是态度明显软化很多,偶尔嘴角还能看到丝丝笑意,他从包里拿出一份剧本,给我讲解起来:"你在里面扮演的是一位香港的黑帮首领,你刚刚继承你父亲的事业,同时你手里有一份绝密的资料。"

然后他又转向德古拉:"这次你客串的是一位跨国公司在香港的职员,你的另一个身份是 Joy 的情人。这一场的剧情是我们的主角突袭了你们黑帮的总部,德古拉,你发现有人闯进来你抱着资料准备跳窗,被我们的主角一枪打倒。这时候 Joy 从旁边冲出来,打落了主角的枪,与主角搏斗。主角打败了 Joy,你奄奄一息,与德古拉做生死诀别。"

我和德古拉连连点头,听他接着说道:"这个场次你们只有几个镜头,难度不

《股权风云》剧照

是非常大,再加上 Joy 你是专业的,所以我相信你们可以的。只是我们的结尾有一个特色舞蹈,你们需要练习一下。"

我和德古拉接着点头,开始的时候我感觉有点紧张,但是计谋得逞的快乐让我几乎忘记了我不会演戏的事实,只是牢牢记住了剧情,直到达拉齐离开,我还好像是做梦一样。

德古拉见我一脸呆滞,拍了拍我的肩膀:"怎么?高兴坏了吗?"

"德古拉,你真是太棒了,你是怎么做到的?"我觉得德古拉今天给我带来的惊喜真是太大了,我从来没想过我可以以一个演员的身份接触宝莱坞。

"哈哈,达拉齐是我的朋友,我可是帮他免费客串过好几个角色。"德古拉一脸得意,"至于表演视频,在印度人看来,中国的女演员只要是一个类型,长相都是一样的,并没有什么区别。"

原来是这样,倒是出乎我的意料,为了庆祝计划成功,我和德古拉又吃了一个蛋糕,这才怀着对进入宝莱坞的期待满足地回到了酒店。

当天晚上,我跟德古拉在酒店的房间里紧张地折腾着。德古拉的角色本色出演就可以了,出场之后直接挂掉,难度并不是很大。

但是我除了跟主角搏斗,还要趴在德古拉身上跟他诀别,最后还要站起来跳舞,这对我来说真的是个十分大的挑战,可是德古拉却表现得十分放松,他坚信我是可以的,这让我变得也有信心起来。

我忽然想起了《喜剧之王》里的周星驰,他在某次被打死之后站了起来,原因是:"我想呢,我扮演的这个人物性格是比较活泼的,所以他不会安安静静地去死。"其实这也侧面表现了一个小演员的悲哀,有时候等待了几十个小时,可能只是为了那一秒钟的镜头。

这让我暗下决心,哪怕只有一场戏,我也一定要全力以赴。我琢磨着这个角色的心理状态,一边自言自语,一边走来走去。而德古拉从邮箱里下载了副导演发来的舞蹈视频,像个孩子一样在那里欢乐地跳着,边跳边跟我说:"happy,happy,so happy.(很开心,非常开心)"原来男人变傻,只需要一段印度舞蹈。

第二天我跟德古拉早早地吃过了午饭,打车来到了宝莱坞。

德古拉提前给副导演打了电话,在我们到达宝莱坞的时候,已经有剧组的工作人员在那里接我们,他叫波罕,是达拉齐的助理。

波罕给我们带上剧组的临时工作证,然后,我们坐上熟悉的"突突"车,直奔剧组的拍摄地。波罕告诉我说,这辆"突突"车是剧组租的,主要用来接送普通演员或者道具,宝莱坞的主要街道大都是电影的外景地,为了不干扰其他剧组的拍摄,所以他们一般都会走大楼后面的小路。

在聊天的时候得知,波罕大学学习的专业并不是电影,他是孟买大学的高材生,因为热爱来到了宝莱坞,虽然是助理,但是工资也还是比较客观的,看得出来他对这份工作十分满意。

"我觉得我会成为一个演员,虽然我并不是那么帅,"他满怀执念盯着德古拉,"我真的很羡慕你们,可以站在镜头前面,那样的感觉一定很神奇。"

德古拉有点脸红,罕见地没有自夸,而是转移了话题。事后他告诉我,波罕对自己的长相十分有执念,他梦想当一个演员,但是大多数时候只能帮一些有名的演员站位,试光,这让他觉得有些不平衡。

宝莱坞给我的印象十分好,在这座占地500多英亩的电影城中,鳞次栉比地排列着各式各样的仿古建筑与现代建筑,从寺庙、商场、别墅到各类民居,不一而足。波罕跟我介绍说,宝莱坞的自然景色是非常多样的,从森林、湖泊到河流、山丘,虽然有一些是人工制造,但是细节上也都十分注意。

在路上,随处可见的是临时搭建起来的摄影棚和四处奔忙的剧组人员,在这其中更多的是群众演员。但出乎我意料的是，宝莱坞内的群众演员也几乎都是衣着鲜亮、干净，即使是那些从衣着上能看出是普通人或者下等人的，也不过是衣服旧一些而已，这跟我在国内的很多影视城看到的破衣烂衫的群众演员形成了对比。

我十分好奇，观察了一会以后就请教波罕，他对我倒是十分友善，耐心回答道："我们不喜欢在银幕上看到贫穷的生活，人们更喜欢的是热闹的歌舞和各种奇怪的故事，而衣服，谁不愿意穿得漂亮一些呢？"

"真是一群生活在梦里的人啊。"我有点感慨，也许不仅是印度人，人总是本能地喜欢看到更理想化的东西，电影就是这样神奇的艺术，能让人在逆境中依然心怀梦想。

"静逸，我们也是活在梦里的人啊。"德古拉指了指我身上的衣服，"你来印度之前应该不会想到，你在这里会变成一个黑社会的首领吧？"

"德古拉，你们今天拍的内容是今天的最后一场戏。如果杀青得早，我可以带你们游览一下这个基地。"波罕贴心地提议道，我赶紧点头，觉得波罕对德古拉似乎格外热情。

绕得我都快晕了的时候我们终于到了拍摄场地，场地边道具堆得乱七八糟，德古拉去和工作人员接洽，我则拿出剧本开始翻看昨晚做的笔记，害怕关键时候忘词。

直到波罕催促我去换衣服化妆，德古拉才回来，告诉我今天的拍摄进度还不错，可能很快就能够轮到我们了。

从镜子里看到扮演黑社会老大的我，上身穿的是左侧绣着龙、右侧绣着虎的红衬衫，下身穿的是上世纪 90 年代香港流行的橄榄绿女士西裤。一共十个手指，化妆师试图给我戴上十二个戒指，其中一个她极力推荐的是一块硕大闪亮的"蓝宝石"，即使我再三抗议，也还是套上了八个。而脖子上给我挂的两三根估计是从加尔各答的农贸市场批发来的项链，再配上带亮片的靴子，个性十足。

至于德古拉，只是把上衣换成了一件黑色的 T 恤，上面印着甲壳虫乐队，然后又罩上了一个西装。但是即使这样奇怪的搭配，也被德古拉穿出了几分绅士的感觉。再看看自己身上浓郁的土豪气质，想到他还要舍身相救，突然有点不太明白编剧的脑回路了。

德古拉整理好一读，回头看到我的时候，完全没有我这样的淡定，他的动作就像是在一只猫的身边放了爆竹一样，"嗖"地跳了起来，然后连连后退，险些撞到波罕的怀里。可是他还算理智，因为在片场，不敢发出巨大的声音，只是把嘴捂住，脸憋得通红。

我没有理他，摆了一个妖娆的手势，就转身去找达拉齐了，达拉齐把我介绍给导演，出乎意料的是导演对这个扮相十分满意，还想给我加戏，但是被及时出现的德古拉婉拒了。

我有点不满，白了他一眼，德古拉委屈地拉住我低声跟我说："我们好好把这场演完已经很棒了，他要是给你加很多戏，我们肯定露馅了。"其实加很多戏肯定是不可能的，但是他说的也有道理，导演开始工作了，我和德古拉坐到一边候场。

波罕给德古拉绑上血袋，德古拉一脸嫌弃，但是波罕的脸却有点小红。我拍了德古拉好几张照片，直到场务过来严肃地制止我。原来这个剧组里面不允许拍照。

这时候电影在拍的场景是一个西装革履的人被一群小混混似的人围在中间，悠闲地喝着咖啡。波罕指着那个穿西装的人说："那个人就是片子的主角，再过两段戏，就到你上场了。"

波罕正说着，那群小混混便开始向主角冲过去。主角站在中间，用一个很酷的姿势叼着烟，完全无视周围的热闹场景。可是当小混混们跑到离主角还有两米左右的时候，速度开始有意放慢，就像加了升格的效果。

这时候主角拿下叼着的烟，向其中一个小混混扔过去，这个被烟头砸中的人像是被一记重拳打中，瞬间飞了出去。然后主角顺手拿起咖啡杯，整个人跳起来后狠狠地向地上一砸，碎片四溅，其他的小混混也应声倒地。

我好奇地问波罕："波罕，为什么主角扔一个咖啡杯，其他人就全都倒下了？"

"很简单啊。这个咖啡杯落到地上之后，碎片飞溅到了周围人的身上啊。这些人被杯子碎片击中了，所以才会倒地。我们到时候还会在后期处理的时候加上特技，让瓷片飞得更好看，就像是烟花一样。"说这话的时候，波罕很鄙夷地看着我，似乎我这个问题很侮辱他的智商。

我终于实地领略了印度的开挂电影是怎么拍出来的，从头到尾嘴都没能合上，德古拉却表现得很淡定，他在一旁穿着戏服玩起了自拍。

这一段戏拍完，导演表示非常满意，示意可以进行下一场戏的拍摄，我和德古拉则被带到了我们的那一场戏的拍摄地点，副导演开始给我们走戏。

戏走得差不多，换好衣服的男主也来了。波罕给我们相互介绍了一下，那位主角的名字很长，我没记住。也不知道是剧情需要还是入戏太深，男主戴着墨镜，从头到尾都显得非常傲娇，当波罕讲戏的时候，他只是微微抬了一下头，就接着玩手机了，似乎没有要搭腔的意思，他的台词波罕都帮他念掉了。

　　很快专场完成，灯光场景都搭建好了。而这一场主要是当德古拉被主角的枪击倒之后，我就冲上去跟主角搏斗，其实基本没有台词，几个动作的时间节奏把握好，就不会有问题。

　　我们试了一条以后，就开始实拍，这肯定是个大组，简直是令人惊叹的效率。一秒钟都没有耽搁，随着场记开始打板，所有人迅速进入状态。

　　很快演到我被主角击倒，倒在地上跟德古拉做深情的诀别。德古拉十分有演戏天赋，节奏主要靠他带，我们几乎是一条过。正当松了一口气的时候，我看到导演站了起来，看着我跟德古拉皱了一下眉头，然后又坐下，跟身边的副导演嘀嘀咕咕。

　　"导演，我们要再来一遍吗？"男主角不耐烦地问道，他的助理赶紧跑来把凳子放在他身后，又递上打开的矿泉水。

　　"不不不，表演没问题，导演想稍微调整一下情节。"达拉齐停顿了一下，又跟导演交流了一会以后来到我们旁边讲戏，"现在，德古拉逃跑的时候被主角一枪打死，当你被主角击倒之后，你看到德古拉死了，你要去吻一下他，然后德古拉就复活了，你们开始跳舞。这时候周围的人会围上来，你们一起跳舞。"

　　"什么？亲一下？复活？excuse me？（什么鬼？）"德古拉十分吃惊，他看着我，我也呆住了。

　　"你们有什么顾虑吗？接吻也不需要真的接吻。"达拉齐似乎看出了我们的顾虑，用手比画着，给我们演示着"借位"的技巧，"就这样，非常简单。"

　　我虽然觉得很不可思议，但是也实在没有当着一个剧组的人质疑导演的勇气，想了想也许每个国家的思维模式不同，就开始认真地想细节了。

　　男主倒是习以为常，没有任何惊讶的表现，他点点头，然后达拉齐跳起来使劲拍了拍手，宣布："很好，那么，我们再试拍一下，然后开始正式的拍摄。"

　　按照导演的要求，德古拉被一枪打死，躺在地上。我在被主角击倒之后，伏在德古拉身上，对着他的"尸体"诀别，继而轻轻地扭过他的头，用手挡住他的嘴，摆出接吻的样子。德古拉似乎也被这情节逗乐了，脸上的肌肉有些抽搐，看起来

宝莱坞影视片场

《股权风云》工作照

有些想笑。我急忙紧紧地按住德古拉的嘴，又开始用力摇晃他，以免他笑出声来。

导演摇了摇头，看上去十分着急，推开达拉齐走到我旁边给我示范，一边示范给我看一边说："要伤心一些，他死了，你要很伤心，这并不好笑。"

我有点尴尬，但是又因为没做好而觉得有一点内疚，德古拉可能也是一样的想法,表情也变得严肃起来。导演没有给我们再试一次的机会,而是直接要求进入实拍。

我酝酿了一下悲伤的情绪,想到和德古拉经历的种种,而他如果真的不在了,我又会怎样做?想到这里,眼泪哗哗掉了下来,一边摇着德古拉,一边趴到他身上,直到德古拉跳起来拉着我开始起舞,我都沉浸在这种悲伤的情绪里。

导演却十分满意这场戏,虽然我忘记了那个世纪之吻,但是他高度赞扬了这种悲剧和喜剧的融合制造出来的反差。德古拉很开心,不停地跟我说:"我们是最棒的,Joy,我们是最棒的。"

在道具部门那里交还了衣服,整个剧组也算是收工了,只有道具和司机还在十分忙碌,其他人都放松下来。我们邀请波罕和达拉齐吃饭,他们礼貌地拒绝了,说剧组收工之后他们还要开会,并安排送我和德古拉出去。

随着夕阳渐渐落入远方的大海,宝莱坞的灯光也渐次亮起,映照着每一个人的梦想。当所有的灯都熄灭的时候,这些商场、宫殿、寺庙都会在刹那间变为空寂,等待着迎接下一个开始。

我们很快来到宝莱坞的边缘,再向前走几百米,就可以看到孟买的无数高楼。我跟德古拉来到了一栋白色的大楼前面,这栋大楼是隔开宝莱坞与外面世界的边界。

我们在这里下车,发现十几米外的一片空地上,围着一群小孩子,十分热闹,于是走过去想看看是什么情况。走近才发现气味十分难闻,原来是一大堆垃圾,一群穿着破破烂烂的小孩在里面发掘属于他们的宝藏。

我有点难过,问德古拉:"你做社会调查这么久,为什么这么光鲜的地方,也有这样的一面?"

德古拉用奇怪的眼神看了看我:"这些小孩很开心的,我们小时候不是也玩大人觉得很脏的东西吗?难道你会觉得他们可怜吗?"

我想了想,好像确实是自己偏激了。我看到小朋友们拿着垃圾堆里翻出来的道具玩起了过家家,丝毫也没有注意到我和德古拉无意中闯入了他们的世界。

其实就像你们的梦想一样,他们的梦想也很不一样,这并没有什么值得同情的。

静语:再次遇见宝莱坞真是一个很奇迹的事情,是德古拉和我共同创造的奇迹。这对我来说是非常非常有意义的一天，德古拉的勇气和方法，我的认真和相信，让这一天从开始到结束都十分完美。

宝莱坞电影对于生活在贫民窟里的人来说是一个梦，做着梦是想着终有一天站在那里的会是"我"，因为这个梦想，却往往会成就更多人。

我非常能体会这样的感觉，一份勇气，可以影响到很多的人，在心无旁骛行走的路上，由单薄的脚步，形成整齐划一的矩阵，总有一天我们不再是一个人，并且能够听到整齐划一的声音。

有人说人生下来就是一个梦的开始，死去是梦的终结。而世界也许就是一个广角的梦境，我们是这个梦中的人物，生老病死，悲欢离合，都是被赠予的礼物。

诸葛亮在高卧隆中之时，吟道："大梦谁先觉，平生我自知。草堂春睡足，窗外日迟迟。"看透和看破，也是一念之间，等到那时，也许大家都有了共鸣。可是体验，却是真正的独一无二的东西。

再入贫民窟

德古拉对于贫民窟的兴趣大约等同于女人对包包的热爱。如果未来德古拉愿意去读研究生的话,绝对是个学霸级人物,他勇于发现愿意钻研并且乐在其中。但是也许他更适合当一位作家,因为他的故事足够精彩。

回忆起在印度和他一起经历的种种,只想感叹,这很"德古拉"。以我一个人的折腾劲头,绝对难以发现这么多有趣的人和事,更不会有勇气在宝莱坞理直气壮地留下自己的"黑历史"。

可是再过两天,德古拉就要离开印度了,也许是脖子上挂的相机太重了,我的心也沉甸甸的。也许今天的贫民窟之行,是我陪德古拉做的最后一次社会调查。

这个贫民窟是孟买最大的贫民窟,叫作达哈维贫民窟。根据官方公布的数据,在这块面积只有 1.75 平方公里的土地上,居住着多达百万的印度贫民。这是什么概念呢? 基本上 1 个人只有 1.75 平方米的居住面积,相当于一间 70 平米两居室里面住 40 个人。

达哈维贫民窟是世界上最知名的贫民窟之一，面积也是最大的。也许爱好电影的人对这里都不会陌生，因为《贫民窟里的百万富翁》里的贫民窟就是这里。屏幕上表现的贫民窟的生活已经让人感到心酸，可在这实地考察之后才发现，电影中的生活已经算是中上水平了。

达哈维贫民窟的面积太大，大到如果没有人带路，你肯定会迷失在这座由几十万间房子组成的巨大迷宫里。好在，这次我们有波罕带路。

我跟德古拉按照约定的时间来到了贫民窟的外面，波罕已经在那里等我们了。站在贫民窟的外围，这个有着小胡子的替身演员笑着打趣我们："从这里往里面看一看，你们还打算进去吗？"

德古拉冲我挤挤眼，笑骂道："波罕，你别看着美女就来劲。赶快带路！"波罕横了一眼德古拉，翘起了小指头走在前面。

从外面看起来，达哈维贫民窟也并不是十分残破，贫民窟外面，不时有外国人在印度人的带领下走进贫民窟。我好奇，于是问波罕："这些人到贫民窟里去做什么？"

波罕摸了摸小胡子，意味深长地问道："《贫民窟里的百万富翁》这部电影你看过吗？"

"当然看过。"我和德古拉异口同声。

"那就对了。现在的达哈维，已经成为旅游景点了。有几家慈善组织都在做这样的游览项目，你们交的门票就正好捐给救助基金啦。每个人的收费是 10 美元，其中有 8 美元专款专用，剩下的 2 美元作为服务费。"波罕的语气透着得意。

贫民窟里的街道比较狭窄，但大多数道路上都铺着水泥地砖，道路也并没有想象的那么难走。

这里给人的感觉像很多中国城市中的城中村一样，入口进去有几条大路；路的两侧分布着各种各样的小店，卖蔬菜、水果以及生活用品；人群三三两两聚在一起交谈。

街边商店的后方，是各式各样的小作坊，有制作陶瓷的，有制作皮革的，还有加工各种金属零件的。有一些加工作坊规模比较小，基本是纯手工操作的；规模稍大一些的，走近就可以听到机器的轰鸣声。整体而言，这些作坊规模都不大，很多都是半露天的，只遮了一块篷布，以至于仅从两边飘出的气味，就可以判定这个作坊生产的是什么。

波罕边走便告诉我们，随着近年来的发展，这里的人，无论男女老幼，每一个都能找到工作。曾经饿死病死人的场景，已经很少出现了。

"那这里会出现百万富翁吗？"我忍不住问道。

"哈哈，当然有，而且远远不止一个。"波罕指着远处的一片规模稍大的厂房，"你看到那个蓝色的房子了吗？那是一个制作皮包的工坊。那里的老板就住在我家对面，每年光出口的业绩都有几百万美元。不过，他还是愿意住在这里。"

"为什么？"我很疑惑为什么他有钱了还要住在贫民窟里。

"因为这里有他的工厂，人力成本十分低。他现在虽然是有产阶级，但是住在这里也并不意味着生活条件差。他住的地方是贫民区里很好的位置。"波罕说完在一个亭子前停下来，买了两瓶汽水递给我和德古拉，"尝尝印度特色。"

德古拉拿过我手中的汽水打开再递给我，我尝了一口，忍不住喷了出来，一股浓浓的咖喱味。波罕看着我的反应在一旁笑得乱颤，他说："这在别的地方可喝不到。"

德古拉也十分好奇地喝了一口，吞下去的时候表情有点奇怪，但是总体还算正常。我拿着这个神奇的咖喱味汽水，喝也不是不喝也不是，只能埋头向前走，身后传来德古拉和波罕可恶的笑声。

往里走就是一排低矮破旧、临时搭建起来的简易房屋了。孟买气温并不低，这样的建筑应该勉强可以居住，但是已经很有贫民窟的样子了，因为风一吹房屋就摇摇欲坠。

由于达哈维人口居住的密度太高，这里的垃圾处理很成问题，很多垃圾都堆在房子的边上，某些地方甚至堆起了比"房子"还要高的垃圾山，远远地就能闻到腐臭的气味。这让我有点受不了，心情沉重起来，这样的垃圾堆完全就是传染病

在贫穷面前，人和动物出奇的和谐

滋生的温床。

正在我沉浸在垃圾山带来的震撼里的时候,远处开来了一辆小型的带货箱的卡车,拖着滚滚浓烟,车上响着尖锐的警报声。

我以为这辆车着火了,拉着德古拉和波罕就朝街道一侧跑,车开过的时候,风里都是一股刺鼻的消毒水味,我惊魂未定。

"别怕,这可不是你们中国的消防车。"见多识广的波罕解释道,因为达哈维的垃圾堆很多,政府担心传染病的爆发,每天都会定期派车来进行消毒。

"这管用吗?"我疑惑这种粗暴的消毒方式是否能起作用。

德古拉忍不住插嘴:"有句话说得好,有总比没有好。"

我和波罕被逗笑了,德古拉认真严肃的样子,在垃圾堆前被我连拍了好多张,他的神情让我联想到贫民窟里的贵族。

"达哈维的人口密度太大,政府规整工程量太大,索性也就不管了。"波罕继续尽职尽责地讲解:"这里平均1000多个人才能有一个厕所,但即便如此,这里也有着1000多个厕所,而印度的厕所你们也见过不少了,所以……"

所以达哈维的气味并不好闻,我用了好长时间适应这里的空气,在靠近厕所的时候还是偶尔觉得窒息。波罕告诉我们,这里基本是15家共用一个水管,每天的供水也只有半个小时,这两年供水的时间才开始延长到三个小时。

这样的供水量远远不够居民们的日用,尤其是洗衣服。因而在达哈维洗衣服形成了规模颇大的特色场景,很多地方都能看到数米见方的大洗衣池,洗衣服的人站在水池中可以同时洗数百件衣服。

我前段时间看了韩国的一档节目《无限挑战》。其中有一期节目就是把嘉宾"流放"到了印度的贫民窟洗三天衣服,那位嘉宾当天就崩溃了,闹着要回到文明社会。

虽然现在哈维达的大多数家庭都能用上电,但电视却并非家家都有,一台电视摆在路边,几十个人凑在一起看的情况也随处可见,显得颇为热闹,倒是极具分享精神。

可能是这两年进入达哈维的人越来越多了,也可能是达哈维人忙于自己的生活而无暇在乎别人怎么看他们,总之贫民窟里的居民们对于外人的到来并不觉得奇怪,反而十分热情。

波罕告诉我们,虽然看起来达哈维会比外面孟买市区的建筑差很多,但如果从生活水平来看,孟买贫民窟的生活要比许多印度农村好得多,否则这些人也不会放弃农村的生活来到孟买。至少这里可以喝到自来水,可以轻松地买到一些物资,而且也有获得收入的机会。

对于贫民窟的未来,波罕十分有信心。令我和德古拉十分意外的是,他就是在贫民窟长大的,在这二十多年里,达哈维的房子变得越来越高,里面人的生活也逐渐好起来,大多数人都想把生活过好,他们愿意吃苦和挣钱,也互相帮助。

对于波罕所说的话,我和德古拉都深信不疑。在走出达哈维的路上,路边有十几个小孩围在一起看电影。我凑上去,正是那部著名的《贫民窟里的百万富翁》,这些小朋友围靠在一起,或坐或站,但是无一例外都是眼神发光,神情兴奋。

波罕说:"这部电影在达哈维还是存在争议的,很多人十分喜欢,觉得感同身受。但是,这部电影上映的时候,也有很多达哈维人到新德里和孟买市政府抗议,说要禁播这部电影,因为他们觉得这部电影故意抹黑贫民窟。"

"那么,波罕,在你看来,这部电影是真实的吗?"德古拉问道。

"你在这里待了一天,你认为它是真的吗?"波罕反问道。

每个人眼中的世界都不一样,一万个人眼里有一万个达哈维,而一部电影,能够找到大部分人的共性,就已经很成功了。只要有力量,就是真实的。

我想到了中国的"棚户区",与市区也往往是一街之隔,在城市生活的大多数人都不会关心里面的人怎样生活的。可那些低矮的棚子下,总会有人走出来,在更大的舞台上发着光。

之前去上海参加过一个经济法教授的讲座,他将上海和孟买做了比较。

上海的棚户区和孟买的贫民窟一样,是外来移民和难民的聚集地。据统计,1949年年底,上海聚居在200户以上的棚户区总计有300多处,估计居民总共有20万户以上、人口100多万,占到上海当时全部400万人口的近1/3。

新中国成立前的国民党政府曾经尝试取缔棚户区,认为有碍观瞻,结果遭到了棚户区民众的强烈抵制,未能成功。之后从二十世纪二十年代开始,推出了贫民住宅安置工程,但是根本跟不上外来人口流入对住房的需求。

棚户区的改造,是在1949年之后才成功进行的,关键是户籍制度限制人口的流动,以及城市土地收归国有,这样政府才能够对现存的棚户区进行改造,而且这也是显示社会主义制度优越性的关键。而从棚户区搬入工人新村的人们,抵制欲望也并没有多强烈了,还衍生出了另一个中国特色——"拆迁户"。

印度街头一角

可孟买当局要处理贫民窟,面临的情况更加复杂。印度法律规定公民是可以自由迁移的,没有户籍限制。而且在一个地方居住超过一定期限(一般为20年),就可以拥有土地。商业机构如果要收购土地,常常需要面对冗长的司法程序。

获得奥斯卡大奖的《贫民窟里的百万富翁》在塔拉维拍摄的时候,拍摄场地出现了一道十二米的高墙,导演说,知道如果要打官司,至少六七年的时间,所以干脆把这堵墙当成了影片里面的背景。就算是政府为了公共建设征地,也频遭激烈反抗,导致流血事件。

到最后,那位教授让大家思考一个问题:到底是需要上海的速度和效率,还是要孟买的民主和自由?如果作为外资到上海投资,找市长应该是没问题的;可到孟买投资,认识市长也没用,因为群众的思想是很难统一的。

当时台下的争论很多,有的人认为,为了取得经济的发展,牺牲一些群体的个人自由和权益是必需的,而在经济发展到一定程度的时候,可以对这些人进行补偿,孟买的发展速度,远远落后于上海就是一个最好的例子。

反对派认为,如果不能够保护每一个公民的权益和自由,这样的发展就是不可持续的。

孟买的贫民窟,依靠手工、垃圾回收等产业,产生六亿多美元的效益。而贫民窟也为附近的金融服务中心提供了最底层的服务人力、茶水、清洁等等。

其实中国城市里面的那些外来务工者,提供的仅是城市运作不可缺少,但是城里人又不愿意做的工作。只是他们要面对的问题是房价高昂。生存成本使他们无法通过自己的劳动付出,最终成为这个城市的一分子。这点,让人想起了当年南非政府有秩序城市发展的政策,当城市需要黑人劳工的时候,他们进入城市;不需要的时候,他们必须回到自己的部落。从这点来说,印度贫民窟里面的人们要幸运得多。

每一年,每座城市都有无数的高楼大厦崛起,也会有大片的棚户区倒下,而在这种变迁中,原来的居民变成了什么样子,似乎就不是大多数人关心的了。当然,对于当前的中国来说,无论是否有一个满意的数字,拆迁总还是会有补偿,也富了一批人。而在达哈维,这样的补偿是无法实现的。

我跟德古拉和波罕分享了这些观点。当我们走出贫民窟的时候,大家都在持续地思考。我回国以后,波罕还特地来找过我,让我带他到上海看"贫民窟"。我带他走过一段老城区的街道看拆迁补偿房的时候,他的嘴巴迟迟没法合拢,最后他总结道:"Joy,如果我在中国,那可不是百万富翁了,起码是千万富翁。"

"成为千万富翁以后呢?"我问波罕。

"还能怎么样?"波罕耸耸肩,"还是拍电影啊。"

静语: 德古拉真的是一个有着超强毅力和耐心的人,这点我深感佩服。他的聪明让我们在很多事情上达到了高度的默契,所以等到要和他分开的时候,我觉得十分不舍。

但是我知道,他还是会坚持做他的事情,直到走完所有他想要走的路,然后变得足够优秀。那某种程度上,其实我们也是一样的人,在特定的道路上也愿意享受随波逐流,但是必须要有方向。

记得7月9日,张嘉佳发了一条《摆渡人》开机的微博。他说,我的热血曾经只有三秒,跑步、滑翔……只有三秒钟,因为这些都不是缺了会死的。

因为不是缺了就会死,于是人的热情就只有三秒:一秒动心,一秒挣扎,一秒释怀。但是前半生和后半生的分界线,就是此时此刻的三秒,而我们热衷于享受此时此刻,所以感觉青春。

我愿意保留三秒钟热情的天真,但是没有方向却又容易让人觉得慌张。所以我和德古拉约定了我们再见面的地点,这个承诺冲淡了离别的悲壮感。

德古拉把报告整理得井井有条的时候,我坐在他的旁边翻看他的"摩托日记",他递给我一杯牛奶,温度刚刚好。

我不清楚德古拉是怎么做到这样简单又复杂的,他总是很直接却又能够把周围的事情处理得井井有条,而我却经常性地简单又粗鲁,把事情搞得有些乱七八糟。但是我庆幸我们都拥有这样的勇敢和热血,它让我们在一起。

金奈

金奈是一条回忆里的鱼
游走在马德拉斯的废墟
　　——《金奈,马德拉斯》

金奈与孟买一东一西,是南印度两个不可或缺的大城市。

对于金奈,我的第一印象就是《金奈快车》里的场景:鲜花,落日,大海,阳光。我热爱大海,喜欢毫无保留地把自己暴晒在阳光下直到太阳下山,所以德古拉在他的日记里写道:Joy是适合金奈的。

金奈初印象

刚下飞机,金奈给人的感觉就像是一座在海水里被泡大的城市,空气都是咸咸湿湿的。可雨后的阳光相当柔和,全无德里和加尔各答那样的暴烈。

入住的这家酒店就位于海滨,价格却并不高,酒店的装潢谈不上有什么特色,但十分干净整洁。我们办好了入住的手续,把行李放置好。温度适中,阳光正好,我一秒钟都不想在室内多待。

我在海边的街道上跑来跑去,感受着金奈热情的一面。我路过大片大片的棕榈树,跨过一个一个的椰子摊,直到没有力气然后停下来喘着气。我看到的金奈就像是用一条绿色的丝线编织的柔软画布,静等着秋风在上面作画。

金奈这个时段的阳光颇为毒烈,待了一会,裸露在外的皮肤就被晒得发红。海滩上的男人们冲着浪,女人裹着纱丽浸泡在水中。德古拉坐在海滩边看着他们,神情专注,我走到他身后都没有发觉。

"你想游泳吗?"我问德古拉。

一位青年向镜头展示自己简陋的起居室

"啊?"他吓了一大跳,脸却微微发红,"Sorry(不好意思),Joy,我不太会游泳。"

"所以你羡慕地看着他们,"我安慰德古拉,"没关系,有机会我教你。"

德古拉看着我晒得红红的脸和脖子,把帽子递给我,提议到格巴利斯瓦拉神庙和圣多马大教堂看看,我把他拉起来,看着地图朝神庙走去。

格巴利斯瓦拉神庙的大门是高耸的三角形塔状建筑,蓝色为主体,用各种鲜亮色彩雕刻着印度教的诸神和神话故事。

神庙主供的应该是湿婆——印度教的破坏之神。印度的庙宇里是不让穿鞋的,当我赤脚踩着炙热的石板踏入神庙时,却有种前所未有的神圣之感,仿佛通过脚底的触感,我与神庙融为一体。神圣之感持续了一小会,脚底火辣辣地烫起来,于是狼狈地跑到庙里,感觉整个人在铁板烧上跳舞。

回头一看,德古拉居然穿了袜子,他不紧不慢地走着,看着我狼狈地蹿到神庙里,一脸享受。

庙里有个打着鼓唱诵的老妇人,见我进来示意我坐在她旁边。我环顾一圈,她的身边已经围了很多人,大家神色平静,身后的柱子边有个穿着破旧的老爷爷睡着了,我小心翼翼坐下来,不敢发出声音。

在平缓的唱诵里,我开始冥想,意识流动越来越慢,有河流,有光,有争吵,尘世的一切仿佛都离我远去,归于静止。我收回意识的时候,发现德古拉趴在地上睡得正香。

跟唱诵者做了个道谢的手势之后，我悄悄摇醒了德古拉，拖着他走出神庙。他一边走一边嘟囔："你一到庙里就睡着了，睡了好久，我也不敢叫你，地板上可真冷……对了，Joy，为什么你可以坐着睡觉？"

"我是在冥想。"我也不多解释，准备赶在太阳下山前看看圣托马教堂。印度的宗教十分多，却融合得很好，这是很少见的，圣庙的附近，就是教堂。

我和德古拉慢悠悠走了10分钟，就看到了圣托马教堂。这是一座位于海边的精致的纯白色基督教堂，据说十二使徒之一的圣托马，来印度传教并葬于此地，教堂便盖在他的墓上。

德古拉瞬间变得精神起来，开始给我介绍这个教堂的历史。受到父母的影响，他是信基督的，可对基督教的介绍完全没有洗脑式的狂热，让人十分舒服。

圣托马大教堂的外墙由许多美丽的白色石头构成，给人圣洁的感觉。马里纳海滩就在圣托马教堂的背后，在远处看去，圣托马教堂似乎是漂浮在海面之上的，所以它也被称为印度最美丽的教堂。

在圣托马教堂里坐下，不时可以听到从外面传来的印度洋的涛声，让人感觉十分美妙。教堂里印度人居多，他们平和地交谈，海风穿过他们中间，似乎都安静下来。

穿过教堂旁边的小路，我们再次来到了海滩，接近太阳落山，阳光柔和地洒在沙滩上。因为滩段的不同，这里没什么人，沙滩上点缀着几片草丛，几只羊在那儿悠闲地晃着。

我和德古拉并肩坐在海边，我拿出了我的记事本，德古拉掏出了他的"摩托日记"，日记快要写满了，装订的线也有些松。我看到德古拉小心翼翼地翻开本子，忍不住问他："德古拉，你在里面写了我什么？"

德古拉笑了笑没回答我，我给他拍了一张侧面的照片，在夕阳的映衬下颇有点"山高水长，后会无期"的意思。

德古拉的同学会

　　我特别珍惜和德古拉一起探访印度另一面的机会。不过,在加尔各答的调查过程中,身体和心灵上都得到了足够的锻炼。

　　德古拉酷爱用双腿丈量这片他热爱的土地,这对于平时不太走路的我还是有点挑战的,所以总是跟不上他的步伐。这次当他把我远远甩在身后的时候,我忍不住对他喊道:"德古拉,你的摩托日记应该改名字叫徒步日记了,为什么我跟你一起做调查的时候,从来没坐过你的摩托车!"

　　德古拉停下来,表情诧异:"Joy,我以为你不喜欢坐摩托车,为了照顾你,我才选择徒步的。"看着他无辜的眼神,我欲哭无泪。

　　金奈的城市要比北方的很多城市干净得多,最重要的是这次德古拉终于放弃了贫民窟,他这次调查的主要对象是城市的白领群体。

　　金奈除了美丽的海景之外,还是印度少有的没被伊斯兰化的城市,这也足够表现出这个城市的包容性。德古拉告诉我:金奈旧名马德拉斯,对于英国人来说，马德拉斯比金奈这个名字更让人熟悉，因为金奈改名的时间距今也不过二十年。

马德拉斯是印度最好的两个港口之一，当年英国人看中了这块地方，开始在这里殖民，并且在这里建立了东印度公司，鸦片贸易就是从这里开始的。在金奈，英国统治时期的遗迹随处可见。

当年英国人来这里的时候，金奈还是个小渔村，一如两百年前的上海一样。由于地方实在太小，伊斯兰教还影响不到这里，印度教是这里的主流。后来随着英国人越来越多，基督教的影响力越来越大，很多人也信仰基督教。至今金奈的基督教徒已有200多万人，约占金奈总人数的五分之一。

根据许多研究者的说法，金奈之所以有这么多的人信仰基督教，是因为基于传统的印度教的种姓制度并不是被所有人都接受，那些不愿意继续信仰印度教以及在种姓制度下生活的人，选择了信仰基督教。在金奈，这种人被称作"哈里真人"。

而在六十年前，随着印巴分治的开始，伊斯兰教与印度教在印度北方的斗争变得空前激烈，还发生了很多流血事件，某些不愿意介入这场斗争或者不满于北方宗教气氛的印度教徒也选择了来到金奈。

作为英国人，德古拉虽然此前一直生活在金奈，后来也仅仅回过金奈几次，但显然他对于金奈的感情十分深厚，这点从他不间断的介绍里就可以看出来。如果不是德古拉把金奈夸上了天，我也不会直接跨过海德拉巴和班加罗尔来到这里。当然，这里也没让我失望。

德古拉的朋友们和我们约在金奈的一家小咖啡馆，我们走到的时候，他们已经在等了。德古拉低声告诉我，这都是他的大学同学，并给我一一介绍。我笑着和他们打招呼，他们也很热情，其中有一个穿着红色条纹衬衫的男生大声地和我打招呼，他说："你好，东方姑娘。"

我坐在德古拉身边听他们聊着近况，他们寒暄一阵之后打趣德古拉："如果做社会调查都有这么美丽的助手跟着，那我们也不干了，我们也要环游世界。"

这些新朋友的活泼开朗感染了我，一会我们就混熟了，我知道他们都是医生，然后聊到了最近的热门话题：中国特色"医闹"。

我问之前的红衬衣男孩："你做医生，那印度有没有治不好病就会闹事的病人？"

他"嘎嘎"笑了两声，豪迈地回答："闹什么？闹就别治了，这么多人排队治病，也不差一个人。"

我被他直接的回答震惊了，想到去过这么多国家，中国的医疗水平真的算是很好的了，效率也高，相对来说也很有服务意识，所以这个事情上还真不是外国的月亮比较圆。

不知道鼓动对国内医疗仇视情绪的人是怎么想的，其实一些激烈的言论和行动也并不能够改变什么。不否认会有一些缺失医德的人存在，可是也不能够以偏概全啊。在这种事情上面呈口舌之争找心理平衡，寒的可能是一大批医生的心吧，毕竟不是每个医生都有红衬衫这样的心态。

在和他们的聊天中，我似乎更能直观地感受到这个城市的性格。另外一个默默不说话坐在角落的小伙伴杰瑞告诉我们，他对于金奈的感觉可以用三个词来形容：干净、自由、冷漠。

虽然金奈也不乏一些底层人生活的聚居区，但整体来说，的确是要比新德里、加尔各答这些城市干净很多；自由，就不难理解，像大部分沿海城市一样，大家的生活节奏还是比较慢的。而冷漠，杰瑞说这在他的世界里，绝对是一个褒义词，因为冷漠是自由的代价。

在金奈你可以很自由，头戴白帽高声诵经，毫无顾忌嬉闹地聚会，在大街上和陌生人大声问好。由于印度的种姓制度将人群森严地分成三六九等，加尔各答、德里和孟买的高档酒店和收费公园让低种姓望而却步。

可金奈却不同，它向所有人敞开她的美丽：海平线上玫瑰般的晚霞，夕阳在云层里放射出万缕金辉，浅滩处云朵样成片的白色鹭鸶翩然起舞。无论贵贱贫富，何种信仰，都呼吸着一样的空气，生活在同一片土地上。这样的平等，流浪汉也能优雅地睡在街边，乞讨者也能从容地谈论着国家大事。

关于自由，坐在中间戴着眼镜的小伙伴讲了个最近的新闻：前两天宝莱坞的一家电影公司到新德里做新片宣传。宣传过程中，有些穆斯林认为现场的两位女主角穿的裙子太短了，于是举行了抗议，让女主角下台。他讲完补充道："穿得太长我还想抗议呢，好不容易能看到明星，结果只能看到眼睛，这些人也太古板了。"

大家哄堂大笑，德古拉无奈地摊摊手，对我说："Joy，我的朋友们是不是和你想的不一样？"我笑着点头："他一定是个基督教徒。"

"哇，你怎么知道，你真是太聪明了，我都没办法骗到你。"戴着眼镜的男医生说话十分夸张,完全发挥了搞笑的天分,大家笑声不断。

后来德古拉告诉我,很多基督教徒选择来到金奈更多的是一种无奈,因为金奈是少数几个基督教徒能安心生活的地方。我突然想起孟买遇到的哈尼亚,他也讲过类似的事情,可是由于时间的原因没有深谈。

印度的宗教问题十分复杂,不但外国人弄不明白,印度人自己可能都不知道如何处理。从整体上看,印度的主体宗教是印度教,在北部伊斯兰教也有影响力,而佛教和基督教,在印度的影响力是非常有限的。

中国人的意识里,印度是佛教的起源地。但是印度是小乘佛教,也是原始佛教,偏向自度,更注重"我空法有",即否定个人的主观精神主题,而对客观世界的否定却不彻底。而在国内信众众多的佛教则是大乘佛教,也称为后期佛教,不仅自度还要度人,以"普度众生"为修行目标。

尽管一千多年来印度的王朝多次更迭,但印度教以及建立在印度教基础上的种姓制度会在印度传统社会一直延续。佛教和基督教不受欢迎的一个原因是这些宗教讲究平等心,对于那些在印度教里种姓很高的人来说,这是不能接受的。所以也出现了一种情况,不少低种姓的人乃至于"贱民"想通过改变宗教信

翘着大胡子的可爱居民

仰来逃离种姓的压制，追求平等。

在印度，虽然法律上已经禁止种姓歧视，但实际上种姓制度的歧视还是存在的，比如说很多政府的职位虽没有明文规定，但是实际上仍不会有低种姓的人任职；可如果你不是印度教徒，也就没有种姓之说，反倒多一些机会。

其实，这也不是最可怕的，最可怕的是有一批坚定的印度教徒坚持着对非印度教徒的打击行为。在2008年的时候，金奈北面的奥里萨邦就发生过印度教徒杀死基督教徒的事情。就连首都新德里都不例外。

半年前新德里还有几家基督教堂遭到了纵火和抢劫，里面的人也有一些被杀，大多数人都知道这一般是"印度青年民兵"这样的印度教组织做的。总体来说，我接触的印度还是相对安全的，可又不得不承认，强大的传统力量却在让印度前进的速度变得缓慢。

我认为，大部分时候，有信仰的人和没信仰的人总是容易起冲突的。

"但是不管别人怎么对我，我们还是要友善，对吗？"德古拉突然一本正经地开口，"我在中国人写的书里看到的。"

我想，如果十年之后再来印度的话，金奈大概会变得更好。

静语：在那个非主流乱飞的年代，我的QQ个性签名是：喜欢简单，热爱自由。

可能小时候就特别明白自由的重要性，所以在作文里总是写我要做一个流浪画家、流浪歌手，或者流浪诗人。我一直坚定地认为：只有拥有一颗无拘无束的心，世界才能无边无际。

可是小学的班主任十分痛恨我的天马行空，她告诉我：你的记叙类作文，必须是"总分"的结构，或者是"总分总"的结构。散文如果总是没有中心思想，写得再好我也只能给你打低分。

我十分不解，可是又陷入"低分"惶恐中。我向往"一箫一剑走天涯"的洒脱，可是却不得不在四四方方的教室里挨过一个又一个的45分钟。

当我学会了有套路地写作文，我的语文成绩就稳定在了全班前三，当我的作文被当成模版贴在教室后面的黑板上，我开始进入了青春期。

我开始觉得一切都让人烦闷，光滑的卷子上面的油墨痕迹，老师不甚标准的普通话，包括课桌的高度，似乎一切都在和我较着劲。

我觉得被一个密密麻麻的网罩住，喘不过气，希望挣脱，希望很快能够长大，能够选择让我愉快的生活。我想：如果有一天，我可以一直写自己喜欢的东西，那一定很幸福。

果然，我现在觉得很幸福，没有什么突如其来的打击让我瞬间醒悟，也没有什么戏剧化的转折。我只是在平凡的生活中和自己较着劲慢慢长大了，像很多人一样。

高考后来到陌生的城市，一点点学会了感受爱，表达善意，然后勇敢地去触碰陌生的领域，就像重新出生了一次，简单而自由。

就像刚刚认识的这些金奈的新朋友一样，他们风趣，可爱，内心强大，但是他们也一样做过很多的选择。我们无法选择的东西太多了，但是唯独可以选择要成为什么样的人。

很多人觉得成长应该是刀刀见血、刻骨铭心的过程。而在我的世界里，成长大概是不忘初心、自然而然的重生。我期待未来更好的自己，也期待遇到更好的你们。

浪迹天涯的中国姑娘

今天，我遇到了另一个"在路上"的中国姑娘，这让我觉得十分兴奋并且急切地想要和人分享。

昨天的重逢让德古拉有了新的想法，他决定去他朋友们任职的医院，做更深入的社会调查。由于环境特殊，我又有点身体不适，所以他决定让我留下来整理昨天的调查数据并帮助他做一个分析。

把调查数据的格式整理好，我打算用酒店的打印机将这些东西打印出来再做分析。酒店的打印机和公共电脑连着，都在酒店大厅的一角，我走过去的时候一个黑发的姑娘正在查阅资料。她认真地盯着电脑屏幕，感觉十分紧张。我怕打扰到她的进度，于是在她身边坐了下来。她看到我以后，笑了一下，注意力又回到了电脑屏幕上。

过了大概二十分钟，她终于解决了自己的问题，于是开始和我聊起天来。

"你是中国人吗？"她一开口居然是中文，打量我一会又说道："诶，也有一点像外国人。"

我对她的坦诚十分有好感,于是开玩笑道:"我可是正宗国产。"

毫无疑问,我身边坐着的这个姑娘十分漂亮,肤色是棕色的,却留着黑色的齐耳短发;眼神灵活,瞳孔干净得仿佛能映出人的影子,身边的背包倒是有些破旧,应该是跟着她经历了不少风吹日晒雨淋。

我不知道你们注意到没有,我观察人比较爱看眼睛,一般眼神正直干净的人,总能在第一时间获得我的好感,这个姑娘无疑是个正面案例。

她收起u盘和打印出来的地图,给我挪地方,一边挪一边问道:"我叫Cindy,你呢?"

"我是 Joy,你也是一个人来旅游吗?"我对这个姑娘突然有点好奇。

"我是一个人来的,可是不是来旅游。你呢,不是来度蜜月的吧?"Cindy 看着我笑得坏坏的。

我有点无奈:"你怎么这么有想象力,我也是一个人来的,你要不介意我倒是可以和你来个蜜月?"

她吓得跳起来,离我远了一些:"啊?没看出来你居然有这个爱好!"

我被她夸张的表情逗乐了,觉得跟这个姑娘特别对路,也萌生出对她经历的好奇。

她也不矫情,大大方方地跟我讲述了她的经历,这次反而把我吓了一跳。这个笑起来像糖果一样的姑娘,刚刚从阿富汗穿过巴基斯坦。她炫耀似的给我看她的帆布背包:"你看这里,有一个散弹的弹孔,是我穿越一个危险区的时候弄出来的。我都不知道散弹的攻击范围有这么广。"

我听得一惊一乍,她看着我紧张的表情,却讲得越来越劲:"Joy,我在阿富汗和巴基斯坦遇到了很多参战的英国女兵,太帅了,你知道吗,我都快被掰弯了。"

"女兵?她们也参加前线战斗么?"像很多人一样,我也有着军队情节,听着 Cindy 激动的描述,脑子里掠过新闻里女兵们的飒爽英姿。

Cindy 听完我的问题却突然安静下来,几秒之后她才慢慢回答:"战斗可不是那么好玩的事情,生命在战争里显得太过渺小,看过那些我才知道自由的前提是和平。"

我被这个娇小的四川姑娘的情绪感染了,她告诉我她要在外面背包十年,今年是第六年。她去过了很多地方,走累了就停下来工作一段时间,所以做过很多工作。她做过打字员、服务员，甚至在某次打击毒贩的行动中做过警察的线人，生活十分精彩。

我奇怪她为什么会有行走十年的想法，她告诉我："这是我和初恋的一个约定，虽然最后分手了，但是在我这里依然生效。"

"没想到你这么深情。"我不知道怎么安慰她，因为感觉她笑嘻嘻的也实在不像要人安慰的样子，于是打趣她，"你不会是在外面跑上瘾了吧？"

"本姑娘当然深情，本来当初在一起就是觉得能有个人陪着我背包十年，太浪漫了。后来他移情别恋，我想着一个人出来也不错，指不定还有艳遇呢。"Cindy满不在乎的表情十分生动，可是我却看到她的眼睛里有泪光闪动。

"没有失恋过的人生就太不完整了。"看她情绪有压抑不住的趋势，我忙把话题转移到自己身上，"我都在印度待了快一个月了，还是很欣赏印度人的生活态度的，很多人完全活在自己的世界。"

"怎么说？"Cindy果然将注意力转移到我的话上。

天天吃印度食物导致那是静逸为数不多保持无赘肉的时刻

"我前几天看到一个人睡在大街上,轮子都快压到腰上了还打着呼噜,比起来真是觉得自己心理素质太弱了。"我回想起那一幕还有些心有余悸,也忘不了德古拉把那个街边睡着的大哥拉起来的时候,大哥嫌弃他多管闲事的表情。

Cindy 吐吐舌头:"那不是实力碰瓷吗?"接着她又催我:"你赶紧把事情忙完,我带你去我昨天发现的神奇的地方。"

静语:"世界那么大,我想去看看。"越来越多的人梦想里加上了一条"环游世界"。

嗯,这是个好趋势,还有什么能比用脚步丈量这个蔚蓝的星球更让人兴奋的事情呢? 虽然我在 20 岁的时候无法做到 Cindy 女侠这样的勇敢和洒脱,但是她确实在我心里种下了一颗生猛的种子。

我出发前有个朋友曾经告诫我:轻易不要踏上环球旅行的道路,因为旅行是会上瘾的,你停下来的时候会发现什么都做不了了。还特地翻给我看托马斯·德·昆西在《瘾君子自白》中的话,他说音乐、文学、美食等等每一样东西都会像毒品一样上瘾,直至浪费掉一生的时光。

用 Cindy 的话来说就是:"管他呢,反正我也拥有这一生的时光。"

我们很幸运地拥有年轻的灵魂和肉体, 年轻到一天走 30 公里也不会累趴下, 年轻到每天在火车上醒来也不慌张, 年轻到能够用灿烂的笑容面对口诛笔伐, 年轻到不会因为恐惧而结束征途。

如果你因为恐惧生活而踏上旅途,那么旅途可能带给你更深的恐惧。创业和旅行一样,如果你害怕,那就不要开始了。如果你充满勇气,那么一定会有更多的人爱上你,我坚信这一点。

跟着女侠勇闯红灯区

等我把给德古拉的资料整理放在前台已经是下午了，在酒店吃完饭后Cindy兴奋地拉着我朝外走去，手里捏着她刚刚打印出来的"藏宝图"。

"这是哪里弄来的？"我问Cindy，她一脸神秘而欠揍的表情回答我："你猜啊。"

"我练过散打。"我悠悠地告诉她，"好久没练练了。"

"搞笑，本姑娘可是跆拳道黑带。"Cindy不屑地瞥了我一眼，"你要是打得过我，我给你洗三天衣服。"

想到Cindy的彪悍我决定还是采取怀柔政策："小糖果，你就告诉我嘛，这到底是什么？"

果不其然，Cindy被我恶心得冒了一身鸡皮疙瘩："好好好，怕了你，这是我们探险者组织在世界各地做的地图，上面标记的位置都是可以去涂鸦的。"

后来我了解到，Cindy和她的几个死党创立了一个背包爱好者的组织，因为她们都学过画画，所以走到一个城市，就会花一天时间找到每个城市比较隐蔽却有特色的地方画上涂鸦。而我，很显然就是被 Cindy 抓来的壮丁。

Cindy 把包里的喷绘颜料递给我，给我讲着"游戏规则"："我们画的是某个公益组织的标志，画完以后需要拍照，每增加一个城市，这个公益组织都会捐献1 万元给没钱治病的穷人作为医疗救助。"交代完还不放心地叮嘱我，待会如果看到警察过来，一定要提醒她。

"这就是你说的有趣的地方？"我看着眼前下水道口欲哭无泪，"大姐，你画在这里只能给老鼠看了。"

"少废话，这个地方太多人了，只有这里比较安全。"说着 Cindy 已经撸起袖子干起来，完全都不用看图纸，一气呵成，动作帅气。

我在她指定的另外一个地点工作了起来，因为是第一次喷这个图案，所以不是很流畅，但是勉强也完成了。正当我欣赏着自己作品的时候，被 Cindy 一掌差点拍到了墙上。

"哇，Joy，你可真是真人不露相！"她上上下下把我看了一遍，"我还以为你只能在旁边看着我画，没想到你也是专业的啊，没少在学校里喷同学坏话吧？"

"去去去，我才没这么缺德呢。"我看着 Cindy 喷出来明显比我好看很多的logo，觉得上天真是太不公平了，怎么给了这个姑娘强壮的体魄，还要给她文艺的细胞。

我看到 Cindy 身后有个穿绿色制服的人朝我们跑来，来不及给 Cindy 解释，一把拽住她就往街的另一面跑。Cindy 也一下反应过来，一边跟着我跑一边大叫"你能不能淡定点，我的颜料还没拿呢"。

后面远远传来警察叔叔印度版本的英文，也听不清楚是什么，就一下把距离拉远了。

"小糖果，你说这印度警察真有意思，据说报警的时候速度奇慢，抓贼的时候速度也慢成这样。"我跑了一会有点气喘，费好大劲才一口气说完。

"是啊是啊，平时难得一见，今天怎么就遇着了。"Cindy 看上去比我好一些，她把凌乱的头发别到耳朵后面，像是突然反应过来："什么什么？你才是贼呢。"

一阵乱跑以后，周围已经不是很熟悉了，Cindy 的手机没电，也没办法定位，于是我们拿着她的藏宝地图准备找个路人发挥优良传统：不懂就要问。

奇怪的是一路上都没有人，小巷子里偶尔遇到有几个妇女抱着孩子，看到我们准备搭话就走到门里关上门，我看了看 Cindy，觉得也挺面善的，不知道为什么会这样。

没人指路，也不知道跑到什么地方来了，只能坐下来研究 Cindy 的地图。正当我们在根据地势确定方位的时候，有个男人朝我们走来，停在 Cindy 身边。

"你好，请问需要找工作吗？"男人穿的黑色袍子，英语却十分标准，也保持着礼貌的距离。

我和 Cindy 看了看昏黄的夕阳，对视了一眼，然后 Cindy 果断开口："我们要去 XX 酒店。"

男人有点诧异，还是点头，说道："可以带你们去酒店，但是我觉得你们可以到我们工作的地方去看一下，就在前面不远处。"

眼见天要黑了，小巷子的路又十分难辨认，我和 Cindy 始终跟他保持着两米的距离，跟在他的后面。

"你说这个人不是来拉客的吧，这个巷子里平时都没什么人来，在这里拉客不是要亏死了？"Cindy 小声用中文嘟囔着，我不禁有点发笑："估计是看你穿得太破，想给你提供就业机会。"

害怕 Cindy 打我，我赶紧言归正传："不管了，留在这里不认识路更危险，既然他已经看到我们，还不如跟过去看看什么情况。"Cindy 点点头。

果然，前面出现了热闹的人声，他把我们带出了那个小巷子，我们都稍稍松了一口气，警惕心也下降了一些。毕竟人多一些，总该安全一些。

"两位小姐，这是我们的工作环境，你们觉得怎么样？"黑袍男人把我们带到一个房子前，房子里的灯光非常亮，出来了两个厚嘴唇的中年女人，裹着纱丽的身体散发着劣质香料的味道。

Cindy 掐了我的腰一下："乌鸦嘴，好像给你说中了。"我也十分诧异，又觉得有点尴尬："难道他真的是想给我们介绍工作？"

"你确定你不是傻吗？"Cindy 恨铁不成钢地踢了我一脚，"这明显不是什么正经场合。"

"啊？这里面的灯也不是红色的啊……"我辩解的话还没说完，其中那个穿紫色纱丽的女人就伸手来拉我进门，我赶紧躲闪。

Cindy 低声跟我说："她们围着我们，我待会把这个男的推开，你从他那边先跑出去。"说完就把我身边的男的推了一把，他一个趔趄，我就冲了出去。

看到他们扯住 Cindy，我才觉得自己真是后知后觉了，心里一阵后怕，于是把

瓦拉纳西小巷

手里的颜料罐拧开，一边拽过 Cindy 一边朝扯着她的男人一顿乱喷。Cindy 配合默契，趁着他们被颜料喷得一愣神，三两下就把纠缠着她的两个女人推开，跑之前还狠踹了拽着她的人几脚。

　　后面的人一直追到大马路上才不甘心地离开，我们一边跑一边喘着气。如果说刚刚被警察追的时候用了三分力气，现在起码用了八分。直到跑到出租车上,才松了一口气。

"Cindy女侠你太猛了,果然是学过功夫的。"我由衷夸奖道。

Cindy一抱拳:"彼此彼此,咱们也算是共患难过了,不如一起喝一杯?"

这次我没有响应她的号召,只是捧着我跳个不停的小心脏回了房间,惊魂未定。

我很感谢在这段旅程的尾声能遇到Cindy,她让我觉得生命似乎刚刚开始。我一直都关注她的微博,后来她又去了很多地方,尝试了很多工作,不知道是否找到了她的爱人,但是毋庸置疑,被她爱着的人,一定活得十分惊心动魄。

静语:在Cindy的章节,她是当之无愧的女一号。勇敢,智慧,率性,乐观。不知道你有没有爱上她,但是我真的喜欢这样的姑娘,我愿意把一切美好的祝福用在她的身上,哪怕她并不是那么完美。

分别的时候女侠跟我讲了一段话:如果以后再也见不到,你肯定也会记住我,像每一个曾经遇到我的人一样,这样我才感受到我活着。

我很欣赏她的迷之自信,然后牢牢地记住了她。

其实我小时候特别爱哭,也很容易觉得委屈。然后爸爸就告诉我:你哭泣,爱你的人会妥协,但是毕竟不是每个人都会爱你。你在外面哭,讨厌你的人只会更想欺负你。

然后我就很少哭了,就算哭也是别人看不到的地方。我会明白,喜欢我和讨厌我一样正常。我能够听到喜欢的赞扬,也能够听到批判的声音,这都是一样的,并没有什么区别。

我不知道Cindy是怎么学会坚强的,是不是她的爸爸也像我的爸爸一样。我只感觉到相识几天的我们,双手紧握的时候,传递的都是力量。我愿意把后背交给她,这是我对友情能够做的,最真诚的事。

我希望有人爱她,我希望有人欣赏她晒得红红的皮肤,我希望有人欣赏她帆布包上的弹孔,我希望她总能找到人欣赏她的有趣,我希望有人陪她走完她的十年之约,我希望我的糖果女侠一切都好。

骑行在落日的海滩上

　　走完金奈，德古拉的印度调研计划也就正式画上了句号，Cindy去了新德里继续她的藏宝之旅。而对于我来说，归国的日期也接近一天。

　　一个月的时间，已经足够让我觉得印度不再陌生。它就像一个入定的老僧一样，见惯了生老病死，一点都没有离别的感伤。我走在街上，卖椰子的小哥照例追上来问我要不要买椰子，我拒绝以后，他居然欢快地跑开了，这让自觉忧郁的我和这个世界简直格格不入。

　　哦，不止我一个人，还有骑着摩托的德古拉。他终于在我把金奈走遍以后，买了一辆金色的二手摩托，可是却骑得慢悠悠的，把本该威风凛凛的丛林老虎诠释得像一只垂头丧气的金毛。

　　"Joy，你走了，我就只能自己整理调查资料了。"德古拉的声音恹恹的，停下车，也不看我，我觉得他是故意的。

　　"那换一种说法。"我爬上摩托车后座上对德古拉说，"好开心，因为我们又获

老虎堡(nanargarh fort)位于斋普尔北边的一座山上,可以俯瞰整座城市的全貌。

得了重逢的机会。"

"这样我的感觉好多了。"德古拉发动了他的摩托,然后把唯一的帽子递给我,我习惯性接过来戴在头上,想到还没有把 Cindy 当面介绍给德古拉,真是十分遗憾。

沿着海岸线骑行,被烧透了的太阳正挂在孟加拉湾上,把远处的海水都染成了金色,海潮裹着海风一步步地朝着海岸走来,微微泛了蓝,然后温柔地吹拂着金奈的海岸,这应该是天空写给金奈最好的情书。

热带的海风轻柔绵软,德古拉依旧骑得很慢,我没有再说话,可是脑子里却闪现出和德古拉经历的一幕幕。我拿出手机想要拍下德古拉的背影,可是却拍不全画面,于是把摄像头转向自己,开始欢快地自拍起来。

德古拉察觉到我的动作,于是停了下来,问我:"你想要拍摄日落吗?"

"当然,不止想拍落日,还想拍路边的花花草草。"我跳下车,手忙脚乱地把头盔取下来,然后把头盔挂在摩托车把手上,又让德古拉不要动,给他拍了一张照片。

他也把相机调好给我拍,但是明显比我拍得专注,还不时纠正我的姿势,告诉我这样会显得腿很短。我看着他逆天的大长腿,心里默默地想,这个不是显得短,是生得短。

德古拉的技术完全没有让人失望,在我看来和唐丁丁的水平也不相上下,在非专业人士里面已经是很厉害的了。因为构图用心,夕阳都被他拍得有几分惊心动魄。

"你为什么这么喜欢夕阳?"和德古拉待在一起的时间,只要有机会,他都会静静地看落日,每一遍都看得十分认真。

"是啊,我喜欢夕阳。"德古拉的眼睛发着光,"我觉得这是太阳在一天里最美的时刻。"

"你这么年轻怎么像活了八十年一样?"我笑着说,"我喜欢八九点钟的太阳,这让我感觉到世界是我们的。"

"是你们的?"德古拉想了想,然后被我逗笑了,骑上摩托带着我去吃晚餐。

晚餐的时候德古拉送了我一个礼物,是打印出来的一打相片,每张后面都有日期和场景,还有一张我们的合照,他在背面写道:"很幸运能够在印度遇见你,希望你一直记得在印度的时光。"

看到这行字的一瞬间鼻子有些发酸,我揉着鼻子,说道:"你这么舍不得我,干脆把你的摩托日记送给我吧。"

"那可不行。"德古拉紧张地护住背包,"这是我写给自己看的。"

"好啦好啦,一个大男人,搞得好像我要抢劫你一样。"我觉得他的举动有些幼稚,但还是拍着他的肩膀大声说道,"我会记得在印度的时光,也会记得你。"

静语: 我不知道要从哪里开始写离别,结尾比开头难写太多,让人眼睛干涩。

我想到了在西藏五色的经幡下,脸颊上有着高原红的藏族阿妈给了我一个拥抱:"你们都是我的孩子,有机会再到阿妈这里来,阿妈给你做奶茶喝。"

我想到了在某个早晨唐丁丁拖着箱子来敲我的门:"静逸,我要走了,回中国我们再见。"他关门的时候门咯吱咯吱响了好几下,然后从门缝里爬出来一只蟑螂,我没有叫,假装还在睡觉。

我想到了毕业晚会上,同学们都在一边自拍一边安慰着对方:"北京和上海很近的啦,坐车四个小时,我们还是可以经常聚会的。"拍着拍着眼睛就红了。

我想到了我看到爷爷躺在病床上的最后一眼:"静逸,你去上班吧,不用担心我,我很快就好了。"笑着转身的时候鼻涕眼泪糊了一脸走出病房才敢擦掉。

我想到了很多的脸孔,然后得出结论:我不喜欢夕阳,也不喜欢离别。鼻子酸酸,眼睛干涩的感觉就像生病了一样。

　　但是时间总能让一切好起来,因为反正也不会更坏了。

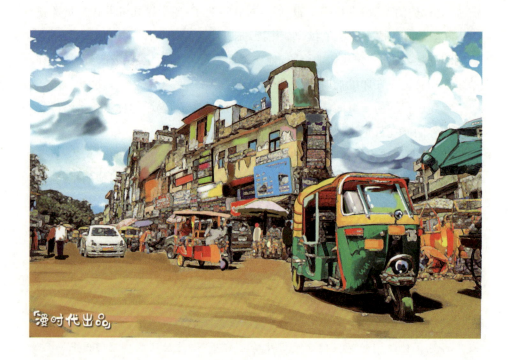

结束语

奈保尔在《幽暗国度》一书中写道：在我的感觉中，印度精神就像一个我永远无法完整表达、从此再也捕捉不回来的真理。

西方现代商业精英无一例外地在年轻时对印度都充满狂热的探究欲，几十年前有一位年轻人名字叫乔布斯，他放弃了代表着西方最高等的大学学府来到印度学习并悟道，回到美国创建苹果使之成为世界上迄今为止最伟大的公司。

印度智慧在我的理解范畴里，是一种极为高级的智慧形态。我响应了自己的内心来到印度，留下了很多，也带走了很多。

在每一个陌生的城市里，我都在感受最真实的生活，独立行走带给我的东西，远比我一开始能想象到的多得多。它让我更加坚定、包容，对生活也有了不一样的理解。

无论看上去多么成功，或者多么失败，每个人都有自己的虚弱，也都有自己的幸福。而只有你自己的更加快乐，才是成长最需要发生的理由。

尾声

第二天，我起得很早，此时整个金奈还未苏醒，只有影影绰绰的初升的阳光铺在整个城市的上空。

我拉着行李箱，办完了退房手续，在酒店门口拦了一辆出租车，直奔机场而去。我想这个时候的德古拉应该还在睡梦中吧。我没有叫醒他，心想或许这样的告别才是最好的告别方式。

可能是因为太早的原因，路上车很少，半个小时后我顺利到达了机场。这时离飞机起飞还有两个多小时的时间。趁着这段时间，我打算在机场的商店看一看，买一些回国后送给朋友的小礼物。

在我把托运办理完，正开心地穿梭在免税店之间的时候，手机急促地响了起来。我赶紧用胳膊夹着一大堆东西，一只手迅速掏出手机，只见上面显示着"德古拉"，我的心里涌现了几分暖意。可正准备接听的时候，手机却滑了出去，我伸手过去一下没捞到，反而把手机撞得在地上飞出去几米。

我叹了一口气，正想把东西放下去捡手机，一只骨节分明的手出现在眼前，吓了我一跳。结果抬头就看到德古拉站在我前面，有点微微浮肿的眼睛还带着微微的笑意，手里拿着我的手机。

"哇，你怎么找到我的？"我十分惊喜。德古拉把手机递给我，用眼神斜了一下我表示鄙视："金奈的机场就这么大，这很难吗？"

鄙视完我之后他自然而然地接过我手上的东西，认真地把它们一样一样整理好，又问商店服务员要了一个大的塑胶袋，把东西都装到里面。

德古拉的突然空降让我也没什么购物的心思了，于是结束了购物，拉他找了一家机场的咖啡厅坐下。

"德古拉，我给你准备了礼物留在了酒店前台。"因为德古拉一直不说话，脸上还挂着标准的微笑，我只能开口打破略有些尴尬的气氛，"虽然没有你的礼物那么用心，但是我觉得你会喜欢的。"

德古拉还是面带微笑盯着我，语速十分慢："你送的东西，我当然会喜欢。"

我有点不知道怎么往下接，想到早上的事情也确实是我骗了他，于是还是鼓起勇气给他道歉："德古拉，今天早上对不起了。我只是觉得离别这件事情让人太伤感，希望你能够多睡一会。"

"Joy，你应该叫我的。"见我主动道歉，德古拉稍微正常了一些，"昨天明明约定好我来送你，要不是我定了闹钟，差点就没能做到。"

我有点不好意思地低下头，德古拉看到我这样，脾气就完全没了，语气也没那么生硬，他安慰我："Joy，你不要害怕结束，我会去中国找你的，我们还是会有开始。"

听着这个我差点没转过弯，等到反应过来的时候一下就笑出声来，我问德古拉："你是想表达结束是新的开始吗？"他连连点头。

在德古拉"深情款款"地注视了我半个多小时，并且得到了他到中国以后带他吃若干种美食的承诺以后，登机时间也快到了。

德古拉礼貌地拥抱了我一下，然后目送我走进登机口，我回头看他的时候，才发现他的眼圈有点红。

我一个人拉着行李箱，缓缓地在登机通道上行走。坐在飞机的座位上，看着舷窗外熟悉而又陌生的印度，我的脑海中浮现起了我初来印度的时光：那时的印度下着小雨，一切都被笼罩在雨季的湿寒之下，绵密的雨滴勾起了我无尽的旧日回忆。

而今天，印度恐怕又会让我多一些记忆了。

我在飞机上打开德古拉送我的相册，每一张照片后面都有一句话，一看就知道十分用心；想起我送他的钢笔，这个用心程度一比就弱爆了。我暗下决心，等德古拉来到中国，一定要好好招待他。

到达香港以后我的手机响个不停，积攒了三十多天的关心扑面而来，可是我第一眼就看到了一条微信，那是 Cindy 发来的信息，她通知我：Joy，我正式邀请你下个月去迪拜完成任务，我们一定是最佳拍档。

"好的，迪拜见。"

印度，再见。

后记

走之前那天,我找出了平时做工程设计图用的铅笔和尺子,从手机里搜出南亚地图,把一张纸盖在地图上,在中国武汉和印度新德里之间画了一条直线,比例尺 1/500(千米),九个小间隔,直线上用铅笔写着:存够了勇气,就一个人去看世界——印度。

我并不知道在这一段距离里会发生什么,遇见什么样的人,也不知道自己这样只言片语的记录和随笔会在未来的某一天集结成现在的这本书。即便此时,有人在看着这段文字,我同样不知道你是谁。不过没关系,也许,我们也会在未来的某一天遇见,只差这一段行走的距离罢了。

印度之旅已经结束了,写完前面的笨拙文字后,我一直在想还要不要这篇后记,最后觉得,在说"再见"之前,我们还是聊一会儿吧。

一段未知的旅途里最浓墨重彩的就是勇气,而那一瞬间的勇气,已经足够支撑着我出发。一如我的初衷——在这一路上,我更愿意闭上眼睛感受这个神秘的国度,用一颗不加掩饰的心去聆听最真实的声音,带着青春和勇气去面对自己的一无所知,去感受这个世界给我的爱和教训。我没有做错,在这个神奇的国家发生的都是奇迹。因为它让我认识了那么多善良的人,看到那么多我此生未见的风景,想通了我久未想通的事情……甚至还有下一次离开的勇气和信心,我希望自己能够不后悔过去,不安于现在,不畏惧未来,在面对漫时代甚至站在更大的舞台上时,我能做得更好。

来印度之后,我每天都会在订阅号上分享一些故事,有很多人不止一次地留言问我,你为什么要去一个被冠以"强奸"符号的国家?你一个人在印度,难道不害怕吗?万一遇上宗教冲突怎么办?万一遇到坏人你人生地不熟要怎么办?你不怕回不来吗?要是回不来你的家人、朋友,你的公司、小伙伴,他们怎么办?……即使我现在已经安全回来了,还是会有人假设一些恐惧来告诉我不要去做。这和我刚开始做漫时代的时候如出一辙。

毕业之后赶上了习大大号召"大众创业、万众创新"的年代,我义无反顾地投向了所谓梦想的怀抱。

由于自身经验有限，前期确实是步履维艰。自学会计，报了很多的管理课程，几乎每天都在连轴转，每天都要想办法解决很多问题，又会拼命想出很多新的问题，于是周围的长辈都被我问烦了。由于想要去从企业案例里吸收经验，每天跑很多的企业，全国各地转了好几圈。毕业以后见了妈妈三次，加在一起可能也不超过五个小时，期间还有三个小时是收拾行李的时间……

每天微信上都是朋友长辈给我转发的关于"创业艰难""什么是盲目创业"这类型的文章，每天起码三篇以上。我也有很奇葩的一点，每一篇文章我都会认真看完，每一条留言我都会反反复复去研究。在我的思想里，质疑才是最好的激励，至少它给我指明白了路不能怎么样走，所以这些忠言逆耳，反而助长了我在创业道路上狂奔的心。

我确实很冲动，但是从来没有盲目。

大学同学投简历面试搞得热火朝天的时候，我已经很清楚地知道，这肯定不是我想要的，我要的不是我能过得多好多么让人羡慕，我只是想看到我尽力以后能够跑多远。我需要经历很多的脚踏实地，经历很快的奔跑，或者跌坐在低谷，但是不管我走的是什么样的路，至少我知道我想要的是什么。

这个社会总是会通过某些人告诉你什么是标准的人，做一个标准的人，就能得到一份标准的幸福。比如，毕业以后找个好工作，工作以后，找个好老公/老婆，然后再将自己的人生在下一代身上重演一遍，无限循环。如果你不听，那么各种不好的结果就会扑面而来。我想我在说这样一件事的时候你们也会开始回忆自己是否也曾有过这样的循环。事实上我们都讨厌这样的一个环境，因为被恐惧碾压掉勇气的社会是一个狭小的空间，再多一个人这个空间的支架就会崩塌。

这世上真的没有哪一种人就是标本，也没有哪一条路天生就是铺好的成品。我知道，森林里有两条路，我走了这一条，另一条就走不了。这并不是说我除了这条路就无路可走，而是我选择了去做一个什么样的人。路有路的花草树木，人也应该有人的油盐酱醋。

回到武汉已经有一段时间了，偶尔想起印度，一路仿佛只是一场梦游，醒来了就站在了家门口。走到爷爷的卧室，柜子顶上摆有一个玩具盒。蓝色铁皮，里面放着木头人、小布偶和孩子的碎花发绳。每次回家看到爷爷，他都会踮起脚，小心翼翼拿下盒子把我小时候的故事讲给我听。爷爷走了之后，没人记得这个盒子，也不知道它去了哪里。回忆中永远刻着一幅画，爷爷踮起脚，去取他的宝贝。我明白啊，因为我喜欢，所以这些不值钱的东西，才是爷爷的珍宝。

我这几个月常常在想，是不是因为知道我不擅长告别，所以分开时才会悄无声息？

就像雪人过完新年，就会一个人拥抱大地。每个人都会往世界的深处去，坐自己的那节车厢。我所经历的，他们都能知道，我要做的就是尽量做得更好，让他们一直都能看到。

每一天都会在午夜变成往事，我会把它们装订成册，一路生老病死。我们要分得清冷静和冷漠，区别得开坚持和固执。不要对自己失信，喝想喝的酒，说想说的话，做想做的事，见想见的人。

这样走来走去，总有千万种欢喜。你看这年复一年，春光不必趁早，冬霜不会迟到，渐入渐出，都是刚刚好。

而你们是幸运的，因为你们和我一起经历了这么多，而我会一直在这里，我们永远都不需要面对离别，这样真好。

静逸在《股权风云》剧组

看世界以后，会发生什么呢

因为我在网络全程直播了我的印度之行，也引起了网友以及一些印度官方媒体的关注，我也没有想到，一个小女孩初入社会时的奇妙探险，大家会表示出这么大的兴趣。

那写书的过程也断断续续过去了两年，很多人问我这之后是不是还有更多有意思的故事发生，所以我决定附加上这个章节，给大家讲讲从印度回归的文艺少女再战职场后的血泪奋斗史。

从印度回来以后，我常常会想到在印度遇到的那些人。也许他们并不知道，他们出现在我最迷茫的时光里，教给我他们朴素的智慧，改变了我的一生。

我开始不再害怕，也不再犹豫自己的选择。我知道人生还长，何必慌张，也明白有些事情这一刻不做，也许未来再也没有机会做了，所以我还是保持着自己"肆意而为"的特质。

有个长辈告诫过我："静逸，你是个很聪明的女孩子，你会遇到很多的机会，也会遇到很多想要帮助你的人，但是你要清楚，人生一定是要做选择的，要做你认为对的选择。"

是啊，要做认为对的选择，我也许无法把握住人生的每一个机遇，或者像计算机一样做出最精确的选择，然后得出一个完美的结论。可能选择自己热爱的事情，真就是一件再幸运不过的事情了，我非常知足而且乐在其中。

我喜欢旅游，喜欢中国传统文化，喜欢电影这种奇妙的表述方式，我想在这条路上，我是有着一往无前的勇气的。

所以从印度回来以后，我制作了我的第一部电影，并在里面出演了一个学生，因为是第一次出演，并不是一个很重要的角色，总共只有几句台词，我却一临场就忘词，一条拍完完全不记得自己做了什么表情，前期规划好要做的忘得一干二净，以至于后来一听到导演喊："开机"就条件反射地尴尬。

这真是一件不那么顺利的事情，我开始怀疑我是否有拍电影的天赋，但是几个镜头过去以后，我又无法自拔地爱上了这种感觉，我开始理解一些演员为什么会把人生放进角色里，这真的是在生活里无法拥有的神奇体验。

这一段结束以后，我给自己的定位变成了制片人，我开始大量去看一些专业的书籍，然后每天晚上独自去影院看电影，整整半年时间，每一部上映的电影我都去看，偶尔和朋友，但大多时候是一个人。

还有一个我觉得很有意思的事情：接触到影视行业以后，我对明星的看法完全改变了。

因为工作原因，我也经常会遇到一些有名的演员，他们要么在行业里非常有资历，专业水准极高；要么就是很有星运，即使业务能力不如实力派，却有着超高的人气。但是他们似乎都有一个共同点，就是做事很认真，非常努力。

尤其是一些老戏骨，有时候真的认真到正常人会觉得有点病态的地步。一个动作表情反复琢磨不说，做人做事，都有自己的一套章法，光看他们做事情，都是一堂大课，合作完后，我做人做事的观点全颠覆了。

我曾经凭借自己的小聪明，找到做事情的诀窍，觉得比起蛮干的人，我的效率和结果都要好太多。可是到后来才发现，但凡行业顶尖的人，都是找对了方向还在一门心思做，99%的用心和100%的用心结果都完全不同。

为什么有时候聪明人反而很难成功？因为他们太知道什么样的方法会让自己轻松一些了。而在某些方面一根筋的人，反而更能够在一件事情上坚持下去。那从某种意义上来说，有太多选择也未必是好事情。

关于我们经常看到的那些这个明星黑脸那个明星耍大牌的新闻，经历以后我其实也有点理解，这一行压力太大了，能力强不一定有机会出头，这个行业捧高踩低的人也比较多，那好不容易熬到火了，身边那完全是另外一种生态环境，大家都捧着哄着。这样的落差下，往往对人性也能看透一二，还能保持一颗初心的演员就很珍贵了。

人最怕的就是听不到真实的声音，可是站在一定高度，还能看到事情的本质，保持一颗虔诚的心，不疾不徐地做一件事情，这样的人换在任何行业也不会默默无闻。

戏里戏外，都是人生，能够体会不同的人生，这样的职业总归是被人羡慕的。但是通过做事吸引到一批和我三观一致的人，成就他们的同时，也完成自己的理想，这也是我给自己设定的目标。

中华文化博大精深，电影只是传播的工具之一，中国电影人也不是不想做好,只是给他们的时间真的太短了。大环境的改变是需要很多人推动的,不仅要人才还要有资本,其实意识大家都有,只是希望有更多人能真正脚踏实地走出那一步。

套用一句话,谁还没拍过烂片呢?谁都有不得已的理由,别人怎么想我们不做评判,但是现在我只是希望自己能够在有能力做选择的时候,用作品告诉所有人:"我要拍一部世界人都认可的好电影。"

我去过很多著名电影的拍摄地,缺少了故事,那些地方反而没有那么鲜活,但正因为电影里描述过那些场景,我站在那里,心仿佛经历了千般周折,或空无一物,或百感交集。

这就是文化迷人之所在,也许我还未摸到真正的门槛,但是我相信,这一定是我的方向,也是我生来的使命。

但是我现在能力还是很有限,不管是业务能力,还是对这个事情的理解程度,所以我特别需要人们的支持。哪怕读者你看到这里觉得我很幼稚,也希望你由衷地向我说一句:"黄静逸,我相信你可以做到。"

不管过程如何,我一定会在路上,你们也一定会看到,我是一个与生俱来的探险者,我会把最好的自己献给这个世界。

在受邀参加完美国总统(Donald Trump)就职典礼之后,我又飞到洛杉矶去了一次好莱坞,原因也很奇妙,听完特朗普总统的演讲后,我认为我一定要再次明确我的梦想:我究竟想要什么?

我有个很好的朋友,他的愿望是能够成为中国首富,可能他现在的条件并没有那么好,也是在创业的起步阶段,可他在说出自己梦想的那一刻,我就决定要支持他,我会一直支持他。

也许很多人会觉得好笑,一个创业期间的人要帮助一个创业初期的人成为首富,那可不是几十万几百万就能达成的目标。可是我并不这样想。

不知道大家有没有听过一个东西叫作"吸引力法则",你想要做到的时候,全世界都会为你让路,而上天也会派来很多帮助你的人,帮助你完成使命。

很多事情我们之所以做不到,是因为内心其实并没有那么想做到,或者是想做,却无法承担得到的过程中失去一些的后果。这个理论是不通的,反而会让人纠结,还不如确定好方向,努力就好,完全不需要想太多。

因为我太喜欢好莱坞了。我曾经在小的时候把《哈利·波特》看过不下十遍。这样迷人的故事，就诞生在人类的笔下，这让我不止一次地感叹：人类真的是太伟大。

也许是现实让人感到不自由，所以大家都需要听故事，那大人有大人的故事，小孩有小孩的故事，好莱坞环球影城，就是这样的一个梦工厂。

除了在各种各样的电影场景中享受身临其境的感觉，我也在思考，在什么样的心态下，电影人能够做出这样的作品？好莱坞通过电影输出的文化，已逐渐让世界所有国家都认可，这其实是非常值得我们学习的。

小时候我特别爱看动画片，最爱看的动画片叫《大头儿子小头爸爸》，看的时候我会有一种莫名其妙的安全感，也许是因为我爸爸的头也很小，抑或是我妈妈总是爱穿"围裙妈妈"的同款围裙，总之，一集同样的内容我可以看好几遍。

后来我也爱过很多的动画片，但是再没有一部给我这样的感觉，长大了才知道，那是小孩眼中，家的感觉，宠爱，信任。即使有争吵，一切也都归于爱。

爱让人有安全感，而动画片把这种安全感传递给一个个幼小的心灵，它让我们更加相信爱的力量。也正是那个时候，我萌生了未来要做动漫的念头。

创业以后我接触到的第一个动漫品牌就是《大头儿子小头爸爸》，他的品牌主理人是个非常可爱的老顽童，叫洪七公，他完全符合了我对一个动漫品牌主理人的期待：热情、豪爽，书法和绘画水平一流。他的太太也非常有气质。

他们的肯定让我更加坚定了我的选择，一切就像上天安排好的一样，我童年最爱的动漫品牌，因为我选择创业，而和我走到了一起。

这再次印证，没有什么比文化的影响更深远了，谁也不知道，你种下的种子，什么时候，就能开出一朵绚烂的花来。

我在走上一条别人不理解的，充满未知的道路上以后，遇到了几乎所有我童年时候想要见到的人：我参加了美国总统特朗普的就职大典，我见到了成龙大哥和他的成家班，我遇到了大头儿子小头爸爸，见到了很多如果我停在原地永远也遇不到的人。

我的人生，因为我的勇气，而产生了无数的奇遇，这再次印证了我一直想要表达的：人生只有一道考题，做到或是做不到，而这道考题的正解，就是：做就对了！

在我看来，一个人最宝贵的地方，其实并不在于物质的丰盈，而在于灵魂的有趣，思想的性感，国家亦是。

说实话，我不知道我的未来会怎样，但是这个追逐真我的过程真的很让人快乐，我坚信我能感染到越来越多的人，让他们正视自己的现实和理想，我也会有机会帮助到越来越多的人，见证他们在自己人生里的游刃有余。

我希望成为影视IPO千人培养计划的推动者，中国电影未来的路上，我希望我们拥有一致的匠人精神。

我希望做出一部能在世界上有一定影响力的院线作品，传递我们的文明和思想，让更多人听到来自中国的声音。

我希望为社会贡献自己的力量，带领创二代俱乐部所有的会员，做一些对社会有意义的活动，因为被爱，才更懂去爱，站在父辈打下的基础上，我们只会更强大。

我希望能带着喜欢我的朋友们环游世界，四处游学，学会更多有意思的技能，看到更广阔的世界，也认识更真实的自己，从而拥有更高级的幸福感。

谨以此书，献给关注我的朋友，我相信我的梦想会因为你们的助力，而变得更加有能量。感谢缘分，感恩你们。同时，我想特别感谢本书策划，也是我十年的闺蜜陈慧玲，协助我规划所有的印度行程直到完成本书。

静逸与大头儿子小头爸爸品牌主理人洪七公及其太太合影

  在这本书里，我想给大家分享我新的 101 个目标（我一年前的目标已经完成 60%，如果你想看，可以关注我的公众号查看历史文章），这也许是我能给大家的非常有价值的礼物。

Urna Semper

黄静逸

2017 年 7 月 7 日

黄静逸的 101 个目标

黄静逸的六大核心目标

1. 30 岁之前冲刺福布斯青年精英榜，成为中国十大杰出青年之一；

2. 把创二代俱乐部打造成中国主流新生代之间最有温度的成长交流平台，帮助到更多新生代创业；

3. 致力于创二代儿童教育，影响 100 万+创二代，培育他们专业能力的同时，在他们心中种下爱的种子；

4. 带领创二代把公益作为终生事业，五年内捐赠 100 所希望小学，只要有机会，就一定帮助别人；

5. 打造中国首个创业女神天团，建立一个有温度、正能量的创业女性联盟，并成为中国首家上市女性社群；

6. 希望五年内陪家人把五大洲走遍，并把过程拍成纪录片分享给大家。

(一)健康能量篇

1. 坚持每周健身两次以上，体重维持在 105 斤左右；

2. 每天都要吃早餐，保持好心情迎接新的一天；

3. 养成规律的饮食习惯，按时吃饭，不暴饮暴食；

4. 早晚空出十分钟做眼保健操，爱护眼睛；

5. 每周做一次皮肤管理，坚持健康护肤习惯；

6. 不吃宵夜，不醉酒，养成良好的生活习惯；

7. 每个月安排至少一次户外运动，和大自然亲密接触；

8. 每个月空出一天时间辟谷排毒，让身体机能有一个恢复的时间；

9. 每年做一次全面健康检查，了解自己的身体状况；

10. 学习茶道和香道，修身养性，保持身心灵的健康；

(二)事业成就篇

1. 经营好创业女神俱乐部，打造出百名不同领域正能量创业女神，并五年内服务好 100 万会员，建立全球知名度；

2. 三年内以影视人才 IPO 项目，投资 100 名以上新生代影视人，参与出品 100 部以上作品；

3. 三年内完成创二代教育集团战略部署，五年内创二代教育集团国内 A 股上市；

4. 运营好创二代商学院，每年培养输出 1000+创业人才，并成立慈善基金，将公益作为终生事业经营；

5. 在中国女性创业者中挑选有项目、有实力、有野心、有魅力的百名女性打造成正能量创业女神，并组成创业女神天团，在全球范围内打响知名度；

6. 在百名创业女神中打造中国文创四大美人，让创业女神们将中国传统文化推向世界，让更多人了解并爱上中国文化；

7. 五年内带领创二代讲师团，在国外做不低于 100 场演讲，让世界听到中国新生代的声音；

8. 每年写不低于 100 篇文章，给大家分享我的创业心得，五年内出一系列 12 本书，成为中国最有影响力的女性作家之一；

9. 建立自己的粉丝群,并帮助她们创业,帮助一万个粉丝赚到人生的第一个 100 万;

10. 设立创业女神商城,开设"女王大人进化论"专栏,帮助所有女性变成女神;

(三)学习成长篇

1. 每天早起阅读半小时新闻;

2. 每天睡前阅读一小时历史作品;

3. 三年内学会两门新的外语;

4. 每天将最重要的 10 件事情在笔记本上排序,完成后划掉;

5. 每周给自己制定六个小目标并考核完成率;

6. 每月安排三场以上公众演讲;

7. 每月出去学习一次,每年出去游学四次;

8. 五年内考到重机驾照/直升机驾照;

9. 每年阅读不低于 100 本书,并将 10 本最有价值的推荐给朋友;

10. 吾日三省吾身,以人为镜,保持思考的习惯;

(四)家庭幸福篇

1. 每个月陪爸爸妈妈一天,给他们做饭;

2. 给爸妈在五个我最喜欢的城市购置房产;

3. 每年带弟弟去两个他想去的国家,永远支持他的梦想;

4. 27 岁前找到一个合适的男朋友,组建一个温馨的家庭;

5. 30 岁之前生两个孩子,然后陪伴他们健康快乐地成长;

6. 帮助我的家人们养成健康的生活习惯,每年带他们做一个身体检查;

7. 每年带全家人自驾游一次,永远保持健康向上的积极态度;

8. 给我的每一个家人过生日,尽量和家人在一起过每一个节日;

9. 每天和家人沟通,让他们知道我的近况,给他们安全感;

10. 认真倾听,把耐心和好脾气留给家人;

（五）休闲旅游篇

1. 分别去一次南极和北极，挑战一下冰潜；

2. 到一个没被开发的小岛上住一周并直播；

3. 每年一个人去三个没去过的国家；

4. 和创二代们一起去无人区探险；

5. 和创二代们一起去不同的国家游学；

6. 每年到北海道/瑞士待半个月滑雪；

7. 每年在巴黎住半个月，过法国人的生活；

8. 每年挑选一个国家深度游，写一本游记；

9. 每年挑选一个有意思的地方拍摄纪录片；

10. 买五个不同地方的小岛，建成创二代旅游基地；

（六）投资理财篇

1. 给所有家人都买保险；

2. 每年拿出 10% 的收入购置理财险；

3. 投资五个不同国家的地产项目；

4. 每年买一处房产做成民宿；

5. 每年拿出 10% 的收入做天使投资；

6. 每年拿出 10% 的收入购入中国民族品牌股票；

7. 每年拿出 10% 的收入投资影视作品；

8. 每年拿出 10% 的收入购买具有收藏价值的艺术品；

9. 每年买 10 幅喜欢的新生代画家的画；

10. 五年实现一个亿现金存款；

（七）顶尖人脉篇

1. 把朋友的性质分清楚，不做无效社交，在朋友需要帮助的时候，尽量第一个出现；

2. 找 7 位我最想学习的企业家一起晚餐；

3. 和 7 位国家的元首进行交流；

4. 每年筛选出 30 名对我帮助最大的贵人,并介绍他们相互认识;

5. 向 7 位中国最有影响力的人介绍创二代俱乐部,并获得他们的支持;

6. 在不同的国家找出 1000 份有趣的礼物送给我的朋友们;

7. 找到 7 位有才华的事业合伙人;

8. 每年请 7 位有潜力的创业者一起海外游学;

9. 和 100 位优秀的创业女性成为终身闺蜜;

10. 和 100 位优秀的创二代成为终身合伙人;

(八)使命贡献篇

1. 帮助一万名创二代设定人生的 101 个目标,并一起实现;

2. 到 100 所高校演讲,主题为:人生没有不可能,只有做到和做不到;

3. 作为天使投资人,投资 100 个正能量创业项目;

4. 定期开设公益课程,帮助更多人;

5. 建立 100 所慈善小学,并传递"爱"的教育理念;

6. 拍出 10 部以上正能量影视作品,推动社会发展;

7. 写 12 本书,通过文字影响更多人,传递爱的力量;

8. 每年举办一场全球女性公益拍卖晚宴,推动公益事业发展;

9. 一定要帮助到 10 位帮助过我的人;

10. 把创二代教育作为终身事业,和全国所有新生代共同成长,也带动下一代成长;

(九)核心伙伴篇

1. 三年内公司高管团队年薪过百万;

2. 三年内给对公司最有贡献的十个人送一处房产;

3. 三年内给公司老员工配车,改善生活质量;

4. 每年送高管出去学习 5 次以上,中层出去学习 3 次以上,员工定期培训 10 次以上,帮助他们成长;

5. 发掘出团队每一个人潜力,打造明星团队,给他们展现自我的机会;

6. 每年带公司员工开 1 次海外年会;

7. 为公司员工设立食堂/图书馆/健身房等免费设施,提高员工生活质量;

8. 帮助单身员工找到另一半,并在结婚时送上大礼;

9. 每年带联合创始人和团队核心成员及家人海外旅行;

10. 五年内让投资人的回报达到10倍以上;

(十)物资享受篇

1. 买5辆自己喜欢的车;

2. 买5套别墅装修成不同风格;

3. 收藏10幅自己喜欢的名画;

4. 给每个股东送一辆劳斯莱斯;

5. 住遍全球最棒的酒店;

6. 吃遍全球最好的米其林餐厅;

7. 创造一个奢侈品品牌;

8. 收藏100件不同品牌的走秀款孤品;

9. 买下五个小岛,以自己名字命名,免费开放给朋友;

10. 30岁以后,给自己放三年假环球旅行,把所有想做的事情做一遍。

终身目标:真实/勇敢/善良/快乐/自由

和静逸一起,写下你的101个目标吧,如果愿意和我分享,可以发到我的邮箱18694067711@163.com,看到以后我会回复你,希望有机会能够和你一起实现人生的101个目标,那就太棒了!